JN105722

THE MISSION ザ・ミッション

堂場瞬一
Shunichi Doba

実業之日本社

装幀　泉沢光雄
装画　サイトウユウスケ

ザ・ミッション

THE
MISSION

第一章　プロジェクトⅠ《アイ》

「いよいよアメリカ行きじゃないのか」

「マジですか」三上翔太《みかみしょうた》は目を見開いた。総合食品メーカー「ＪＰミール」広報部で働いて丸五年、ついに憧《あこが》れの仕事に就けるチャンスが巡ってきたのだろうか。

「いや、俺は詳しい話は聞いてないけどな」広報部長の宮下《みやした》が首を横に振る。「とにかく、人事部へ行ってくれ。向こうから直接説明があるから。だけどこの季節の異動だから、レギュラーじゃないだろうな」

ＪＰミールの大きな人事異動は、基本的に年一回である。六月の株主総会のタイミングで、まず役員人事が決まり、さらにその下の部長クラス、一般社員と順次辞令が下りていく。今はまだ三月で、よほどの事情がない限り、異動はない。

三上は入社以来、辞令は一度しか受け取っていなかった。研修を終えて、広報部に配属が決まった時である。ＪＰミールでは、総務系の社員はほぼ三年で異動するのが内規になっているので、五年も同じ部署にいるのは異例だった。仕事はきちんとこなしてきた自負があり、戦力として頼りにされていると思っているのだが……まあ、いい。今日、自分の人生は第二幕を迎えるかもしれない。

人事部では、部長ではなく課長の秋島《あきしま》が応対してくれた。人事部の片隅にあるテーブルに向き合って座ると、三上はぴしりと背筋を伸ばした。

「広報の三上翔太君ね」秋島がタブレット端末に視線を落としながら確認する。

「はい」甘い期待は抱くな、と三上は自分を戒めた。総務系採用の社員は、基本的に総務系の部署を渡り歩いていく。広報部から人事部への異動、というだけかもしれないではないか。

「去年の人事面談で、アメリカ行きを希望してたよね？　それに毎年提出している人事シートにも、同じことを書いてる」

「ええ」

「ピッツバーグ・パイレーツへの出向」

「はい」

「それで君、英語は大丈夫なのか？」

その質問に、三上はまた胸が躍るのを感じた。来た、来た……本当にアメリカ行きか？

「大学の最後の年に、アメリカにしばらく滞在してました」

「留学じゃないよね？　そういう記録はないけど」

「趣味です。球場を回ってました」

「大リーグの？」

「はい」三上は胸を張った。大リーグの本拠地全三十球場で試合を観るのは、小学生の頃からの夢だった。大学三年まで必死に単位を取り、バイトで金を貯《た》め、ようやくその夢が実現したのが大学四年の時である。七月から八月にかけて全米各地を飛び回り、全球場制覇を成し遂げた。交通手段は飛行機にバス、鉄道……自分で車も運転した。そのツアーを実現するために英語も必死で勉強してきたが、二ヶ月間、様々なトラブルに対処していく中で、実用的な英語も学べたと思う。JPミールに入社後も、結婚するまでは、夏休みには毎年観戦ツアーに出ていた。

「それで……」秋島がタブレットを覗《のぞ》きこむ。「去年、人事面談で正式にアメリカ行きを希望したわけだ。筋金入りの大リーグ好きなんだね」

JPミールでは数年に一回、人事による面談が行われる。現在の仕事の状況を確認し、将来の配属希望などを聞き取りするためである。三上は去年、その面談でピッツバーグ・パイレーツ行きへの希望を明言した。JPミールはピッツバーグ・パイレーツと直接は関係ないが、日本のプロ野球の横浜パイレーツの親会社なのである。名前が同じという縁があって、日米のパイレーツは四年前から業務提携を始めていた。若手のコーチや球団職員の人事交流などが目玉になっている……これはどちらかというと、横浜パイレーツにとってメリットが大きい。何だかんだ言って、「ビジネスとしての野球」は、まだ大リーグの方がはるかに先を行っているわけで、そこから学ぶことは多いはずだ。

「君、そんなに野球が好きなら、そもそも横浜パイレーツの職員になろうとは思わなかったのか？」眼鏡《めがね》をかけ直しながら秋島が訊《たず》ねた。

「それは……ないですね」

あくまで「大リーグ好き」。物心ついた頃から大リーグにハマっていて、三上は日本のプロ野球を観ることはほとんどなかったのだ。そして実際にアメリカの球場で試合を観戦してみて、間違いなく自分には大リーグの雰囲気が合っていると確信した。しかし就職に際しては野球関係は一切考えず、安定優先でJPミールを選んだ——給料はいいし、福利厚生もしっかりしているからきちんと休みも取れる。大リーグ観戦ツアーも毎年できるはずと、あくまで趣味優先の考えだった。

しかし、入社した年に球団同士の業務提携が始まり、「趣味ではない野球」についての野望に火が点《つ》いた。どうせなら、大リーグの内側に入りこんでみたいではないか。妻の美咲《みさき》を野球好きにさせようという狙《ねら》いは、まだ成功していないし、間もなく出産予定なので、これからは一人呑《のん》気《き》にアメリカへ行くこともできない。もしかしたら、次に観戦ツアーに出かけるのは十年後ぐらいになるのでは……もしも仕事でも、毎日試合を観られたら最高だ。

「ただし、大リーグには興味があると」

「はい」隠すことではないので、三上は素直に認めた。「それで、パイレーツへ行けないかと……業務提携先ですから、そういうルートもありますよね」

「さすがにそれは無理だよ」秋島が苦笑した。「業務提携を結んでいるのは球団同士で、うちは直接関係ないからな」

「そうですか……」いきなり期待を打ち砕かれ、三上はがっくりきた。しかし、失望が表に出ないように気をつける。人事課長の機嫌を損ねても、いいことは何もないし。

「それで、だ。パイレーツはパイレーツだけど、横浜に行ってくれないか？」

「え？」まったく予想していなかった提案に、三上は驚いて顔を上げた。

「横浜パイレーツに出向」

「はあ……」一気に気持ちが萎《しぼ》んでしまう。あまりいい話ではない。ＪＰミールは本社だけで社員数四千人を超える大企業で、子会社・関連会社も多い。出向も頻繁にあるのだが、だいたいは係長以上の管理職になってからで、平社員の出向はほとんど聞かない。

「どうかな。野球に詳しいなら、パイレーツでも仕事はできると思うけど。向こうは、広報のスタッフを拡充したいそうなんだ」

「じゃあ、向こうでも広報ですか」

「そうなるな」秋島がうなずく。「急な話で申し訳ないんだが、二週間後に辞令を出したい」

「それって、かなり異例ですよね」

本社内での異動ならともかく、子会社や支店などへの異動の場合は、一ヶ月前に内示が出るのが通例だ。実際にはそれより前に、人事から内密に相談があるという。引っ越しをする必要も出てくるので、家族持ちにとっては大事なのだ。わずか二週間前に通告されたということは、それだけこの異動が急で異例なのだと分かる。今は三月――開幕に合わせての異動なのだろうが。

「急で迷惑かけるけど、君の場合、引っ越す必要もないから楽だろう」

実際三上は、パイレーツの本拠地球場「ベイサイド・スタジアム」がある横浜に住んでいる。ベイサイド・スタジアムには行ったことがないが、通勤時間は、恵比寿《えびす》にあるＪＰミールの本社に通う今より、だいぶ短くなるはずだ。仕事が楽になる？　いや、プロ野球チームの広報が九時五時で仕事をしているとは思えなかった。

「どうだ？　この件、呑《の》んでくれないか？　パイレーツからの強い要望なんだよ」

「何で私なんですか」知り合いがいるわけでもないのに。

「君、広報部のサイトで大リーグの話をよく書いてるだろう」

「ええ」会社のサイトなので極めて真面目《まじめ》なものなのだが、少しは柔らかい雰囲気を出そうと、広報部がずっとコラムを担当している。内容はフリーなので、三上は自分の番が回ってくると、大リーグの話ばかり書いていた。食品会社らしく、球場グルメシリーズ……大リーグで一番がっかりしたのは、球場の食事の貧相さだが、日本の球場で食べられる食事と比較してみると、なかなか面白いコラムになったと自負している。

「パイレーツのスタッフがそれを読んでるんだってさ。野球に詳しそうだから、是非《ぜひ》広報で仕事をして欲しいと。同じ広報の仕事だから、場所が違ってもすぐ馴染《なじ》めるんじゃないか」

「でも、プロ野球の広報なんて、うちとは全然違うと思いますよ」というより、実態がまったく分からない。

「とはいえ、記者の相手も得意だろう」

「そんなことはありませんよ」新商品の発表会や記者会見を仕切ることはあるが、三上はあくまで平社員である。記者と個人的に会話を交わすことなど、ほとんどなかった。そもそもＪＰミールの広報部が相手をするのは、経済部や専門紙の記者である。パイレーツの広報へ行けば、運動部やスポーツ新聞の記者の取材を仕切る……同じ記者でも、まったく違うはずだ。「ちょっと想像もつかないというか、自信ないですね」

「それは、やってみないと分からないんじゃないか？　パイレーツは、うちの子会社の中でも重要なポジションにある。君の将来のためにも、一度外へ出て勉強してくるのはいいことじゃないかな」

「はあ」そう言われても、やはりピンとこない。「断れない……話ですよね」

「理由があれば聞くけど」秋島は平然としていた。「でも、悪い話じゃないよ。社長も、パイレーツに注力するのは大事だって明言してるし」

去年就任した新社長の向井登紀子《むかいときこ》は、創業百年を誇るＪＰミールで初の女性社長で、無類の野球好きである。東大野球部で四年間マネージャーを務めた、という自慢話が、ことあるごとに出てくるぐらいだった。

「どうかな」秋島が慎重に話を進める。「悪いことじゃないと思う。ワンウェイの異動じゃないし、向こうから望まれてなんだから。スカウトみたいなものだよ」

「ピンときません」三上は正直に打ち明けた。野球は趣味――趣味を仕事にしてはいけない、という感覚もある。仕事になった途端、趣味特有の高揚感や喜びは消えてしまうのではないだろうか。しかし正確に言えば、三上の趣味は日本のプロ野球ではなく大リーグである。まったく別の世界と言っていいから、仕事として冷静に取り組めるかもしれない。

「君は……」秋島がタブレットに視線を落とす。「広報で丸五年、か」

「ええ」

「いろいろあったよな？　広報マンとして、いい経験を積んできたんじゃないか？」

「それは――そうだと思います」

「そのノウハウを、パイレーツで活かしてくれないか？　向こうから望まれて行くというのは、サラリーマンとしては最高の名誉だと思うよ。グループ企業内の話だけど、ヘッドハンティングみたいなものじゃないか」

「ヘッドハンティングはワンウェイですよ」行ったきりなのか、と不安になる。

「いや、それはないから」秋島が苦笑する。「うちの場合、関連会社への出向は原則二年だから、二年後には戻れるように配慮しておくよ」

「ええと」ふと思いついて、三上は遠慮がちに切り出した。「パイレーツからパイレーツへの異動――アメリカ行きの件、本気で考えてもらえませんか？」

「それは正直、うちでは何とも言えない」秋島が打ち明ける。「業務提携しているのはパイレーツ同士だから」

「……そう、ですよね」さすがにちょっと無理か、と三上は諦《あきら》めかけた。

「ただし、話はしておくよ。本社としても後押しするから、君の方からも、折に触れて話してみればいい。パイレーツできちんと広報としての仕事をやり遂げれば、アメリカ行きも夢じゃないと思う。コーチもスタッフも派遣されてるからね。二年後ぐらいなら、君にもチャンスがあるんじゃないか？」

「そうですね。やっぱり、自分の肌で大リーグの仕事に触れてみたいんです」

「間違いなく話はしておく――で、どうだ？　受けてくれるか」

「拒否はできないですよね」三上は早くも気持ちを切り替えかけていた。自分は所詮《しょせん》サラリーマンだし、パイレーツへの出向は左遷ではない。球団を持つのは、未《いま》だに企業にとってはステータスであり、そこへの出向はエリートコースと言っていい。実際、本社からも何人もの人間が要職に送りこまれている。異動すれば上司になる広報部長も、ＪＰミールの人間のはずだ。

「前向きに捉《とら》えてくれないか」

「そうします」

「よかった」秋島がほっとした表情を浮かべる。異動の通告は、やはり神経を遣うものだろう。通常の本社内での異動だったら、所属部署の上長が言い渡すのが普通だが、子会社への出向となると人事部が絡んでくるわけか……出世の足がかりになる出向もあるが、左遷ということもあり得る。まあ、こういう場面で人事課長を心配させても、いいことはないだろう。心象を悪くすると、それこそ今後のサラリーマン生活にも影響しかねない。

　後は、妻にきちんと事情を説明しないと。そちらの方が大変な気がした。

「じゃあ、通勤は楽になるのね？」その夜、帰宅して異動の件を話すと、妻の美咲はまずその件を持ち出してきた。

「自転車でもいいかな」秋島から言い渡されてすぐに調べてみたのだが、東急東横線《とうきゅうとうよこ》の東白楽《ひがしはくらく》にある自宅からベイサイド・スタジアムまでは、四キロぐらいしかない。横浜高速鉄道みなとみらい線直通で、電車でも十分もかからないのだが、この際思い切って自転車通勤もありだな、と考えていた。最近少し太り気味だし、毎日往復で八キロぐらい自転車を漕《こ》ぐのは、ちょうどいい運動だろう。

「今より忙しくなりそう？」

「それは……そうなるんじゃないかな。拘束時間は長くなるだろうし、休みも不定期だと思う」

「試合がある時はずっと出番、とか？」

「ローテーション勤務になるみたいだ。土日も出るけど、休みなしってことはないと思うよ」プロ野球の試合は、六連戦の後一日休みというパターンでシーズンが進んでいく。それに完全につき合っていたら、広報も週一日しか休めず、労務的に問題になるだろう。「詳しいことは、球団に聞いてみないと分からないけど……それより、子どもの方は大丈夫かな」何より――唯一の心配がそれだった。

「安定期だから、私は全然問題ないけど」美咲が腹を撫《な》でた。今、妊娠六ヶ月。四ヶ月後の七月には出産予定だ。二人にとっては初めての子どもだから、三上も何かと気を遣っている。ただし美咲はつわりもひどくなく、それほど苦しそうではないのだが。人によってそれぞれなので何とも言えないが、これから妊娠後期に向かってどうなっていくかはまったく読めない。

「今までみたいに手伝いできないかもしれないなあ」

「それは大丈夫。実家もすぐ近くだし、何とかなるわよ」

ＪＰミールで一年先輩だった美咲は専業主婦志向が強く、結婚するとすぐに会社を辞めてしまった。そして妊娠。こうなると、実家に近い東白楽からは簡単には離れられない。彼女の両親は、二世帯住宅を建てるから実家へ引っ越してきたらどうだと勧めてくれるのだが、三上としてはまだ決めきれない。美咲の両親とは上手《うま》くやっている。しかし二世帯住宅とはいえ同居になったら、どうなるか分からない。三上は三男、栃木の実家のことは気にしなくてもいいので、きちんと独立した家族を作り上げたい、という気持ちはある。まあ、今すぐどうこうなる話ではないだろうが、子どもが生まれたら美咲の両親の「二世帯住宅攻勢」がさらに強まる恐れはある。

「……どうかな。受けるべきだと思う？」

「受けないわけにはいかないでしょう。ＪＰって、一度異動を断ると後で怖いっていうし」

「マジか」人事部にいた美咲は、その辺の事情にも詳しい。

「一回は断れるけど、その後の異動では絶対に拒否できないって。別に、地方の工場や営業所に行かされるわけじゃないから、問題ないでしょう。むしろ通勤が楽になっていいんじゃない？　翔太くん、今は毎日げっそりしてるよ」

「そうだよな」三上は思わず自分の顔を擦《こす》った。「ここから恵比寿までって、結構大変だしな」

「東横線がねえ……」朝の混雑ぶりには本当にゲンナリしてしまう。毎朝確実に体力を削られていることを意識する。体力には自信がある方だったが、それでも蓄積疲労のようなものは確実に意識している。

「自転車通勤はいいわよ。翔太君、最近少しお腹《なか》出てきたでしょう」

「そうなんだよ」三上は自分の腹をさすった。食べ過ぎ、呑み過ぎは自分でも意識している。とはいえわざわざ運動を始める気にもなれず……毎日自転車通勤で、健康的にカロリーを消費できるなら、一番いいだろう。

「受けるんでしょう?」

「拒否はしなかったよ。それと、これは実現するかどうか分からないんだけど」三上は大リーグ行きの「夢」を話した。

「それが実現したら、翔太君、ずっとパイレーツから離れられなくなるよ」美咲が指摘した。

「せっかくアメリカで大リーグのノウハウを学んだら、それを横浜パイレーツで活かして欲しいってなるでしょう? 帰国したらパイレーツに逆戻りかも……でも、一生パイレーツで仕事していくつもりはないのよね?」

「今のところはね」

「趣味の延長か……でも、翔太君にはいいんじゃない? 私と結婚してから、アメリカに行けてないもんね」

「そういうつもりでパイレーツへ行きたいわけじゃないけど」三上はモゴモゴと言い訳した。美咲は完全なインドア派である。交際している頃から、何とか大リーグの世界に誘い入れようと画策したのだが、作戦はことごとく失敗していた。

「とにかく、二週間後にはもうパイレーツに行ってるのよね」

「異動を了解すれば、そうなる」

「了解。じゃあ、とにかくご飯にしましょう」美咲がテーブルに両手をついて立ち上がる。腹の膨らみはまだ目立たないのだが、そろそろ今まで通りに動くのがしんどくなってきたようだ。

自分の夢は簡単に叶《かな》いそうにない、と三上は覚悟した。今年は子どもが生まれる。例えば二年後に自分がアメリカへ研修に行くとして、美咲は幼子を抱えて一緒に来てくれるだろうか。大リーグのチームで働くのは、今回の件で急に現実的になってきた夢だが、家族と離れ離れになってまで叶えるべきものかどうかは分からない。単身赴任っていうのもな……しかし家族全員で行くのも現実味がない。

マイナーチームで実務を学ぶ、ということもあるだろう。アメリカのマイナーチームは、とんでもない田舎にあることもある。スマートフォンを取り出して、パイレーツ傘下のマイナーチームを検索する。例えばシングルAのグラスホッパーズの本拠地は、ノースカロライナ州グリーンズボロ。いったいどこだよ……調べると、人口三十万人近いかなり大きな街だと分かったが、まったく馴染みがない。こんなところで、美咲と幼い子どもと一緒に生活できるかどうか。研修目的なら、マイナーチームを何ヶ所も移り変わるかもしれない。とても腰が落ち着かない感じで、家族揃《そろ》ってのアメリカ行きは、まったく考えられなかった。

アメリカへ行くにしても、やっぱり単身赴任か……もう、独身時代のように好き勝手にできるわけじゃないんだな、と三上は溜息をついた。

三日後の金曜日、三上はパイレーツの球団事務所に出頭した。事務所はベイサイド・スタジアムの一角にあり、非常に清潔、かつ現代的なオフィスである。ベイサイド・スタジアムは五年前に建て替えられたばかりで、その時に球団事務所も近くのオフィスビルから移転してきたのだという。

スタッフ用入口の前で立ち止まり、二度、深呼吸。さすがに緊張する……日本の球場で観戦したこともあるが、その場合は入場ゲートから客席へ一直線で、球場のバックヤードを見たことは一度もなかった。

「お疲れ様。三上君ね」

出迎えてくれたのは、広報部長の沢木恵《さわきめぐみ》だった。元々JPミールの営業畑が長く、東日本全域を統括する営業第一部の課長から、パイレーツの広報部長に転出していた。本社で聞いた話だと、来年の春には本社へ戻って、営業部の部長に就任することが内々に決まっているという。

「お疲れ様です」

「座って」

広報部には専用の部屋があるわけではなく、他の部署と広い部屋に同居している。ここへ来る前に調べてきたのだが、プロ野球チームの裏方も、実に細かく分かれて様々な業務を担当している。広報部は「総務本部」の傘下にあった。最も重要なのは、チーム編成などを担当する「球団本部」内の編成部だろう。

三上は、部屋の一角にあるテーブルについた。打ち合わせなどに使われる場所のようだが、ざわついていてどうも落ち着かない。つい、周囲を見回してしまった。

「何だか迷子になったみたいな顔、してるわね」沢木部長が面白そうに言った。

「球場のバックヤードは初めてです」

「球場ツアーに参加したことはない？」

「大リーグの球場は行きましたけど」印象的だったのは、ボストンのフェンウェイ・パークだ。いかにも大リーグの球場らしい都市型のボールパークだが、驚いたのはその古さである。現存する大リーグの球場として最古の存在で、既に築百年を超えている。あちこち補修は行われていて、観客の目に入るところは綺麗《きれい》なのだが、裏に回ると、とにかく古くて汚い。歴史を感じさせる建造物とも言えるが、あまりにも不潔でつい苦笑してしまったものだ。それでも大リーグの「生ける遺産」のような場所であり、三上と同じように興味を持った人で、バックヤードツアーは満員だった。

「ここは新しくて実用的だから、便利よ。すぐ慣れると思う」

「そうですか……」

「球団のスタッフは、順次紹介するから」

「常にここにいるわけでもないですよね」

「特に広報部はね」沢木部長がうなずく。「シーズン中は、全員集合することは稀《まれ》なのよね」

「遠征にもくっついていくんですよね」

「ローテーションでね」沢木部長がまたうなずく。「慣れるまでは大変かもしれないけど、すぐに慣れるわよ。特にあなたみたいに野球に詳しい人は」

「詳しいと言っても、それを仕事にしたことはないんですけど……」急に不安になってきた。そもそも野球経験がない「観る専門」で、プロ野球の裏側はまったく知らないのだ。「運動部の記者と仕事したこともないですし」

「記者さんは記者さん。トラブルでもない限り、普通に仕事できるわ」

「トラブル……」

「選手の不祥事があったりすると、一般紙は運動部じゃなくて社会部の記者が出てくる。あの人たちはピラニアだから。私も来て早々、大変だったわ」

「ああ……例の外国人選手の件ですか」

前代未聞の事件は、去年の春に起きていた。その年来日したばかりの選手が、大麻を所持していたとして開幕早々逮捕されたのである。最近、その手の不祥事はなかったので、パイレーツは大騒ぎになった――本社にも取材が入り、三上もそれに対応したのだった。その時は、正直言って「面倒かけやがって」というマイナスの感情しか持てなかったし、パイレーツに対する印象も悪化した。外国人選手のプライベートぐらい、ちゃんと調べておけよ……。

「私も来たばかりで、広報業務のことは全然分からなかったし、記者さんからはだいぶ責められたわ。全選手対象に、わざわざ研修をしなくちゃいけなかったし……でも、もう昔の話だけどね」

どうやら沢木部長は、相当タフなタイプのようだ。本社で課長もやっていたのだから、それも当然だろう。ＪＰミールでは、女性の管理職はまだまだ少数派だ。女性社長が就任したとはいえ、依然として「男の会社」という感じである。食品というのは、どんな人にも関係があるわけだから、社員も管理職も男女半々ぐらいでいいと思うのだが。

「それで――今回は、球団側からのお話での異動、と聞いています」

「そう」沢木部長が簡単に認めた。「あなた、大リーグの事情に強いわよね？　広報部のコラムで、すごく詳しく書いてたでしょう」

「大リーググルメ紀行ですよね……実際、全球場で食べてます」

「どこが一番美味《おい》しかった？」

「カムデン・ヤーズのチリですね」

「ボルチモア？」

「ええ」今でもあの味は口中に蘇《よみがえ》る。チリビーンズなど、アメリカ中どこでも食べられるものだが、あそこで食べたチリは辛味のバランスが絶妙で本当に美味《うま》かった。「でも、日本の球場の食事に比べると全然駄目ですね。それで商売にしようとは思ってないんじゃないですか？　ホットドッグとビールが売れれば、いいんでしょう」

「そんなに不味《まず》い？　あなたのコラムだと美味しそうだけど」

「露骨に不味いとは書けませんよ。でも日本であのホットドッグを売り出したら、金は取れません。下手したら、訴えられます」

　沢木部長が声を上げて笑った。しかし実際、どこの球場のホットドッグも不味かった。普通のソーセージと普通のパンを使えば、そこそこ食べられるホットドッグが作れるはずなのに、どういうわけかぐずぐずして不味い。基本的に塩気が強いだけで、ビールを大量に呑ませようとする意図が見え見えだった。つけ合わせにザワークラウトがついてきても頼りない味つけで、食べているうちに情けなくなってくるのだった。

「球場でお金を落としてもらうには、食べ物は大事よね」

「……もしかしたら私をこちらに呼んだのは、ベイサイド・スタジアムの食事を充実させるためですか？」実際、ＪＰミールの子会社のファミリーレストランも、この球場に出店している。スタンド最上段にあるレストランはその高級バージョンの店だし、ハンバーガーショップもそうだ。評判については三上もよく知らないのだが、味は大リーグの球場で食べるより、当然ましだろう。

「それは大事なことよね」

「しかし私は、ＪＰの食品事業にはノータッチでしたよ。球場のレストラン改革を言われても……」

「そうね」沢木部長がまたうなずく。「あなたには、他の大事な使命があります。あなた、大リーグの日本人選手にも詳しいわよね」

「大リーグにいれば」

「石岡健《いしおかけん》は？」

「もちろん、知ってます」

石岡健は、今年三十五歳。十七年前のドラフト三位で山形の高校からパイレーツに入団、二年目の二〇〇八年からレギュラーに定着し、打率・二八八、打点六十五、ホームラン十二本、盗塁二十三を記録して新人王に選ばれた。その後もコンスタントに成績を伸ばし、二十三歳の時には九十七打点を上げて打点王、二十五歳の時には打率・三二三で首位打者、二十七歳で二度目の打点王に輝いた。走攻守にバランスの取れた選手で、パイレーツでは十年近く不動の三番打者だった——こういうデータは、石岡の大リーグ移籍に際して覚えた。プロ野球に興味はないが、日本人選手が大リーグに挑戦するとなると、途端にターゲットになる。

二十八歳で大リーグ・メッツに移籍し、一年目は打率・二八八、打点七十八、ホームラン二十本と合格点の成績を残した。キャリアハイはメッツでの三年目、三十歳の時で、打率・三一三、九十三打点、三十一本塁打と、主軸として堂々たる力を発揮している。翌年ジャイアンツ、さらにその翌年にはカブスに移籍したが、どちらのチームでも打率三割の成績を残した。しかしパドレスに移籍してから成績が急降下し、シーズン途中でブレーブスにトレードされたものの成績は上向かず、三十四歳の時にはナショナルズに移籍、結局シーズンをフルにトリプルAで過ごすことになった。どうやら長年のプレーによる勤続疲労、さらに怪我《けが》の影響があったようだ。

そして今年、古巣の横浜パイレーツに戻ってきた。八年ぶりの日本球界復帰である。

石岡は、三上好みの選手だった。日米で現在活躍する日本人選手の中では、ベストかもしれない。三上はバランスの取れた選手が好きなのだ。ホームランを五十本打っても打率が二割五分台でうろうろしている選手とか、三割五分の高打率を残しても打点が三十ぐらいの選手に興味はない。大リーグで言うところのファイブツールプレーヤーこそが理想なのだ。「ミート力」「長打力」「走力」「守備力」「送球力」の五つを兼ね備えた選手のことで、現実には極めて稀な存在だが、それに近い選手はいないでもない。石岡はホームランもかっ飛ばすが、日米通算で二百三十八盗塁を記録するなど、走力にも定評がある。日本時代には、外野手として四度、ゴールデン・グラブ賞を受賞するなど、守備も高く評価されていた。

——しかし、こんな風にすぐに数字が出てくることに、自分でも驚く。データオタクも自任してはいるのだが。

「石岡選手の復帰、どう思う？」

「怪我はどうなんですか」三上は逆に聞き返した。「大リーグ最後の二年間は、引退間際みたいでしたよ」

「その辺は大丈夫。メディカルチェックもクリアしてるから」

「復帰が決まってからは、ずっと大騒ぎですよね」

三上とて、日本のプロ野球の情報を完全スルーしているわけではない。大リーグ情報を確認するために毎日スポーツ紙をチェックしているのだが、扱いは当然日本のプロ野球の方が詳しい。どうしても目に入って、自然に覚えてしまうのだった。

石岡の場合、大リーグで通算三割を打った選手の「帰還」ということで、スポーツ紙は大々的に取り上げた。今年三十五歳という年齢、そして怪我のこともあって不安視する声も多いものの、パイレーツにしても石岡の復帰は大歓迎だったはずである。何しろ石岡が大リーグに移籍して以来、パイレーツには新しい軸が育っておらず、ずっとBクラスに低迷しているのだ。

「戦力として当てになるんですか？」

「そこは、シーズンが始まってみないと分からないけど、オープン戦の成績、チェックしてる？」

「……いえ、そこまでは」

「本当に大リーグ専門なのねえ」沢木部長が苦笑した。

「すみません」謝ることではないと思いながら、つい頭を下げてしまった。

「ここまで、打率四割、ホームラン五本。絶好調ね」

「じゃあ、怪我の心配はないんですね」

「今のところは。三十五歳といっても、まだまだ老けこむ年齢でもないし」

しかし、プロ野球選手が引退する平均年齢は、三十歳ぐらいではなかっただろうか。三十五歳ともなれば、どんなに活躍してきた選手でも、引退を意識しないはずがない。今年活躍できても、来年以降も同様の成績を期待できるかどうかは疑問だ。

「とにかくうちとしては、今年は石岡中心に回していくことになります」

「ええ」

「ビジネスも……グッズ展開も、石岡選手を軸に据えて展開していくわ」沢木部長が立ち上がり、「牧田《まきた》さん！」と大声で呼びかけた。

部屋の奥にいた小柄な女性が駆け寄って来る。途中、誰かのデスクに積み重ねてあった書類にぶつかって落としそうになり、慌てて押さえる。そんなに急がなくてもいいのでは、と三上は呆《あき》れた。

「牧田です」

「商品開発部の牧田沙奈江《さなえ》さん。今回のプロジェクトのグッズ部門の責任者」

「三上です。間もなく広報部にお世話になります」立ち上がって頭を下げた。

「牧田さん、石岡グッズを見せてあげて。見本でいいから」

「分かりました」

沙奈江が自席に駆け戻る。それを見て、三上は思わず苦笑してしまった。

「何だか騒がしい人ですね」

「パワーが有り余ってるのよ。陸上短距離で、オリンピック強化指定選手にまでなった子だから」

「マジですか」

「もう十年も前だけど……怪我で陸上はやめて、二番目に好きな野球に関わり合いたいからって、うちに入ってきたわけ」

「怪我したとは思えませんけどね」ノートパソコンを抱えて全力で戻って来る沙奈江を見ながら三上は言った。走るフォームも様になっている。

沙奈江が、パソコンで見本を見せてくれた。Tシャツ、背番号「8」──これは以前つけていたのと同じ番号だ──のレプリカユニフォーム、キャップ、グラウンドコート……この辺は、どの選手のものも展開されている定番商品だ。一方、石岡に関しては昔懐かしのユニフォーム──以前石岡がパイレーツに所属していた時期のユニフォームまで復刻されている。

「石岡選手に関しては、他の選手よりもグッズを増やしていく予定です。何か記念があれば、それに合わせてスペシャルグッズも展開します」

「記念？」

「日米通算二千本安打まで、あと百五十五本です」

実現可能性は低い、と三上は予想した。プロ野球でシーズン百五十五安打も打てば、最多安打のタイトルも見えてくる。果たして今の石岡に、そこまでの力があるかどうか……オープン戦の成績が、そのままシーズン本番まで続くわけではないだろうし。

「あとは、石岡弁当も売り出そうと企画してます」

「選手の名前つきの弁当ですか？　今までもやってたんですか？」

「期間限定で。こういうのは目新しさが大事ですから」沙奈江がうなずく。「取《と》り敢《あ》えず石岡弁当は、今シーズンいっぱい展開しようと思います」

「待望のスター、ということですね」球団としても、石岡を使って徹底して金儲《かねもう》けしようということだろう。

それもさもありなん、だ。三上は異動を打診されてから、主だった選手の情報を頭に叩《たた》きこんできたのだが、今は「これは」という選手がいない。これでは毎年Bクラスに低迷して、スタンドに閑古鳥が鳴くのも当然だ。去年まで七年連続Bクラス、しかもそのうち四年は最下位……弱ければ選手の補強もままならない、戦力が充実しなければ勝てない、という負のスパイラルに陥っているのだろう。

「とにかく、石岡選手はパイレーツにとって貴重な財産です」沢木部長が断言した。

「全盛期の成績を残せたら、大変なことになりますよね」

「ただ……心配はあるのよ」

「調子がですか？」怪我もある。年齢的な問題もある。一年通じて活躍できる保証はまったくないのだ。

「それもあるけど」

沢木部長がさっと周囲を見回した。球団事務所の中でも極秘にしなければならない話があるのか？　三上は緊張して座り直した。

「石岡選手の復帰の経緯、聞いてる？」

「いえ、詳しくは知りません」慌てて新聞記事を検索して調べたのだが、詳細は書かれていなかった。

「もちろん、アメリカの代理人経由で話が進んだんだけど、かなり急だったのよ」

「ぎりぎりまで大リーグのチームとの契約を探っていたんじゃないですか？」よくある話だ。キャンプ、オープン戦に入っても、まだ交渉がまとまらないという話はよく聞く。しかしシーズン入り間近になって所属が決まった選手が、本番では大活躍することも、大リーグでは珍しくない。一流の選手は、どんな状況にあっても常にコンディションを整えておくもので、そもそもキャンプやオープン戦が必要なのかという疑問も浮かぶ。

「それもあるようだけど、こちらとの契約の詰めが難しかったみたい」

「条件ですか？」一番大きいのは年俸だろうが、それ以外にも契約には様々な条件がつく。例えば、石岡はアメリカに妻子を残している。家族を来日させる時の飛行機代まで盛りこんでいるのかもしれない。大リーグの契約書は何十枚にも及ぶことがあるらしいが、石岡も七年のアメリカ暮らしで、細かい契約が当然だと思っているのかもしれない。「大リーグ帰りの選手は、扱いが大変な印象がありますが」

「逆」

「逆？」

「石岡選手にとって厳しそうな条件を、向こうから出してきたの。年俸一億円、一年契約」

「それは……確かにかなりディスカウントですね」

石岡は、メジャー移籍前、プロ野球最後の年の年俸は三億円だった。メッツに移籍した時の契約は、三年三千万ドル。年俸にすれば当時で十億円程度で、それに比べれば大幅ダウンだ。

「怪我のせいですか？」大した成績を残せないことを見越して、極端に低い額を提示したのだろうか。それでも一億円というのは、三上のようなサラリーマンから見れば目が眩《くら》むような――想像もできない金額だが。

「そういうわけじゃないのよね。向こうの言い分としては、一年一年を勝負の年にしたいから一年契約、去年はメジャーでプレーしていないから年俸一億円が妥当、ということなんだけど……正直、球団としては怪しいと睨《にら》んでいるのよ」

「一年でメジャー復帰、ですか」三上は即座に指摘した。

「さすが、そういう予想もすぐに出てくるのね。裏事情にも詳しそうだわ」感心したように沢木部長がうなずく。

「いや、裏事情というか、ちょっと考えれば想像がつきます」三上は苦笑した。「石岡さん、メジャーへ移籍が決まった時に、向こうに骨を埋《うず》める覚悟だって会見で言ってましたよね。移籍した後のインタビューでも、引退したら、メジャーを目指す若い選手をアメリカで育てたいって、何度も発言してます。日本に見切りをつけたみたいな言い方ですよね。でも、今回は帰って来た……リハビリのためじゃないでしょうか」

「私たちも、それを恐れているわけ」沢木部長がうなずく。「パイレーツには腰かけの一年だけで、来年はメジャー復帰を狙っているんじゃないかしら」

「あり得ます。マイナーにいるのと、日本のプロ野球にいるのと、どっちがリハビリに役立つかという問題ですよね」

「三上君が石岡選手だったらどうする？」

「日本を選びます」

アメリカでは、成績が振るわなければ、あっという間にマイナーに落ちてしまう。しかも大リーグのマイナー組織は多層構造だから、調子が上がらなければ、トリプルＡからダブルＡへといった具合にどんどん落ちていく。そして下部リーグへ行くほど、選手を取り巻く環境は厳しくなる。移動はバスになり、強行スケジュールで疲労もどんどん溜《た》まっていく。しかもそこで爆発的な成績を残しても、絶対にメジャーに上がれる保証はないのだ。さらに、常にトレードの可能性がある。これでは落ち着いてリハビリもできないだろう。日本の場合、一軍で調子が出なくても二軍に落ちるだけだ。

「石岡さん、パイレーツをリハビリの場所と見ているのかもしれませんね」

「それでも構わないけど、うちとしては全然別のことを考えてるから」沢木部長が声をひそめる。

「何ですか？」

「数年後には、石岡選手を監督に迎えたいのよ。数年後というか、引退したらすぐに」

「そんな先のこと、今から決まってるんですか？」

「長期計画としてね。何しろうちは……」沢木部長が力なく首を横に振った。「お金がないから」

プロ野球では、球団ＯＢがそのまま監督やコーチになるケースが圧倒的だ。稀に他のチームを優勝に導いた名将や外国人監督を招くこともあるが、そういう場合はやはり巨額の資金が必要になるのだろう。パイレーツはそこまで金がないのかと、情けなくなってくる。

「石岡さんなら、集客も見込めるということですよね」

「うちにとっては大スターだから」

その考えはどうかと思う。監督自身が派手なキャラクターで発信力があれば、ＳＮＳではバズるかもしれないが、それが必ず収入につながる保証はない。監督グッズは売れても、勝たなければファンは球場に足を運ばない。確かに、今のチームでは石岡の知名度は群を抜いているが、監督としてどの程度の手腕があるかはまったく読めない。名選手必ずしも名監督ならず、というのは間違いないことだ。

「その件、石岡さんとは交渉したんですか？」

「もちろん。交渉の席で、真っ先に話を出したそうよ。パイレーツで現役生活を全うして、引退したら即、監督としてチームを預けたい。そのために複数年契約を——石岡選手にとってはいい条件でしょう？」

「でも、石岡さんはそれを蹴《け》って、一年契約にしたんですよね？　つまり、監督就任を拒否したわけですか」

「そんな先のことは分からないと……でも球団としては、ある程度は手応《てごた》えが欲しかったのよね」

「三十五歳の選手に、現役引退後のことを言うのはデリカシーに欠けた発言だったかもしれませんね」三上は指摘した。三十五歳になって衰えを感じない選手はいないだろう。ましてや石岡は怪我で去年一年を棒に振っている……このまま現役を続けられるかどうか、本人にも確信はなく、疑心暗鬼になっているだろう。そんな状態で「引退後に監督を」と誘われても、イエスと言えるわけがない。そもそも石岡に、パイレーツへの忠誠心があるかどうか。

「石岡選手、今、チームの中に話せる人があまりいないのよ」

「そうなんですか？」

「彼が大リーグに行っている間に、ドラフト同期や仲が良かった選手は、引退したりトレードでいなくなったり……今の選手は、石岡選手とはほとんど接点がない。監督やコーチ、球団本部でも、彼と本音で話し合える人はいないわ」

「だから――」

「あなたには、石岡選手の専属広報をお願いしたいの」

「専属……そんなの、あるんですか？」

「普段はそこまではしないわよ。監督にだって、専属広報はいないんだから」

「そもそも、プロ野球の広報の仕事がよく分かっていません」三上は正直に打ち明けた。「今まではまったく違う世界ですから」

「プロ野球の広報の仕事については、すぐに慣れるわよ。本社で五年も広報をやっていたら、新聞記者の扱いには慣れてるでしょう」

「経済部と運動部の記者では全然違うと思いますが」つい反論してしまう。

「でも、記者に変わりはないわけだから。チームの試合に合わせて動いて、記者の取材をさばく――それだけ。ただし、石岡選手には取材が集中しているし、シーズン中もそうなる可能性が高いから、しっかり取材を仕切って欲しいのよ」

「それだけですか？」そういうことなら、球団内での配置転換で済むはずだが。

「それが一つ。本当は、あなたには大事な役目があります」

「何ですか」三上は思わず身じろぎした。野球は好きだが、仕事で関わるとなると、まったく未知の世界なのだ。極秘任務でも押しつけられたら面倒なことになる。

「石岡選手と親しくなってもらいたいのよ。それで本音を探って欲しい。石岡選手の意向は、今後のパイレーツのチーム編成にも関わってくる大事なことだから。石岡選手を全面的に売り出して、さらに来年以降も引き止めて将来の監督の座を呑んでもらう――プロジェクトⅠ《アイ》」

「それは……ちょっと荷が重いです」直感的に思ったことを、三上は正直に打ち明けた。「プロ野球選手と話したこともないですし、そんなデリケートなこと、できるとは思えません」

「あなたは大リーグに詳しい。その辺を活かして、上手く石岡選手に接近して欲しいのよ」

「選手出身の人の方が、上手くやれるんじゃないですか？　若手で、引退したばかりの人も、何人もいるでしょう」

「そのための適切な人材がいないのよ。球団内でもいろいろ検討した結果、あなたに任せるのが一番いい、という結論が出た」

「過大評価だと思いますよ」三上は完全に腰が引けているのを意識した。

「チャレンジする気はない？」

「何とも申し上げられませんが」こんな話は想像してもいなかった。

「大リーガー……元大リーガーと親しくなるチャンスなんだけど」

そう言えば、とふと思い出した。石岡のメッツでの三年目、大リーグでキャリアハイの記録を残したシーズンの試合を、三上はまさに現地で観戦しているのだ。その試合で石岡は先制のホームランを放ち、センターの守備でもフェンスに張りついてジャンプし、ホームラン性の打球をもぎ取るファインプレーを見せてくれた。まさに金が取れるプレーを堪能したわけで……あれこそ、大リーグの醍醐味《だいごみ》だったと思う。しかし、その石岡と親しくなれ、というのは無謀な指示ではないだろうか。

「石岡さんは、どんな人なんですか？」石岡の大リーグでのプレーぶりは、「熱い」印象だった。

特にあの試合で大飛球をもぎ取り、三塁をオーバーランしていた二塁走者を返球で刺した後に見せたガッツポーズと雄叫《おたけ》び。積極果敢に次の塁を狙うアグレッシブなプレースタイルも、三上の好みだった。しかし試合を観るのと実際に話すのでは、全然違うだろう。

「それが、私たちもよく分からないのよ」沢木部長が首を捻《ひね》った。

「話したこと、ありますか？」

「あるわよ。普通に紳士的な感じだったけど、それが本当の姿かどうかは分からない。グラウンド、ロッカールーム、プライベート……場所によって違う顔を見せる選手も珍しくないし」

確かに野球選手も様々だろう。聖人君子のような人とトラブルメーカーが同じチームに在籍して、上手くやっているケースもあるはずだ。それは基本的に「優勝」という大目標が共通しているからだが、優勝の可能性がなくなると、途端に選手のエゴが噴出して、チームが空中分解することもよくある。

「きちんと話ができるタイプなんでしょうか」

「何とも言えないけど、あなたなら大丈夫でしょう」

「それには、根拠がないと思いますけど」

「あなた、本社の広報部で、一度もトラブルを起こしたことがないそうね」

「広報部でトラブルなんて、ありませんよ」

「そんなことはないわ」沢木部長があっさり否定した。「相手は面倒臭い新聞記者だから、些細《ささい》なことでトラブルになって、上司が頭を下げに行くこともある——でもあなたは、一度も新聞記者を怒らせたことがない」

「たまたまですよ」彼女が言っているのは事実だ。しかし、こんな話までパイレーツ側に伝わっているのが驚きだった。

「あなたの新聞記者のあしらいは見事だって、広報部の宮下部長から聞いてるわよ」

「宮下さんはいつも、少し大袈裟《おおげさ》なんです」

「そうかもしれないけど、とにかく人づき合いは上手くこなすでしょう」

「否定はしませんけど、八方美人なだけですよ」妙な感じで褒められて、何だか落ち着かなくなってきた。パイレーツ側は、俺に目をつけてから、宮下にも密《ひそ》かに事情聴取していたに違いない。ということは、宮下もかなり早い段階から俺の異動を知っていたはずだ。何だか密かに自分が置き去りにされたまま話が進んでいたような気がする。まあ、下っ端の人事異動とは、そういうものかもしれないが。

「私は期待してるから。最初は仕事に慣れるのに大変かもしれないけど、あなたならやれると信じています」

「頑張ります」ここはそう言うしかない。

「それと、石岡弁当もよろしくお願いします」沙奈江が割って入った。

「それも私がやる話なんですか?」明らかに広報の仕事ではない。

「本来、グッズなんかの関係は、彼女が所属する商品開発部の担当なんだけど、選手とも話をしなければならないから」

「石岡さんが嫌がってるんじゃないでしょうね」嫌な予感がして、三上は訊ねた。

「正解です」沙奈江があっさり認めた。「一度、断られてます。でも、商品開発部としては諦めたくないので。メジャーらしい、肉たっぷりの弁当にしたくて、『清光園《せいこうえん》』にも協力を得られるように話はしてあるんですよ」

「清光園」は関内《かんない》にある高級焼肉店だ。そういうところが弁当のプロデュースにも乗り出す……まあ、今は飲食関係も多角的に事業を展開するのが普通だ。

「それを無駄にしたくないんですね」三上は念押しした。

「そうですね。とにかく話をした時に、ものすごく冷たくあしらわれましたから。でも球場にとってもチームにとっても、弁当は大事なんですよ」

「分かりますよ」

こんなことまで自分が担当しなければならないのか……思ったよりも大変な仕事になりそうだ。もっとも、大リーグを経験した石岡に接近できるのは、楽しみでしかなかったが。久しぶりに、子どもの頃初めて大リーグをテレビで観た時の興奮が蘇る。

「最初はできるだけ、慎重にな」広報部の現場キャップ、長泉《ながいずみ》が遠慮がちに言った。「石岡が何を考えてるか、どうも読めないんだ」

「でも、あまり遠慮していてもどうですかね」いきなり相手の懐に飛びこむのが、三上の人とのつき合い方だった。最初は礼儀正しく、何度か会ううちに徐々に接近していくのが普通だろうが、三上はいつもいきなり本音で当たるように心がけている。相手を攻撃したり貶《おとし》めたりする意思がなければ、最初から本音で行った方が、向こうも心を開いてくれるはずだと信じているのだ。今までは、たいていそれで上手くいった。後で「図々しい奴《やつ》だと思った」と苦笑されることもあったが。

オープン戦最終戦は、本拠地のベイサイド・スタジアムに東京ベアーズを迎えての一戦になる。この日辞令の交付を受けた三上は、基本的なレクチャーもなく、いきなり現場に投入されることになった。集合は午前十時。デーゲームの時は、広報もだいたいこれぐらいの時間に球場入りするのだという。本当はしっかり研修を受けて、手順を呑みこんでから仕事に入りたかったが、長泉は「やりながら覚えた方がいい」とオン・ザ・ジョブ・トレーニングを勧めてきた。そう言われれば、断る理由はない。

「仕事の始まりは、監督の囲み会見からなんだ」

選手たちは既に準備を始めている。チーム全体の練習はもう少し後からなのだが、個々で様々な準備があるようだ。外野を走ったりストレッチしたりする選手を横目で見ながら、石岡はダグアウトに向かう。監督の北野《きたの》が足を組んでベンチに座り、その周りを新聞記者が囲んでいた。その数、十数人。毎試合、こんな風に記者の相手をしなければならないとなると、監督も大変だろう。

「監督の会見では、広報も何かやるんですか？」三上は訊ねた。

「取材は基本、フリー」長泉が答える。「ただし、時間は十分と決めてある。それを超えたらこっちで声をかけて、会見を打ち切る。試合前は時間がないからな……取り敢えず、横で見てればいい。ただ、きっちり録音しておく。後で言った言わないの問題になることもあるから」

「監督が暴言を吐きそうになったら？」三上は小声で訊ねた。

「北野さんは暴言なんか吐かないよ」長泉が苦笑する。「リップサービスもしない。記者からしたらつまらないだろうけど、こっちは助かる。後で余計なフォローをしなくて済むからな」

北野は現役時代、パイレーツや名古屋セネターズで活躍した。引退後はパイレーツのコーチになり、その後監督に昇格……今年五十歳になることは、既に頭に叩きこんでいた。三年契約の最終年。二年連続五位と成績は振るわず、今年はまさに正念場だ。

三月にしては冷えこむ一日で、北野はベンチコートを着こんで足を組んでいた。キャップからはみ出した髪には白いものが目立つ。苦労してきたんだな、と感じさせるルックスだった。

北野はぼそぼそと質問に答えていた。オープン戦最終戦ということで、質問の内容はオープン戦の総括とシーズンの展望になる。そして当然というべきか、質問は石岡のことにも及んだ。

「石岡選手は、かなり期待できるんじゃないですか」

「オープン戦は絶好調だったからね」

実際、打点、本塁打数は全チームでトップだった。怪我の影響も年齢の壁も感じさせない活躍で、オープン戦を終えようとしている。

「監督から、何かアドバイスは？」

「あのレベルの選手にアドバイスなんて、おこがましい。自分でちゃんと調整して仕上げてくるから、問題ないよ」

「打線の中心として……開幕は何番起用ですか？」

「それはトップシークレットだね。まあ、怪我がなければ、全盛期並みの活躍をしてくれると思うよ」

まったく当たり障りがない——面白くもない質問と答えだ。これで記事になるのだろうかと三上は訝《いぶか》った。もっとも、聞いた話全《すべ》てを記事にするわけではないだろうが。こういう情報は少しずつ蓄積していって、後で役立てるものかもしれない。

「石岡さん、二番起用じゃないんですか」三上は小声で長泉に言った。

「どうして？」

「大リーグでは、二番が一番多かったんです。打率もホームラン数も、二番の時が一番よかった」

「さすが、詳しいな」

「大リーグはデータが充実してますからね」

「二番打者最強論か」

「ヤンキースのアーロン・ジャッジも、だいたい二番です」現代を代表する長距離砲だ。

「大リーグと日本のプロ野球では事情も違うだろうけど」

雑談しながら、長泉がちらちらと腕時計を見る。質問がだらだらと続いている。ふと、北野と目が合った。そのタイミングで、長泉が記者団に声をかける。

「すみません、時間なのでこの辺で……お疲れ様でした」

「はい、お疲れ様」北野も膝《ひざ》を叩いて立ち上がる。

これが試合前の広報の仕事のスタートか……メモ帳を取り出し、一日のスケジュールを記録しておこうとしたところで、ダグアウトを離れた記者が一人、やって来る。

「長泉さん、石岡選手の取材、いいですか？」

「了解」長泉が気さくな調子で答える。

「じゃあ、うちもお願いします」別の記者が近寄って来る。個別取材か……やはり石岡は、パイレーツで一番注目されている選手なのだ。

「二社ね……全体練習の前に、五分ずつでいいかな」

二人の記者が顔を見合わせ、同時にうなずく。

「じゃあ、調整しておくから。いつもの場所でお願いします」

試合前に選手の個別取材もあるのか。三上はメモ帳に書きつけて、長泉に確認した。

「試合前の取材も普通ですか？」

「それは、ある時とない時がある。マスコミさんの狙いは、その時々によって違うからね」

「流れとしては、監督取材があって、その後全体練習——」

「全体練習が始まる前に、個別の選手の取材があれば突っこむ。試合後も、記者側の希望があれば調整するわけだ」

「結構大変そうですね」

「ただ、担当記者は決まってるから。お互い、顔馴染みの人と仕事してる感じになるから、向こうも無理は言わないよ。後で、順番に各社の担当を紹介するから」

「何人ぐらいいるんですか？」

「五十人近いかな」

「そんなに？」

「今はネット媒体もあるから、記者さんは多いんだ」長泉がうなずく。「でも、番記者の顔ぶれはシーズン中ずっと同じだから、すぐに覚えるよ」

「人の顔を覚えるのは得意です」

「それは頼もしい」長泉が嬉《うれ》しそうに言った。「俺は、人の名前と顔がなかなか覚えられなくてさ。広報には向いてないと思う」

「そんなこともないと思いますけど」

長泉は球団プロパーの職員だ。様々な部署で仕事をして、三十歳を過ぎてからは広報一筋。既にこの仕事も十年のベテランで、今は現場キャップになっている。朝会ってからずっと眉間《みけん》に皺《しわ》が寄ったままなのだが、機嫌が悪いわけではなく、元々こういう顔のようだ。常に緊張を強いられるはずだから、本来の表情が変わってしまったのかもしれない。

「長泉さん、石岡さんが前に在籍していた時も広報にいたんですよね」

「その頃は下っ端だったけどね」長泉が顔を擦った。試合前なのに、もう疲れている様子だ。

「その頃の石岡さん、どんな感じでしたか？」

「いろいろ微妙だったな。大リーグ入りの噂《うわさ》は出ていたけど、本人はイエスともノーとも言わなかった。球団側はやきもきしてたよ」

「元々、本音を言わない人だったんでしょうか」

「そういうところはあった」長泉がうなずく。「今はもっと頑《かたく》なになった感じがするんだ」

これは扱いにくい……相手の懐に飛びこむにはどうしたらいいか、今のところ何もアイディアはない。今回は、取り敢えず慎重にいくか。最初の出会いでは、余計なことはしないで丁寧に挨《あい》拶《さつ》するだけにしよう。明日以降、毎日のように顔を合わせるわけだし。

選手個々のウォームアップが終わり、球場内に一瞬静かな雰囲気が流れる。三上は、観戦の時にはできるだけ試合前のバッティング練習を観るようにしているが、こんなに早いタイミングで球場に顔を出したことはない。当然、スタンドはがらがら。選手のスパイクが芝を踏む音さえ、はっきり聞こえるぐらいだった。

ベイサイド・スタジアムは、球場としては極めてオーソドックスな造りだ。レフト、ライトが百メートル、センターが百二十メートルで、外野は綺麗な弧を描いている。スターズの本拠地であるスターズ・パークは、大リーグの都市型球場を意識して敢えてグラウンドを変形にしてあるのだが、ベイサイド・スタジアムは均整の取れたデザインである。センターが海に向いているものの、少し距離があるので、場外ホームランをかっ飛ばしても打球が海に入ることはない。内外野とも人工芝だが、最新のものなので天然芝の感覚に近く、選手の下半身への負荷も少ないのが売りになっている。とはいえ、人工芝は人工芝……サッカーのスタジアムでは天然芝が普通なのに、どうして日本の野球場は人工芝が主流なのだろう。サッカーより野球の方が試合数が多いから、天然芝のメインテナンスが大変なのかとも思うが、大リーグでは青々とした天然芝の球場が主流だ。収容人数、四万人弱。スタンドの傾斜がやや緩く、観客にとっては観やすい球場と言っていいだろう。傾斜が急だと、足元が気になって、立ち上がっての応援が難しくなる。ヤンキー・スタジアムの最上部など、梯子《はしご》の上に腰かけているような気分になるほどだ。

今後はここが、自分の仕事場になる——ここだけではない、リーグの全球場に足を運ぶことになるわけだ。日本のプロ野球には関心がないと言っても、仕事となったらそんなことは言っていられない。人工芝の感触を足裏に感じながら、グラウンドを横切り、ダグアウト横の通路から球場のバックヤードに入る。しんとしていて、清潔な雰囲気……遠くで、選手たちのスパイクがコンクリートの床を打つ音が聞こえる。

「試合前の個別取材は、どこでやるんですか？」三上は訊ねた。

「ダグアウトのすぐ裏に、取材用のスペースがあるんだ。とはいっても、チームとスポンサーのロゴが壁に貼《は》ってあるぐらいだけど」

「テレビ取材で、背景として映すんですね」

「そういうこと」長泉が足を止めた。「ここがロッカールーム。今、石岡を呼んで来るから」

「まだ挨拶してないけど、いいんですか」

「この取材が終わってからでいいよ」

長泉がロッカールームに姿を消すと同時に、先ほど取材を申しこんできた二人の記者がやって来た。三上はすかさず名刺を交換し、丁寧に挨拶する。自分が石岡の担当だということは、特に言わなかった。いずれ分かることだし、わざわざここで言わなくてもいいだろう。

「お待たせ」長泉の声が聞こえて、三上は振り向いた。後ろから石岡がついて来る。

でかいな、というのが第一印象だった。球団の公式データによると、身長百九十センチ、九十五キロ。大リーグの選手と並んでも見劣りしない体型だ。これで五十メートルを六秒台前半で走るというのだから、まさにパワーとスピードを両立させた選手と言える。若い頃の彼を見たラグビー日本代表のヘッドコーチが「ラグビーに転向してくれれば、向こう十年、日本代表のフランカーは安泰だ」と言ったとか言わなかったとかの伝説がある。

しかし表情は不機嫌だった。白地にチーム名などが青で入ったシンプルなホーム用ユニフォーム姿、足元はまだアップシューズで、汗もかいていない。キャップを目深に被《かぶ》っているのは、表情を隠そうとしているからかもしれない。彫りの深い顔だちに、綺麗に日焼けした肌。いかにも野球選手という感じで、若い頃は相当モテただろうと想像できた。

二人の記者が順番に質問を始めた。長泉は少し離れたところに立って、スマートフォンを見ている。取材には介入しないが、時間だけは厳守させる方針のようだ。

二人の取材は滞りなく終わった。石岡は、少し離れていると聞こえないぐらいの小声で取材に応じていたが、記者は二人とも取材結果には満足したようだった。ただし石岡の応対は非常に素っ気なく、会話が転がっている様子もなかった。「公式」な感じで淡々と取材に応じればいいと考えているのかもしれない。

長泉が取材終了を告げると、石岡はさっさと踵《きびす》を返してしまった。ロッカールームに足を踏み入れる直前、長泉が声をかける。

「ちょっといいかな。紹介したい人がいるんだ」

石岡が無言で振り返る。長泉が、三上の腕を摑《つか》んで前に押し出した。

「新しく広報チームに加わった三上翔太。JPミールからの出向だ」

石岡が三上を見下ろして、さっと一瞥《いちべつ》した。低く小さな声で「どうも」とだけ言うと、さっさとロッカールームに戻ろうとする。長泉が慌てた様子で声をかける。

「石岡専属の広報でやってもらうから」

「え」石岡が立ち止まって振り向き、困惑の表情を浮かべた。

「取材も多いし、それをさばくのに、専属広報が必要だっていう判断なんだ」

「そんなの、いらないでしょう」石岡が素っ気ない口調で言った。

「いやいや、取材をスムーズに進めるためには、専属広報が必要なんだ」

「そうですか……俺には関係ないですね」石岡はあくまで素っ気ない。むしろ迷惑そうな感じだった。

「三上です」一歩前に出て挨拶した。「よろしくお願いします。石岡さんのホームラン、シティ・フィールドで観ました。レッズ戦の、先制ホームラン。その後の、センターのフェンスにぶつかりながらのキャッチも」

石岡は何も言わなかった。まさか、忘れている？　いい選手ほど、一つ一つのプレーを克明に覚えているものだというが……。

「素晴らしかったです。今度はすぐそばで観させて下さい」

石岡はひょいと会釈しただけで、何も言わない。そのままロッカールームに姿を消してしまった。三上は異常に緊張していたことを自覚し、大きく息を吐いた。

「あの……いつもあんな感じなんですか」

「そうだね」長泉がさらりと答える。

「やりにくくないですか？」

「やりにくいけど、今後は君が担当してくれるんだから、俺たちは楽になる」

まさか、面倒な人間を俺に押しつけるための「プロジェクトＩ」じゃないだろうな、と三上は訝った。

「今日は一日試合につき合って、広報の仕事の流れを覚えてくれ」

「ええ」

「すぐに覚えるよ。選手もいい奴ばかりだし……いい奴ばかりだから、強くなれないのかもしれないけど」

「でも、石岡さんみたいな選手ばかりだったら、それはそれで大変ですよね」

「言うまでもないね」真顔で言って、長泉がうなずいた。

第二章　ロックス

　三上が石岡と本格的に絡んだのは、開幕から四試合目だった。開幕はクリッパーズの本拠地・浪速《なにわ》ドームでの三連戦でスタート。一勝二敗と負け越した後、ベイサイド・スタジアムにベアーズを迎えてのホーム開幕戦になった。

　試合前の個別取材は、また石岡に集中した。しかも三社。ホーム開幕戦で注目が集まるのは当然なのだが、石岡はいきなり「取材は受けない」と言い出した。

「でも、ホーム開幕戦ですよ」三上は食い下がった。

「だから？」

「担当記者にとってもホーム開幕戦じゃないですか。それに石岡さん、最高のスタートを切ったんだから」

　クリッパーズとの三連戦で石岡は三試合ともヒットを放ち、第三戦では今季一号のホームランを放っていた。上々のスタートで、担当記者が話を聞きたがるのも当然だ。

「まだ始まったばかりだから、喋《しゃべ》ることもない。それに、試合に集中したいんだ」

「向こうにだって質問がありますよ」

「とにかく受けない。広報っていうのは、取材を調整するのも仕事だろう？」

「それはそうですけど……」

「だったら、受けないで済むように調整して欲しいね」

「いや、しかし——」

「今後も取材は受けない。しばらくは試合に集中したいんだ」石岡が繰り返す。「日本でのペースを摑まないと」

言うなり、石岡はダグアウトの奥に姿を消してしまった。記者の取材はここまで——記者はロッカールームに入ることはない。ダグアウトを出れば、選手は「安全地帯」に逃げこめるわけだ。

しかし困った。取材を申しこんできた記者にどう説明するか迷っていると、長泉がすっと近づいて来た。

「どうした」

「石岡さんが取材拒否です」

「ああー、やっぱりな」納得したように長泉がうなずく。

「予想してたんですか？」

「いつかは言い出すと思ってたけど、早かったな。記者連中には話したか？」

「まだです。どう話したらいいんですかね」予想外の石岡の反応に戸惑うばかりだった。他の選手ではこんなことはないのに。

「そのままでいいんじゃないか？　ホーム開幕戦で試合に集中したいから、と言っておけば、記者連中もそれ以上は突っこめないから」

「こういう取材拒否、よくあるんですか？」

「たまに、な」長泉が認める。「選手だって、機嫌が悪い時はある。特に外国人選手は、感情の起伏が激しいからな。調子の悪い時には話もしたくないだろう」

「でも、石岡さんは絶好調ですよ。それなのにホーム初戦で取材拒否はヤバくないですか？」

「君が石岡を説得できなかったんだから、しょうがない」長泉が肩をすくめる。

三上は、恐る恐る記者に事情を説明した。厳密に言えば、広報の方で勝手に話しているので嘘《うそ》をついたことになるのだが、記者の方では簡単に納得してくれた。こういう取材拒否も珍しくはないということだろうか。

試合前の小さなトラブルはそれで終わったのだが、広報の仕事は試合中も続く。基本的にダグアウトには入らず、その背後にある廊下のスペースで待機する。プレーを追う場内カメラの映像を映す大型モニターが壁にかかっており、そこで試合の様子を克明に観ていくのだ。打点を上げた選手からは必ずコメントを取って、記者席の報道陣に伝える。投手交代の時はコーチから話を聞く。ただ漫然と試合を観ていればいいわけではなく、流れを追って、記事になりそうなポイントを押さえる――やることは山盛りなのだ。試合の要点を捉えて記事になりそうなところを考えるのは記者と同じだろうと思う。

今日は特に忙しい試合になった。初回、パイレーツは一、二番が連続ヒットで塁を埋め、三番の石岡が相手投手の初球を捉えて、レフトフェンスをぎりぎりで超える先制スリーランを放ったのだ。

「三上君、コメントだ」長泉に言われ、すぐにダグアウトに飛びこむ。一気に試合の流れを引き寄せそうな先制点。ダグアウトの中は沸き立っていて、気軽に選手たちの輪に入って行ける雰囲気ではない。しかし長泉からは「気にせずどんどんコメントを取れ」と指示されていた。広報は選手とファンをつなぐ存在なのだから、遠慮していたらファンに申し訳ない、と。

ホームインした石岡が、ダグアウトに戻って来る。出迎えた選手たちとハイタッチを交わしたが、表情は厳しいままだった。大敗している試合で、意味のない反撃の一発を打った時のような……もう少し嬉しそうな顔をすればいいのに、と三上は不思議に思った。

石岡が、ベンチの左奥、バットケースのすぐ横の席に座った。どうやらここが彼の定位置のようで、浪速ドームのダグアウトでもこの位置に座っていた。タオルで顔の汗を拭《ぬぐ》い、ペットボトルの水をぐっと飲む。しばらくタオルに顔を埋めていたが、ほどなく顔を上げると、口を尖《とが》らせるようにしてゆっくりと息を吐いた。

隣は空いているが、腰かけるのもどうかと思ったので、三上は彼の前で中腰の姿勢を取った。こういう時、まず何と声をかけるべきなのだろう？　おめでとうございます？　それも違う気がする。結局「ホームランのコメントをもらいに来ました」と事務的に言った。

「真ん中低め、スプリット」石岡がグラウンドの方を見たまま答える。

「スプリット？」スライダーではないのか、と三上は訝った。画面で見た限り、投球は縦に落ちるのではなく、少し横に滑りながら落ちたように見えた。

「スプリット」低い声で繰り返し言って、石岡がまたタオルで顔を拭う。

「スライダーに見えましたけど」

「スライダーだけどスプリット」

「どういうことですか？」

「何を打ったか、正直に言う選手なんかいないよ。もちろんカーブを打った時にストレートとは言わないけど。スプリットとスライダー、ツーシームは、ピッチャーとバッター以外には見分けがつきにくい」

「打ったのはスライダーでいいじゃないですか」

「苦手なボールを打ったことにしておくんだ。そうすると、次の対戦相手は投げにくくなる」

詐欺みたいなものではないかと思ったが、これも駆け引きの一種なのだろう。プロは、苦手なボールさえ投げられなければ、何とか対応できるのではないだろうか。

「コメント、どうしますか」

「適当に言っておいてくれ」

「でも、それじゃあ……」

「いちいち気の利いたコメントなんか、出せないよ。適当でいいんだ。せいぜい三行ぐらい載るだけなんだから」

「先制できてよかった、とか？」

「それでいい」

釈然としないまま、三上はダグアウト裏に引き上げた。パソコンでコメントを作って、長泉に見せる。

「いいんじゃないか？　これをすぐに記者たちに流して」

試合中のコメントは、逐一メールで流すことになっている。バックネット裏上部にある記者席に陣取った記者たちはそれを受けて記事を作っていくわけだ。

「コメントの後半、石岡さんが喋ってくれなかったんですけど」三上は小声で言った。

「それで君が作ったのか？」

「一応、確認は取りました。それに打ったのも、スプリットじゃなくてスライダーだと思います」

「スプリットは、石岡の発言？」

「ええ」

「じゃあ、それでいいよ」

「嘘になりますけど、本当にいいんですか」三上は遠慮がちに訊ねた。

「本人はスプリットだと思ったんだから、それでいいんだよ。本当の球種は、ピッチャーにしか分からないんだから」

「何だか釈然としませんけど……」

「球種は、打った本人でも本当に分からないこともあるし、苦手なボールを打ったことにして相手のデータを攪乱《かくらん》することもある。昔からそういうことはよくあるんだ。何を打っても『シュートだった』としか言わない選手もいたそうだから。本当にシュートが苦手で、投げさせないための伏線のつもりだったんだろうけど」

「はあ」普通のビジネスでは理解できない世界だ。

「ほら、早く送ってやらないと。記者連中から急《せ》かされるぞ」

三上はすぐにメールを送信した。しかし、やりにくいな……この待機場所には、小さなテーブルがついた折り畳み椅子《いす》が用意されているだけで、パソコンを載せるとがたつく。もっとも、ダグアウトを出たり入ったりの忙しい時間が続くだろうから、広報部の部屋で待機しているわけにもいかないだろうが。

とんでもなく忙しい試合になった。両チームに次々とホームランが飛び出す乱打戦になり、五回終了時点で、7対5でパイレーツがリード。両チームとも先発投手はとうに引っこみ、細かい継投のゲームになっていた。ホームランを打った選手のコメントを取り、ピッチングコーチに投手陣の調子を聞き……ダグアウトと待機場所を行ったり来たりになった。仕事に慣れるために、三上は今日のコメント取りは全て自分がやると宣言していたのだが、試合半ばでその宣言を後悔し始めた。体力が削られるわけではないが、コメントをきちんと正確にまとめるためにかなり気を遣う。

石岡以外の選手は、きちんとコメントしてくれる。特に外国人選手のフェルナンデスは話し好きで、片言の日本語を交えながら、ホームランを打つまでの相手ピッチャーとの駆け引きを、事細かに語ってくれた。こんな風に話してくれれば、コメントも中身があるものになるのだが……逆に簡潔にまとめるのに苦労するぐらいだ。

「記者さんの苦労が少しは分かったか？」長泉が面白そうに言った。「長々喋ったのを短く正確にまとめるのは、結構大変だろう」

「ですね」どんなに長いコメントでも「肝」はあるが、それを外さず抽出するには、かなり気を遣いそうだ。慣れれば大したことはないかもしれないが。

試合はさらに荒れ、パイレーツは九回、とうとうベアーズに勝ち越しを許した。この時点で10対11。ベアーズは九回裏、抑えの笹本《ささもと》を投入してきた。一昨年、去年と二年連続でリーグの最多セーブを記録した絶対的な守護神で、サウスポーから常時百五十五キロの速球を投げこむ。投球の九割がストレートなのに、「分かっていても打てない」というやつだ。この二年間の奪三振率は十を超えており、野手は寝ていても試合が終わってしまう。

ところが、荒れた試合の影響を受けたのか、この日の笹本は制球が定まらなかった。先頭打者をストレートの四球で歩かせると、次打者への初球はワイルドピッチ。ノーアウト二塁となったところで送りバントが決まり、ランナーは三塁まで進んだ。犠牲フライでも同点になる場面で、打席には石岡。先制ホームランを含む二安打を放っているので、球場の異様な声援がダグアウト裏の廊下にまで漂ってきた。何か起きる……三上も立ったまま、モニターに集中した。

初球、外角低めに決まった速球を見逃し。右打席に入った石岡から見ると、百五十五キロの速球がわずかに外角へ逃げていくように見えたのではないだろうか。笹本の速球は、ナチュラルにシュートする。右打者が外角のストレートに手を出せば引っかけて内野ゴロ、内角膝元にくるボールは腰が引けてつい見逃してしまうパターンが多い。

笹本はプロ五年目だから、当然石岡とはこれまで対戦がない。石岡は慎重に見極めていくつもりだろう。そこはベテランらしい粘りで──しかし石岡は、二球目に手を出した。モニターで観た限り、膝元の難しいコース。ストレートなのだが、ぐっと食いこんでくるように感じられるはずだ。石岡はまったく気にする様子もなくバットを振り出し、ボールを捉える。歓声が一際大きくなり、打球音がかき消された。石岡は、すぐには走り出さない。バットを投げ捨て、スタンドに視線をやった後、ゆっくりと一塁へ向かう──打球はレフトスタンドに突き刺さっていた。

「よし！」長泉が声を上げる。見ると、両手を拳《こぶし》に握って、顔は真っ赤になっていた。広報スタッフとして十年、これまで千試合以上を生で観てきたはずの長泉をも興奮させる、逆転サヨナラ弾。

三上はすぐにダグアウトに飛びこんだ。これならさすがに石岡も、機嫌よく喋ってくれるだろう。本拠地開幕戦で、一試合二発。先制と逆転サヨナラのホームラン──間違いなく、明日のスポーツ各紙の一面は、石岡の話題で埋め尽くされるはずだ。

ダグアウトの一番前に出たが、全選手がグラウンドに飛び出して大騒ぎしているので、石岡の様子がよく見えない。何度か場所を移動して、ようやく三塁を回る石岡の様子を捉えた。急ぐでもなく、ホームランの余韻を味わうようにゆっくりでもなく、いつものペースで淡々と走っている。三塁を回るところでベースコーチと軽く手を合わせ、ホームへ。ダグアウトにいた選手たちが揃って出迎える。誰かがリズムを取っているように、全員が同じタイミングで小さくジャンプを繰り返していた。石岡が飛びこんでいくとペットボトルからの水煙がパッと上がり、選手たちの野太い歓声が、球場全体を回る歓声にかき消された。

すげえな……こんな間近で、ホームインして来る選手を見るのは初めてだ。

ほどなく、石岡が選手の輪から出てきた。相変わらず表情に変化はない。大したことはしていない、とでも言うように澄ました顔つきだった。早速コメントを取らないと、とメモ帳を取り出したところで、肩に手をかけられる。振り向くと、長泉だった。

「そんなに興奮するなよ」

「でも、コメントが」

「この場合はヒーローインタビューだ」

「あ、そうですね」大リーグにはない習慣なので、つい忘れてしまっていた。他のスタッフと一緒に、すぐにヒーローインタビューの準備を始める。ホームプレートのすぐ後ろにお立ち台とスポンサー名の入ったボードを運び、準備完了。後は石岡を引っ張ってくるだけ——しかし石岡がごねた。

「俺はいいから」ホームインした時に水をかけられたせいで、髪がすっかり濡《ぬ》れている。

「でも、逆点サヨナラホームランですよ」三上は食い下がった。

「川端《かわばた》にしろよ。プロ初勝利なんだから」

しかし……それこそ棚ぼただ。川端はルーキーながら今季の抑えを任され、この日がシーズン二度目の登板だった。九回表に逆転され、危うく戦犯になるところが、逆転サヨナラでプロ初勝利が転がりこんできた――ヒーローインタビューを受ける資格があるかどうか。

「川端選手は……」たまたま勝ち星が転がりこんできただけだ、と言いかけて、三上は言葉を呑んだ。広報が選手を揶揄《やゆ》するようなことを言ってはいけない。「取り敢えず、本拠地のファンにご挨拶というだけでも」

「俺はいいよ」石岡は頑なだった。もしかしたら、前に出るのが嫌いな人なのかもしれない。前のパイレーツ時代にもお立ち台に上がるチャンスは何十回とあったはずだが、実はそれが嫌だったのではないか？　大リーグ流のやり方に慣れて、もう日本的な取材には応じたくないとでも思っているのかもしれない。

「石岡、そう言わないで」長泉が割って入った。「一言話せば済むんだから」

「一言だけですよ」ようやく石岡が折れた。

ほっとして、三上は石岡と川端をお立ち台へ連れて行った。川端は恐縮しきり、表情は暗い。こんなみっともない勝ち星はない、とでも思っているのだろう。先輩投手の勝ちを消してしまったし、自分には抑えの資格などないと自信喪失している可能性もある。しかし石岡は、川端に声をかけようとしなかった。そんなものだろうか、と三上は訝った。精神的にズタズタになっている後輩に、一言ぐらい励ましの言葉があってもいいと思うのに。

ヒーローインタビューが始まっても、スタンドの熱狂はまだ収まらない。それとは裏腹に、石岡は困ったような表情を浮かべている。三上は少し離れたところから、ヒーローインタビューの様子を見守った。

アナウンサーの第一声は「見事な逆転サヨナラホームランでした！」だった。しかし石岡は反応しない。虚空の一点を見つめたまま、手を後ろで組んで微動だにしなかった。

「手応えはどうでしたか？」

「まあまあです」

「あの場面、一発を狙っていたんですか？」

「来た球を打ち返そうとしただけです」

アナウンサーが一瞬言葉に詰まった。あまりにも素っ気ない答えに、気勢を削《そ》がれたのかもしれない。石岡は素早くキャップを取って、スタンドに向かって振った。降るような歓声。その最中、石岡は川端の背中を押して前に出した。自分の役目は終わり、後は川端——とでも言いたげだった。

仕方なく、アナウンサーが川端にマイクを向ける。

「大変な試合の締めくくりになりました」

「すみません！」川端が叫んで思い切り頭を下げる。四万人の観客の前で、土下座でもしそうな雰囲気だった。「試合をぶち壊してしまいました」

「逆転を許した時には、どんな気分でしたか」アナウンサーが柔らかい声で訊ねたが、喉元《のどもと》に刃《やいば》を突きつけるような質問だ。

「いや、もう……抑え失格だと……本当にすみません」

「その裏の大逆転劇がありました。今のお気持ちは？」

「こんな試合にしてしまって……すみません！」また謝罪。「チャンスをもらえるなら、次の試合ではきちんと抑えます」

さすがに質問も尻すぼみになってしまう。スタンドの興奮とは裏腹に、まるで謝罪会見のようだった。その後はスチルの撮影。川端は泣きそうな表情だし、石岡はむすっとしていて、カメラマンの「笑顔でお願いします」という注文を完全に無視していた。取材する方もたまったもんじゃないな、と三上は内心溜息をついた。

その後三上は、監督の囲み取材を見守った。試合後の取材はダグアウト裏の取材スペースで行われることになっている。長泉は記者の顔を確認していた。担当記者全員が揃ってから監督が口火を切るのが決まりになっているらしい。一人の記者が遅れてやって来て、それで全員が集合したようだ。長泉が一人の記者に目配せすると、質問が始まる。

こういうのは、三上には新鮮な体験だった。本社勤務時代、記者とのつき合いは会見や発表会の時だけで、彼らが手を上げて順番に、礼儀正しく質問を発する様子しか見ていなかったのだ。しかしここでは、こういう囲み取材が普通だという。落ち着かない感じがするが、締め切り時間の関係もあるから、どうしても慌ただしい取材になるのだろう。特に今日は、乱打戦で四時間近い長丁場の試合になったから、かなり厳しい状況のはずだ。

取材は二段階になる。まずテレビカメラが入っての取材、その後が新聞という順番だ。

「総括が難しい試合だね」テレビカメラを前に、北野が張りのある声で口火を切った。「最後は石岡に助けられた。さすがベテランの勝負強さですね」

総括などできない試合だろう。両チームとも激しく打った——ある意味、投手陣が崩壊しただけの試合とも言える。北野の言う通りで、石岡に一発が出なかったら、試合はまだだらだらと続いていたかもしれない。

「これで星を五分に戻しました」

「取り敢えず、ホーム開幕戦で勝てたのは大きいですね。明日以降、確実にやっていきますよ」

テレビの取材は短い。時間がないことは分かっていて、無理にやり取りを長引かせないという暗黙の了解もあるのだろう。

　次いで新聞の取材、北野は一転して、低い、不機嫌な口調になった。百八十度の変わりようだが、テレビ用にこういう暗い声でコメントすると、イメージが悪化するのだろう。三上の感覚では、この不機嫌な低い声の方が、普段の北野に近い。ボソボソとした声をきちんと聞き取ろうと、新聞記者たちの輪が狭まる。劇的な逆転サヨナラ勝ちなのだが、やはり監督としてはコメントしにくい展開だったのだろう。監督の手腕など、ほとんど関係ないような試合だったし。

　囲み取材は五分ほどで終わり、長泉が記者たちに摑まった。

「長泉さん、石岡選手への取材をお願いできませんか」

　数人の記者がそれに同調する。長泉はうなずいてロッカールームに向かいかけたが、思い直したように立ち止まり、三上を記者たちに紹介した。

「今年は、こちらの三上が石岡の専属広報を務めることになるので、今後の取材申しこみは三上の方にお願いします……ちょっと待ってて」

　長泉が姿を消している間、三上は記者たちと名刺を交換した。人の名前と顔を覚えるのは得意なので、こういう時は助かる。雑談を交わしているうちに、長泉が戻って来た――表情は渋い。

「あー、申し訳ないけど、ちょっと取材に応じられないようで」

「いやいや、お願いしますよ」記者の一人が食い下がった。「明日の一面は石岡選手ですよ？本人からもっと詳しく話を聞かないと」

「これから打ち込みをするそうで」

「こんな乱打戦の後で？」

「本人、納得してないみたいでね。久しぶりの日本球界だから、どうしてもまだ本調子じゃないんでしょう。今日は勘弁してくれ、という話でした。次、よろしくお願いしますよ」

長泉が深々と頭を下げる。三上も倣って一礼した。記者たちはあまりしつこく食い下がることもなく、その場を離れる。長泉は慌てた様子で、広報部の部屋へ早足で歩いた。

「本当に練習なんですか？」試合の後にも練習する選手がいる、という話は聞いたことがある。それにしても、逆転サヨナラ弾を含む二本のホームランを放った夜に、さらに練習しなくても。

「本人はそう言ってる」

「取材を受けたくないだけじゃないんですか？　そのための嘘とか」

長泉が立ち止まり、さっと周囲を見回した。声をひそめて「俺もそう思う」と言った。

「マジですか」

「部屋で話そう。広報部へは、記者連中も入ってこないから」

自分のデスクにつくと、長泉が両手で頬《ほお》を叩いた。デスクに置いてあったマグボトルを開け、キャップに中身を注ぐ。ぐっと飲むと、思い切り表情を歪《ゆが》めて「ああ」と情けない声を漏らす。

「お茶ですか？」

「ごぼう茶。食物繊維が豊富だっていうから嫁さんが持たせてくれてるんだけど、これが美味くないんだよ」

「そうですか……それで、石岡さんは取材拒否なんですか？」

「本人がはっきりそう言ったわけじゃないけど、俺の感触ではそういう感じだね。取材を受けたくないから、試合後の練習、なんて言い訳をしてるんだろう」

「確かにコメントも出したくない感じでしたし、ヒーローインタビューも、あれはないですよね」

「取材を面倒臭がる選手は昔からいたけど、石岡にはちょっと気をつけないとな」

「プロジェクトⅠ」

長泉がうなずき、ごぼう茶を飲み干した。相変わらず表情は渋い。体にはいいかもしれないが、そんなに不味いなら飲まなければいいのに……長泉の妻は健康に異常に気を遣う神経質な人で、長泉は逆らえないのかもしれない。

「プロジェクトⅠがどんな風に進んでいくかは分からないけど、将来的にはマスコミの力も上手く利用しないとな。新しい監督の誕生は、スポーツマスコミにとっては大きいニュースだけど、監督、球団とメディアの関係が上手くいっていないと、扱いが悪くなる」

「この状態が続くと危ない感じですね」

「あいつも昔は、あそこまで無愛想じゃなかったんだけどなあ」長泉が首を捻る。「確かにマスコミに対しては素っ気なかったけど、最低限の受け答えはしてたよ。今日みたいに逃げ回ることはなかったんだけど……」

「ちゃんと話し合わないとまずいですよね」こんな状態が続いたら、マスコミから総スカンを食ってしまうだろう。マスコミと上手くいっていなかった選手が監督になって、関係に微妙なバランスが要求されるようになることも想定される。監督になって急に愛想よくなっても、マスコミ側も上手く関係を築けないのではないだろうか。

「スポーツマスコミっていうのは、我々から見れば内輪の存在だからさ」長泉がボトルのキャップを閉めた。「スポーツの世界を盛り上げていこうという意味では、俺たちと立場も狙いも同じなんだ。要するにインサイダーだよな。だからこそ、いい関係を保っていきたい」

「マスコミを怒らせるな、ですか」

「ちょっと石岡と話をしないといけないだろうけど、誰が首に鈴をつけるか、だな」

「監督に言ってもらうとか」

「それは監督の仕事じゃない。マスコミ対応に関しては、我々広報部が何とかしないと」

「やっぱり沢木部長ですか」

「その前に、我々に話が降ってくるんじゃないかな。沢木部長は、普段は選手と濃厚には接触してないし……俺は自信、ないなあ」

「長泉さんが自信なかったら、他の人なんかもっと駄目じゃないですか」

「君、何か上手い手はないか？」長泉が弱気に訊ねた。

「いやあ……」急にそんなことを言われてもピンとこない。「何か考えてみますけど」

「頼りにしてるよ。石岡専属広報なんだし、今のところは上手い手がないからな」

頼りにされるのはありがたいことだが、こちらも現段階ではノーアイディアだ。必死に考えないと……その前に、石岡に関する情報収集が大事だ。


帰宅して、午後十一時半。四月の夜はまだ冷えこみ、自転車を飛ばしている間に体が冷えてしまった。これは、なかなか大変な毎日になりそうだ……この仕事は、終わりの時間が決まっているわけではない。早く終われば早く帰れるのだが、今日のように四時間ゲームになると、球場を離れるのは十一時過ぎになってしまう。今日は午後二時に球場入りして、九時間ほど働いたことになるが、感覚的にはもっと長く現場にいたような気がする。ローテーションで休みは取れることになっているのだが、シーズンの半年を無事に乗り切れるか、自信がない。

美咲はまだ起きていた。最近は体のためにも早く——十一時には寝るようにしていたので、既にいつもの就寝時間を過ぎている。急に、今後のことが心配になってきた。遅くなるのは仕方ないとしても、チームの遠征につき合って家を空けている時に何かあったら……。

「ご飯は？」美咲は元気だった。

「ああ、いや……」食べ損ねた。というより、いつ食べていいか分からなかったのだ。球場入り前に昼飯は食べていたが、その後は仕事に追われて、きちんと食事をする余裕がなかった。弁当で済ませようと、球場の売店で仕入れてきたのだが、結局食べられなかった。持ち帰ってきたが、こんな時間に家で冷めた弁当というのも味気ない。しかし結局、ダイニングテーブルで弁当を広げるしかなかった。

美咲が熱いお茶を淹《い》れてくれて、三上の前に座る。

「本拠地最初の試合はどうだった？」

「観てた？」ようやく野球に興味を持ってくれたのだろうか。

「ネットで試合展開を追ってたけど、大変だったわね」

「試合自体は面白かったけど……確かにいろいろ大変だ。仕事となると、楽しむわけにもいかないし」

しかしこの弁当、味つけが濃いな。球場で売る幕の内弁当だから、濃くしないといけないのは分かるが、それにしてもきつい。改善の余地あり、と頭の中にメモした。もう少し、ＪＰミール本社も積極的に絡んで商品開発をすべきではないだろうか。忙《せわ》しなく食べ終えると一応腹は膨れたが、それでも侘《わび》しい気持ちは消えなかった。夕飯ぐらい、温かいものが食べたいよな……。

「こっちで試合がある時は、夕飯を用意しようか？」美咲が申し出てくれた。

「遅くなるから、いいよ。食べるところはいくらでもあるし」ベイサイド・スタジアムから東白楽の自宅までは、横浜の中心部を通り抜けるルートになる。自転車通勤なら、遅くまでやっている店に素早く立ち寄ることもできるだろう。

「毎日外食ってわけにはいかないでしょう。お金もかかって大変よ」

「そうだよなあ……でも、遅くなると申し訳ないから。赤ん坊のこともあるし」

「まだ大丈夫よ」美咲が苦笑した。「ぎりぎりまで普通に動いていた方が、体にはいいんですって。でも、選手の人とか、食事はどうしてるのかしら」

「時間をずらすみたいだね。朝飯は昼前、第二食は試合前の四時か五時、終わってから遅い時間に夕食、とか」

「翔太君もそれに合わせる？」

「でも、朝はちゃんと起きないといけないからなあ」

パイレーツへ来る前に想像もしていなかった仕事が、毎日の朝刊のチェックだった。一般紙ではなくスポーツ紙。どの新聞も同じようなことを書いているだろうと思ったのだが、独自色を出そうと記者たちがしのぎを削っているらしい。シーズン中のスポーツ紙の野球関係の特ダネといえば、選手の怪我と移籍などの動向だという。怪我はそのまま選手のプレーに直結するし、中心選手ならチーム全体の作戦にも影響を与える。怪我した場合、基本的に出るか休むかは選手と医療スタッフの話し合いで決まるが、チームとしてはぎりぎりまで隠しておきたいところだろう。逆にライバルチームから見れば、是非知りたい情報でもある。

移籍に関しては言うまでもない。トレードやFA、さらに言えば引退は、プロ野球の世界では誰もが注目するイベントである。大物の移籍がシーズン中に成立することもあり、記者たちは常に動向を探っているのだ。広報が知らぬ間に超大型トレードがすっぱ抜かれて、後始末に大騒ぎしたことがある、と長泉も言っていた。

とにかく朝は、スポーツ紙全紙をチェックして記事を確認。今は、記事はネットで先に出してしまうのが普通だが、本当に紙面で特ダネにしたい時はネットに流さないのだという。ネットで書いてしまうと他紙も早くキャッチし、朝刊では同着になってしまうからだ。こんな時代でもネットではなく紙が優先――それ故朝刊のチェックは必須である。どこかが特ダネを書いていれば、何か対応を取る必要があるかどうか、広報部内で調整しなければならない。まず考えなければならないのは、抜かれた社に対する対応だ。確認のために、記者はまず知り合いの広報部員に電話してくることがあるから、特ダネ情報は一刻も早く頭に入れておかねばならない。

――そんなことを考えながら、食事の問題も気になる。

「食事の時間、ずらして大丈夫かな」三上は遠慮がちに訊ねた。

「私は普通に食べるわよ。準備はしておくから、翔太君は一人で食べて」

「何だか侘しいなあ」

「今は特別な時期だから、しょうがないわよ。子どもが生まれたら、翔太君のペースに合わせるから」

「それからの方が難しいんじゃないかな」子どもが生まれたら、完全に子ども中心の生活になるだろう。自分の面倒など、見てもらえそうにない。選手はどうしているのだろう……プロ野球選手は概して結婚が早いから、働き盛りの二十代中盤から後半にかけて、乳飲み子がいるケースも少なくない。ナイターで疲れて帰って来て、子どもの夜泣きで眠れなかったら、プレーにも影響が出そうだが。

とにかく、食事については美咲に面倒を見てもらうしかない。

食事……そう言えば、石岡は食事をどうしているのだろう。妻と子どもをアメリカに残したまま、日本に「逆単身赴任」していることは分かっている。家は、昔パイレーツに在籍していた時に住んでいた横浜のタワーマンションだ。彼ぐらい稼いでいたら、家事をやってもらう人を雇うこともできるだろうが、味気ない思いをしているのではないだろうか。

これは使えるかもしれない。石岡に関しては様々な情報を収集してきたから、その中に何かヒントがあるはずだ。

先に寝るように美咲に言ってから、三上は手早くシャワーを浴びた。毎日ぬるい風呂にゆっくり入るのが一日の締めくくりの楽しみだったのだが、球団にいる間にはその習慣とはお別れだろう。仕事によって、自分の生活も変えないといけないんだな、と三上は思い知っていた。

妻が料理好きで助かった、と三上は感謝した。美咲は料理を極めてシステマティックな作業と考えていて、基本の料理方法を知ってさえいれば、どんなバリエーションにも対応できるし、世界中のどの料理もすぐに理解できる、とよく豪語している。もちろんネットでも簡単にレシピを調べられるし。ロックス――ベーグルとスモークサーモンのサンドウィッチが作れるかと訊ねたら、スマートフォンで検索してすぐに、「楽勝」と答えてくれた。近所のスーパーに買い出しに出かけて、ランチタイムにロックスを作る。ニューヨークの朝食に定番のサンドウィッチだというが、先に味見した美咲の感覚では「ランチでも十分」。ベーグルはみっちりしていて重いので、食べ応えがあるという。三上は何度かニューヨークを訪れているが、このサンドウィッチは食べたことがなかった。

「石岡さんのお袋の味的な?」サンドウィッチを包みながら美咲が言った。ちゃんと保冷剤も用意している。

「昔のインタビュー記事で読んだんだ。ニューヨークで一番ハマった食べ物が、このベーグルのサンドウィッチだったんだってさ」

「朝ご飯用かしら」

「朝というか、第二食。試合前に軽く食べる時は、いつもこれだったそうだ。腹持ちはいいけど、それほど重くないから、プレーには影響しないんじゃないかな」

「大リーガーだからって、ピザやハンバーガーばかりじゃないのね」

「それはマイナーリーグだよ」別名「ハンバーガーリーグ」とも言われている。「とにかくありがとう」

「これで懐柔できる?」

「好物を出されて困る人はいないと思うよ」

「これぐらい、横浜でも食べさせる店はありそうだけどね」

「いや、昨日検索してみたけど、ないんだよな。ベーグルは普通のパン屋でも売ってるけど、それをロックスにしてるところは見つからなかった。とにかく、これでやってみるよ」

サンドウィッチが入った包みを持って、三上は家を出た。今日も自転車。最高気温は二十度ぐらいになるはずだが、風を切っていくと意外に寒い。真夏になったら地獄だろうが、その時は電車を使おう。試合が長引いて終電がなくなったら、タクシー代は経費で落としていいと長泉も言っていたし。

しかし、多少寒くても、やはり自転車は快適だ。運動不足解消にもなるし、できるだけ自分の足で漕いで球場と行き来するようにしよう。

午後二時、球場入り。サンドウィッチを広報部の冷蔵庫にしまい、いつものパターンで試合前の準備を進める。今日は、イベントがあるかもしれないから少し緊張している。ベテランピッチャーの丸木《まるき》が、通算百勝をかけて先発予定なのだ。勝ち星がつけばセレモニーが用意されている。巨大な花束や記念のプレートは準備済みだ。

「花束が無駄にならないといいわね」沢木広報部長が、何故《なぜ》か疲れたように言った。

「一発で決まればいいですね」三上は話を合わせた。

「なかなかそうもいかないのが、スポーツの世界よね。去年、輪島《わじま》選手の二百号ホームランが迫っていて、シーズン終盤に毎試合用意したんだけど、結局十試合以上一発が出なくて、花束は全部無駄になった」

「それでトレードされたんですか」輪島は今年から、クリッパーズでプレーしている。「花束の経費、全部無駄になったんですよね？　輪島さん、その責任を負わされたとか？」

「まさか」沢木部長が顔をしかめる。「それより、石岡さんの方はどう？」

「胃袋作戦を考えました」

「胃袋？」

「好物を用意してきたんで」三上は紙袋を掲げてみせた。

「上手くいくといいわね」

「上手くいくと思います？」

「食べ物に対する反応は、人それぞれだから」沢木部長は肩をすくめるだけだった。

この広報部長、ちょっと当事者意識が薄いんじゃないかな、と三上は心配になった。俺に仕事を投げたら、あとは任せきりで自分では何もしない——報告を受けるだけが仕事、とでも思っているのかもしれない。

試合前に一連の仕事を終え、三上は選手用の食堂へ向かった。チームは現在、試合前のミーティング中。これが終わると、多くの選手はここで軽く一日の第二食を摂るのだ。

ほどなく、ユニフォーム姿の選手たちが三々五々入ってきた。試合前だから軽く食べるだけの選手がほとんどだが、抑えの川端は大盛りのうどんにカツ丼《どん》と、炭水化物たっぷりのメニューをガツガツ食べている。彼の出番は試合終盤——数時間後だから、今腹一杯食べても、消化できるのだろう。三上としては、彼が平然とした様子で食べているのが救いだった。昨日は試合をぶち壊してしまったと真っ青になって土下座寸前だったのだが、一日経《た》って何もなかったように大量の食事を平らげている。かなり神経が図太いのか……こんな風に簡単に切り替えができるのも、抑え投手の「資質」かもしれない。

三上は立ち上がって石岡を捜した。いた……小さなバッグをぶら提げて、一人で食堂に入って来るところだった。彼が通り過ぎるとき、テーブルに座っている若い選手たちは、一斉に黙りこむ。チーム一番のスター選手とは、気軽に会話を交わすこともできないようだ。こういう状況は大丈夫なのかな、と三上はまた心配になった。本人がチームに溶けこむ努力をしないでいたら、若い選手も近づけないだろうが……ベテランのスーパースターには、若手選手に伝えることもたくさんあるはずなのに。

石岡は、一番隅の席に座った。近くではフェルナンデスが、通訳と一緒にうどんを食べている。通訳がいると言っても、フェルナンデスはもう日本球界で七年目。日常会話には困らないぐらい日本語も分かっているという。フェルナンデスは、石岡に向かって、日本流にお辞儀をしてみせた。石岡も軽く会釈を返す。いいタイミングだと思い、三上は彼の前に立った。テーブルを挟んでいるとはいえ、やはり石岡の圧は強い。

「石岡さん、食事は……」

「用意してきている」

石岡はバッグから弁当箱を取り出した。ちゃんとした弁当――握り飯と、おかずの入る大きな弁当箱だった。まるで妻が家で作るような、家庭の匂《にお》いがする弁当。

「座っていいですか」

石岡は無言でうなずいた。話をする気はないようだが、ここは何とかベーグルを誘い水に……

三上は紙袋からベーグルを取り出した。アルミフォイルに包んであるのを、石岡の方へ差し出す。

「石岡さん、これ、どうですか」

石岡が何も言わずに顔を上げ、三上の顔と包みを交互に見た。

「ロックスです。メッツにいた時のインタビューで、ニューヨークでハマった食べ物はロックスだって言ってましたよね」

「言ったかもしれない」

「言ってましたよ。この辺だと、売ってるところがないので、嫁さんに作ってもらいました。ランチにどうですか」

「申し訳ないけど、俺の昼飯はこれに決まってるんだ」

「奥さん……の弁当じゃないですよね」

「妹だ」

「妹さん、いるんですか」知らなかった――調査不足だ。

「横浜の大学の家政学部で、栄養学の講師をやってる」

「ああ……専門家なんですね」やられた。プロ野球選手なら食事にも気を遣うのは当たり前で、周りにサポートしてくれる人がいるなら、当然頼るだろう。いなければ、見つけ出して金を払って援助を頼む。ロックスが体に悪いとも思えないが、栄養バランスを考えた食事に加えてこれを食べると、明らかにカロリーオーバーだろう。

「そういうことに気は遣わないでくれ。君はマネージャーじゃないんだろう？」

「広報です」一応、立場は認識してもらっているのだとほっとする。視界にも入っていない、というわけではないようだ。

「だったら、自分の仕事をしてくれ。俺は、自分のことは自分で面倒を見る」

「でも、ロックス、美味いですよ」自分はまだ食べていないのだが、美咲が美味そうに食べているのを見ているから間違いない。美咲の舌は信用できる。「妻が作りました」

「奥さんが作ってくれたなら、自分で食べるべきだな」

「はあ」作戦、あっさり失敗。仕方なく、三上はアルミフォイルを開けてベーグルのサンドウィッチをかじった。ベーグルはどっしりと重みがあって歯応えが強い。スモークサーモンの塩気もほどよく、玉ねぎとケッパーがいいアクセントになっている。そしてクリームチーズが全体の味をまろやかにまとめ上げる――相当美味いが、相当ヘヴィだ。三上の胃袋では、一つ食べれば十分、という感じである。

「ちなみにロックス、ではないから」突然石岡がぼそりと言った。

「はい？」

「ロックスっていうのは、中身のことだ。正確にはベーグルアンドロックス。それに厳密に言えば、ロックスはスモークサーモンとは別の料理だ」

「さすが、ニューヨーカーですね」

「元ニューヨーカー、だ」

それきり、石岡は口を閉ざしてしまった。ああ、いたたまれない……ベーグルを食べ終えるまでは席を立てないし、そもそももう一個をどうするべきか。三上は仕方なく、少し離れたところに座るフェルナンデスにベーグルを差し出した。

「よかったら」

「どうも」フェルナンデスは日本語で言って平然と受け取り、アルミフォイルを開けた。「ベーグル、ね」

「中身はスモークサーモン」ロックス、ではないわけだ。後でロックスの正体を調べること、と三上は頭の中にメモした。本物のロックスなら、石岡も食べてくれるかもしれない。

「これは初めてだね」

「アメリカで暮らしてたのに？」三上は思わず目を見開いた。アメリカのどの街でも、パン屋の店先でベーグルは見かける。専門店も珍しくない。

「僕はキューバンサンドウィッチ。故郷のフロリダでは定番だ」

しかしフェルナンデスは、ベーグルのサンドウィッチを美味そうに食べた。食べながらも、何かと三上に話しかけてくる。この人懐こい性格は得だろうな、と思う。外国人選手は、大きなプライドを持って来日する。自分は日本野球よりレベルが高い特別な存在だと思って、他の選手や首脳陣と交わろうとせず、成績が上向かなければそのまま終了——というパターンも多いのだが、稀にフェルナンデスのように、日本の野球に積極的に馴染もうとする選手もいる。フェルナンデスは大リーグへ昇格した経験がなく、最高はトリプルA。チャンスを求めて韓国球界へ移籍し、そこで三年ほど抜群の打撃成績を残した後、日本球界に転身してきたのだ。セネターズを経て、パイレーツで四年目。既に三十三歳、これからメジャーへというのは現実味がないから、本人は日本球界に骨を埋めるつもりかもしれない。だから積極的に日本語も話すようにしているのではないだろうか。もちろん、単に生まれつき人当たりがよく好奇心の強い人間であるだけかもしれないが。

フェルナンデス、それに通訳を交えて話しこんでいる途中、石岡が立ち上がるのが見えた。思わず三上も立ち上がり、「石岡さん」と声をかける。

「何か?」石岡が冷たい口調で応じる。

「いえ……失礼しました」作戦失敗。何か新しい手を考えないと。しかし、石岡の気持ちをこじ開けるのは、相当大変そうだ。そもそも無理かもしれない。

石岡との距離はなかなか縮まらなかった。活躍は全盛期に匹敵するほどで、マスコミの注目はさらに高まったのだが、取材を嫌がる態度に変化はない。何とか拝み倒して取材に応じてもらい、お立ち台にも何度か立ってもらったのだが、石岡はどんどん不機嫌になるようだった。

五月の連休は、プロ野球の稼ぎ時である。少年ファンが大勢押しかけ、ベイサイド・スタジアムの三連戦は大入り満員が続いた。球団としては喜ぶべき事態だが、三上の気持ちは晴れない。石岡の懐に入りこむ作戦も考えつかず、ただ「仕事」として話す日々が続いていたので、ストレスが溜まる一方だった。

連休最終日の試合、パイレーツは敗れた。大入り満員は喜ぶべきことだが、この時点でチームは借金三で、五位に沈んでいる。最下位の名古屋セネターズが借金十と絶不調なので、まだ最下位転落を心配するような状況ではないが、調子は決してよくない。ＳＮＳでのファンの書き込みにも「例年通り」「もう慣れた」と早くも諦めの声が溢《あふ》れていた。長期的視野に立てば、石岡を上手くパイレーツに残して、将来のチーム再建を託す——いや、石岡が名将になれるかどうかは誰にも分からないのだが。今のところ、コミュニケーション能力に乏しい頑固なベテラン選手、という感じでしかない。こういう人が監督になり、若い選手を上手く使って自由自在に試合を組み立てていけるとは思えなかった。もちろん話題にはなるから、ある程度の集客数増加にはつながるだろうが、そんなものは長続きしないだろう。

この辺、プロスポーツチームは難しい。一番いいのは、強いが故にファンが増えることだが、弱いと球場がガラガラになるわけでもないのが不思議なところだ。ここ数年、毎年のようにパイレーツと最下位争いをしているクリッパーズの本拠地・浪速ドームは、大入り満員の連続記録を続けている。戦前から続く名門チームだから根強いファンがいるのか、大阪のファンは口の悪さは表面だけで、実は我慢強いのか。

しかし、広報部に来てから、呑みにも行かなくなった。毎日遅くなるし、遠征も多いから、どうしても外で呑んでいる時間がないのだ。ストレスが溜まっているのは意識しているが、酒で憂さを晴らすよりも、少しでも長く寝たい、というのが本音だった。そうでなくても、美咲の体調も心配だったし。医者は「珍しいぐらい順調」と言っているようだが、とにかく初めての出産だから用心に越したことはない。自分一人だけ、酒を呑んで酔っ払っているわけにはいかないのだ。

でも、今日ぐらいはいいんじゃないかな、とも思う。日程の都合で、明日から二日間はオフなのだ。三日後からは福岡、名古屋と遠征だし、少し気を抜いておくのも、精神安定のためにはいい……珍しく、九時半には全ての業務が終了したし。

美咲に恐る恐る電話すると「たまにはいいんじゃない？」とあっさり許可してくれた。一歳年上の彼女は、基本的に姉御肌だ。時に三上を子ども扱いするのが気に食わないが、今日は甘えることにした。

何か食べて軽く呑めるところ……中華街まで出ようかと思ったが、あそこは夜は早い。九時を過ぎると、ほとんどの店は営業を終了してしまう。となると、みなとみらい地区の中か、横浜駅周辺——自宅のある東白楽駅周辺は、駅を出るといきなり住宅街になっているので、気軽に呑んだり食べたりできる店が少ない。考えてみれば三上は、横浜駅周辺にもあまり詳しくないのだ。今まで基本的に、家と、ＪＰミール本社のある恵比寿との往復という生活だったので、馴染みの店は圧倒的に恵比寿に多い。どうしたものかと考え、選手用の駐車場の一角で固まっていると、声をかけられた。

「三上君」

振り向くと、今年クリッパーズからパイレーツに移籍してきたベテラン投手の岡谷《おかや》だった。ベテランといってもまだ三十三歳だが、プロ野球選手で三十三歳と言えば、キャリアはもう後半に入っていると言っていいだろう。しかしタフな選手で、今季も中継ぎとしてフル回転している。

「お疲れ様です」

「何だい、こんなところで」

「自転車通勤なんですよ」

「近くに住んでるの？」

「東白楽です」

「ああ、近いね……もう帰る？」

「ちょっと軽く一杯って思ったんですけど、いい店が浮かばなくて」

「じゃあ、焼肉、つき合うかい？」

「焼肉ですか……」そんなヘヴィなものは想定してもいなかった。軽く食べて軽く呑んで、と思っていただけである。

「奢《おご》るからつき合えよ。若い連中を誘ったんだけど、今日はことごとく断られちまった」

「じゃあ……お供します」

「それじゃ、タクシーを呼んでくれないか？　車はここへ置いていくから」

「分かりました」

すぐにタクシーを呼んで、乗りこむ。選手と一緒に食事をしていいものか……広報はどれぐらい選手と親しくなっていいか分からなかったので、長泉に質問をぶつけてみたことがあるのだが、彼の答えは「ケースバイケース」だった。特定の選手とあまりにも親しくしているとまずいが、食事や酒ぐらいは構わないだろう、と。あまり親しくなるとまずいというのは、何となく理解できる。選手から見れば、広報のスタッフも球団職員なのだ。すなわち、自分たちを査定する立場の一員である。広報部員を接待しても査定がよくなるわけではないだろうが、他の選手から変な風に見られても困る、ということだろう。

タクシーが走り出すと、岡谷が何度も座り直して呻《うめ》き声《ごえ》を上げた。

「どこか怪我でもしてるんですか」三上は思わず小声で訊ねた。

「そういうわけじゃないけど、この年になると、投げた後は大変だよ。ケアにも時間がかかるようになった。マッサージの時間がどんどん長くなる」

「岡谷さん、単身赴任ですよね」

「そう、子どもが今年から小学二年生でさ。さすがに転校させるのも可哀想《かわいそう》で、大阪に残してきた」

「横浜、もう慣れましたか？」

「俺はそもそも横浜生まれだよ」

「——そうでした、失礼しました」選手のデータは完全に頭に入れたと思っていたが、漏れがあったようだ。暇を見て、また選手名鑑を読み直さないと。「じゃあ、出身地に戻ってきた感じなんですね」

「まあ、そうなんだけど……実家はもうない」

「そうなんですか？」

「契約金で親に新しい家を買ったんだけど、それが相模原《さがみはら》の方でさ」

「ちょっと遠いですね」

「さすがに相模原から横浜まで通うのは面倒臭いから、近くにマンションを借りてる。初めての一人暮らしだよ」

「そうなんですか？」

「高校からプロの若い頃までは寮で、寮を出たらすぐに結婚したし」

「じゃあ、今は初めての一人暮らしを満喫って感じですか」

「気楽だけど、不便なんだよなあ。時々嫁さんが掃除と洗濯に来てくれるけど」

「食事なんか、大変じゃないですか」

「近くの店に頼んでるんだ。試合後の夕飯は、できるだけそこで準備してもらうようにしてる。外に台所を持ってるようなもんだね」

「さすがですね」

「体が資本だから、飯はちゃんと食わないと。でも、たまに栄養バランスを無視して焼肉を食いたくなるんだよな」

「焼肉は、そんなにバランスは悪くないと思いますよ。野菜もたくさん食べるし」

「まあ、そういうことにしておこうかな」

タクシーで十分ほど。JR横浜駅の西口に出て、岡谷は彫刻通りで車を停《と》めさせた。彼が金を払ってしまったので、まずかったと思う。

「岡谷さん、タクシー代……」

「気にすんなよ、これぐらいは奢るから。つき合ってもらうお礼だ」

「――すみません」

何だか申し訳ないが、給料の違いを考えれば自分が出すのも変な感じだ。やはりプロ野球選手というのは、特別な職業なのだと思う。

岡谷はこの辺をもう馴染みにしているようで、迷わず歩いて飲食店ビルに入る。体が大きいので注目を集めているが、パイレーツの岡谷と気づく人はいないようだ。移籍してきたばかりだし、横浜の人が全員パイレーツファンというわけではない。

高級なチェーンの焼肉店だった。おしぼりで丁寧に両手を拭《ふ》きながら、岡谷はまず生ビールを注文する。

「これ一杯だけな。俺、シーズン中はあまり呑まないんだよ」

「そうなんですか?」

「呑み過ぎると手がむくむんだ。ボールを握った時の感覚が全然違うんだよ。毎試合スタンバイだから、気をつけないと」

「デリケートですね」

「そうだよ。ピッチャーは肉体的、精神的にデリケートなんだから、いろいろ気を遣ってもらわないと」

「肝に銘じておきます」

「適当に頼んでいいか？」

「もちろんです」

岡谷は肉と野菜を一気に注文した。すぐにテーブルが一杯になってしまい、二人は急いで肉を焼き始めた。高級な店だけあってさすがに肉は上等で、サンチュに包んで食べると感動するぐらい美味い。自分で焼肉を食べに行く時は、こんな高い店は選ばない。

岡谷は凄《すさ》まじい勢いで肉を消費していく。生焼けではと思えるぐらいの速いペースで箸《はし》を動かし、山盛りだったサンチュもあっという間に減っていく。しかしビールは、時に喉を潤す程度で、なかなか減らなかった。それを見ていると、三上はビールのお代わりを頼みにくくなった。

岡谷のペースにつき合って食べていたので、あっという間に腹が膨れてしまう。もう十分だな、と思ったが、岡谷は締めに石焼ビビンバを追加した。

「君はどうする？」

「いやあ……もう食べ過ぎました」

「だけど、締めはいるんじゃないか」

「やめておきます」

「遠慮しなくてもいいのに」

「胃が遠慮してます」

岡谷が声を上げて笑う。ビールを呑み干すと、別に頼んでおいた烏龍茶《ウーロンちゃ》をごくごくと呑んだ。

「しかし、スターズは今年も強いな」開幕七連勝。それからずっと首位を走っていて、既に「独走」の声も聞こえ始めている。

「強いですね。大リーグだったら年間百勝するペースです」

「百勝か……」岡谷が唸《うな》った。「だけど、試合数が違うからな。大リーグの年間最多勝ってどれぐらいだ？」

「一九〇六年のカブスと二〇〇一年のマリナーズが百十六勝で並んでます」

「すぐ出てくるのがすごいな。大リーグ好きだって聞いてたけど、本当なんだ」

「そうですね……大リーグの全球場を回りました」

「それはすごい。筋金入りなんだ」感心したように岡谷が言った。「で、石岡さんはどう？　専属広報ってことになってるんだよな」

「上手くいきませんねえ」三上はつい愚痴をこぼしてしまって、警戒した。選手同士の人間関係はイマイチ読めない。岡谷と石岡が仲が悪かったら、下手なことを言うとおかしな噂が広まってしまうのではないだろうか。

「だろうね」さも当然とでも言いたげに岡谷がうなずく。「石岡さん、変わっちゃったよな」

「そうなんですか？」

「取材を嫌がってるだろう？　結構揉《も》めてるのを、俺らも近くで見てるんだぜ」

「すみません、力不足で」

「それは俺たちには何とも言えないけど、昔はあんなことなかったと思うんだよな。アメリカに行って、変わっちまったかな」

「単身赴任ですし……」

「それはあるかもな」岡谷がうなずく。「石岡さんの家族、ニューヨークだっけ?」

「ええ」

「じゃあ、そう簡単には行き来できないよな。向こうの学校は、日本の学校とは事情が違うだろうし。奥さんも子どもの世話で手一杯なんじゃないか」

「ですよね……石岡さんの奥さん、地方局のアナウンサーでしたよね?」

「アナウンサーと結婚したわけじゃないよ。高校の同級生がアナウンサーになったっていう話だぜ」

「そうなんですか?　レアケースですね」

「山形の田舎の純情物語ってわけだ。石岡さんも、今は一人で寂しいんじゃないかな」

「食事の面倒は、妹さんが見てるそうです。家政学部の講師だそうですから、栄養学のプロみたいですね」本当にそうであることは、石岡から言われた後で確認していた。

「それでも、嫁さんや子どもと離れ離れはきついと思うよ」

「それで頑なになってるんですかね」

「いやあ、どうかな」岡谷が顎《あご》を撫でる。「本当に変わったかどうかは、俺には分からない。何度も対戦したけど、あくまで敵チームの選手として、だったわけだから」

「……ですよね。前にパイレーツにいた時に一緒だった選手は、だいたいいなくなっちゃったんですよね。今、ロッカールームで一番仲がいい選手って、誰ですかね」

「誰ともつき合わない。俺も声かけたんだけど、乗らないんだよ。一緒に呑みにも行ってないし」

「それって、やっぱり特殊な感じですか？」

「普通、誘えば一回ぐらいはつき合うけどなあ。石岡さんぐらいになれば、自分の体に気を遣って、シーズン中は酒を呑まないってこともあるだろうけど……若手の連中なんか、声もかけにくいみたいだ」

「オーラはありますよね」

「まあ、パイレーツの若手は、ちょっと元気がないけどな。これじゃ、強くなれない」

「そういうの、外から来た岡谷さんの方がよく分かるんでしょうね」

「分かるけど、だからと言って俺が声を上げて盛り上げるわけにもいかないんだよなあ」

「でも、リーダーになる年齢じゃないですか」

「そういうのは、野手の方がいいんだよ。ピッチャーは毎試合投げるわけじゃないから、野手の方がキャプテンには向いてる。うちだったら、それこそ石岡さんがちょうどいい立場なんだ。野手最年長だし、実績も申し分ないし」

「申し分なさ過ぎるんじゃないですかねえ」ここまで石岡は打率三割八分超え、ホームラン七本、打点二十五を上げて、この三ジャンルでは全てリーグのベストスリーに入っている。この調子がシーズン終わりまで続いたら、三冠王さえ視野に入ってくるような成績だ。ベテランがこれだけの成績を残していたら、若い選手は気楽にアドバイスを求めることもできないだろう。「恐れ多くて他の選手は引いちゃうんじゃないですか」

「というより石岡さん、話しかけるなオーラを出してるからね。試合が終わるとさっさと帰るし」

「そうなんですか？」

「早く帰りたいみたいなんだよ。だから、試合後の取材も断ってるんじゃないかな」

「トレーニングのためと聞いてます」

「いや、それはないよ」岡谷が即座に断言した。「試合後に、石岡さんが室内練習場で打ちこみしてるところなんか、見たことない」

「そうなんですか……」

「俺は、愛人じゃないかと思うけどね」

「まさか」

「いやいや、あなたも心しておいた方がいいけど、プロ野球選手っていうのは基本的にお盛んだから。今時そういうのは流行《はや》らないと思ってるかもしれないけど、シーズン中半分は旅をしてるわけだから、自由なんだ。バレない範囲で遊ぶには、俺は別に構わないと思うけどね」

「単身赴任なら特に、ですか」

「いやいや、俺は白だよ」岡谷が慌てて言った。「家族第一だから」

「だったら石岡さんも……」

「石岡さんの家族はニューヨークだから、さすがに目が届かないんじゃないかな。だいたい、女絡みじゃないと、あんなに早く帰りたがらないよ」

「石岡さん、そういうタイプなんですか？」深くは知らないが、女性関係で問題を起こしそうには見えない。

「どんなに聖人君子みたいでも、寂しいと何をするか分からないんじゃない？」

「ちょっと考えられないですけどねえ」三上は首を捻った。

「まあまあ……俺がこんなこと言ったなんて、石岡さんに言うなよ」

「言いませんよ」石岡が怖いなら、最初からそんなことは言わなければいいのに。むっとして、三上は烏龍茶を一気に飲み干した。

「とにかく」岡谷が咳払《せきばら》いした。「昔からの知り合いがいないのがきついのは間違いないんじゃないかな。七年ぶり……八年ぶりだっけ？　日本に戻って来たら、昔とは全然違うチームになってたんだから。気楽に話す相手もいないし、やりにくいんじゃないかな。元々、そんなに社交的じゃないかもしれないし。どこのチームにもロッカールームの主みたいな選手がいるけど、石岡さんはそういうタイプじゃないんだろうな」

「そんなもんですかねえ」子どもじゃないんだから、と思ったが、環境が変わってすぐにその場に溶けこめる人ばかりとは限らないだろう。元々石岡は頑固というか、自分の世界に籠《こも》りがちな人かもしれないし。野球以外の全てが面倒でしょうがない、というタイプであってもおかしくない。

　そう言えば……石岡に関する情報は散々集めたつもりだった。あれだけの選手だから、様々な媒体でインタビューを受けて、記事が残っている。パイレーツでは、記事も映像も選手別に全て記録しているので、みっちり読みこんだのだが、それでも石岡という選手の「人柄」がなかなか伝わってこないで、もどかしい思いをしたのを覚えている。もしかしたら、本当に親しい相手以外に対しては、薄いバリアを張り巡らせる人なのかもしれない。本音を読まれないように、そういう風にする人はいるものだ。特に有名なプロスポーツ選手や芸能人などは、自分の心を守るためにも、巧みに本心を隠し、表面上の愛想の良さを守るのではないだろうか。

「石岡さんと特に親しい人とか、いないですかねえ」

「チームの中ではいないんじゃない？　選手もスタッフも。むしろ、アマチュア時代のチームメートとかになっちゃうんじゃないかな」

「高校時代とかですか……」石岡のチームメートで、プロになった選手は他にいない。多くの人が、地元の山形で暮らしているはずだ。後輩が何人かプロ入りしているが、面識はないのではないだろうか。

「高校時代の部活の仲間は、特別な存在だからさ。監督には頭が上がらないし」

それは分かるが、さすがに話を聞くのは無理か……出身地の山形へ行けば、昔のチームメートに会うのは難しくないだろうが、シーズン中にそんな時間を作れるかどうか。

「三十五歳にもなると、昔一緒にやってた連中も、現役を引退しちゃってることが多いしな」岡谷が妙にしみじみと言った。そう言う彼も三十三歳。この先どうする、ということは考えているに違いない。

「プロ野球選手って、辞めた後の方が大変なんでしょうね」

「結局、あなたみたいなサラリーマンが一番安泰なんじゃない？」

「今はサラリーマンっていう感じじゃないですよ」同じ広報でも、本社とはあまりにも仕事の内容が違う。戸惑うばかりで、未だにふわふわした雲の上でも歩いているような感じだった。

「プロ野球は特別な世界だからねえ――しかし、石岡さんのこと、そんなに心配してるんだ」

「専属広報ですから」今はとても役割を果たしているとは言えないのだが。

「というより、大事なのはプロジェクトIだろう？」岡谷がいきなりズバリと指摘した。

返事ができずに、三上は黙りこんだ。これはある意味、球団のトップシークレットである。現役の選手を監督に押し上げるために様々な努力をしているということが他の選手に知れたら、トラブルの種になりかねない。

「別に隠さなくてもいいよ。石岡さんが将来の監督含みで日本に戻ってきたことなんて、誰でも分かってるんだから……あんたは言いにくいだろうけど」

「勘弁して下さい」

「俺は外様《とざま》だから何も言えないけど、まあ、こういうことってあるよな。入団した時から、将来の監督候補って言われる人もいるわけだし」

「石岡さんもそうだったんでしょうか」

「それはないと思う。でも今のパイレーツには、石岡さん以外に監督候補がいないだろうな。人材払底だね」

「何だか侘しい話ですね」

「——そう言えば、久保《くぼ》さんって知ってる?」急に思い出したように岡谷が言った。

「どの久保さんですか」

「ベアーズの広報の久保さん」

「……いえ」

「石岡さんとドラフト同期なんだ。ただしベアーズにトレードされた後引退して、今は広報兼バッティングピッチャー」

「そうなんですか」選手上がりの広報はパイレーツにもいる。三上より三歳年上の後藤《ごとう》で、映像系に強い。引退してから必死で勉強したという話で、チームの公式映像は全て彼の撮影・編集によるものだ。「いつでもユーチューバーに転身できる」とよく言っているが、あれは今の仕事に不満があるからだろうか。

「仲良かったんじゃないかな。ドラフト同期って、やっぱり何か絆《きずな》みたいなものがあるから」

「そうなんですね……でも、他のチームの人ですし」

「広報同士って、結構交流があるって聞くけど」

「そうなんですか？」初耳だった。基本的に、チーム付き広報は選手たちの情報発信に徹している——ずっとそうなのだと思っていた。

「広報の先輩に聞いてみなよ。プロ野球なんて、全体で一つの大きな会社みたいなものじゃない？　選手同士はライバルかもしれないけど、スタッフの交流は結構あるって聞くよ」

なるほど、これは大きなヒントだ。高校時代のチームメートを探すのは大変かもしれないが、ドラフト同期、しかも今は自分と同じ仕事をしている人なら、話しやすいかもしれない。もしかしたら日本に戻ってきてから、石岡が連絡を取っている可能性もある。

「しかしあんたも熱心だよねえ。上のプレッシャーがすごいのかな」

「そういうわけじゃないです」

「だったら何でそんなに一生懸命、石岡さんの面倒を見ようとするわけ？　取り敢えず絶好調なんだから、放っておけばいいじゃない」

どうして……考えてみたが自分でも分からない。お節介な性格なのか、自分でも意識しないうちに石岡に引きつけられているのか。

元大リーガー。しかし本音は石の壁の向こう。だからこそ、なのだろうか？　自分はそんなにチャレンジャーだったのか？

第三章　拒絶

「それはやらない」石岡が冷たく言い放つ。

「負担にはなりませんから」三上は食い下がった。「試食して、一言コメントをもらうだけです。五分で済みますよ」

「そういうことをしている暇はない」

「でも、ファンのために……石岡さんを身近に感じてもらうためなんですよ」

「これだけじゃないんです」沙奈江が張り切った口調で言って、ノートパソコンの画面を石岡の方へ向けた。「石岡ドッグ、石岡バーガー、石岡ポテト、石岡サワー……石岡さんの名前で様々な商品を展開します。それを、ＪＰミールの商品展開にも波及させたいんです」

「好きにやればいい。俺は別にそれで構わないから」

「でも、石岡さん本人のお墨つきがないと、嘘になってしまいます」

沙奈江が食い下がったが、石岡は肩をすくめてさっさと立ち上がった。六日間の遠征を終えて横浜に戻り、これから本拠地六連戦。その最初の日の試合前、全体練習が終わったところで食堂で摑まえて、「石岡弁当」の試作品を食べてもらおうと思ったのだが、いきなり断られてしまったのだった。

「それと」石岡が頭の上から声をかけてきた。「例の『スポーツファイト』の取材、断ってくれ」

「いや、あれは受けましょうよ」三上は思わず立ち上がった。「大特集をやるそうですから、話題になりますよ」。「スポーツファイト」は、隔週で発行されている老舗《しにせ》のスポーツ専門誌である。毎号大きな特集を組んで、一流のライターが書いていることもあり、書かれる方にとってもステータスになっているのは間違いない。その日の試合結果をコンパクトに伝えるスポーツ紙の記事とは、密度が違う。

「俺には関係ない」

「石岡さん、日本に戻ってから初めての『スポーツファイト』ですよ。あれに出たがる選手も多いんです」

石岡は依然として好調を維持しており、遠征での六連戦でも打ちまくった。今や打率、打点、本塁打数でリーグトップに立っており、気の早いスポーツ紙は「三冠王」を一面の見出しに謳《うた》うほどだった。いくら何でもそれは早過ぎると思うが、大袈裟な見出しで買わせるのはスポーツ紙の得意技である。

「そういうのは、若い選手に譲ってやってくれ」

「そんな……」

「とにかく断ってくれ」

石岡が足早に去って行く。沙奈江は見本の弁当を手に取り、「あーあ」と溜息をついた。

「これ、自信作なんだけどなあ」

大リーグ経験者の石岡の活躍をモチーフにしたという話で、メーンの具材はステーキ、さらに日本へ戻ってきたのを記念して、ご飯はあさりを炊きこんだ深川飯《ふかがわめし》になっている。沙奈江は自信たっぷりだが、バランスとしてはどうなのだろう。三上も試食もしたのだが、ステーキと深川飯の組み合わせは合わない感じがする。別々に食べた方が美味いと思うのだが……石岡は意外にグルメで、食べずとも味を見切ったのかもしれない。

「三上さん、きちんと石岡さんの面倒を見てるんですか」沙奈江がこちらに非難の矛先を向けてきた。

「きちんとって……石岡さんは、いつもあんな調子ですから」

「三上さんの熱意が足りないんじゃないですか」

「冗談じゃない。ちゃんとやってますよ」三上は思わず反発した。

「だったら、石岡さんも、こんなに素っ気なくしなくてもいいんじゃないですか。ビジネスのことが分かっていない――大人の対応じゃないです」

三上としては、弁当よりも「スポーツファイト」の取材の件が心配だった。「還《かえ》ってきた男」という仮題がついた特集記事は、海外で活躍した後に日本へ戻って、新しいキャリアを歩み出したアスリートを取り上げるもので、石岡はそのトップに来る予定と聞いている。たっぷり四ページ。「スポーツファイト」としては最高級の扱いである。

しかしさっきの様子を見た限り、取材は難しいだろう。三上は沙奈江に断って、取材を申しこんできた「スポーツファイト」編集部の安本《やすもと》に電話を入れた。

「パイレーツの三上です」

「ああ、どうも。どうですか、石岡選手は」

「それが、取材を受けたくないと」

「あらら」安本が慌てた調子で言った。「それはまずいな。何かあったんですか？　取材に関しては、各社ともずいぶん手こずっているみたいだけど」

「野球以外のことに、時間を取られたくないようなんですよ」

「三十分で大丈夫なんですけどねえ」

「その時間を取るのも難しいかもしれません」

「遠征の時でも……その方が余裕があるでしょう？　こっちはどこへでも伺いますから」安本が食い下がる。

「一応、もう少しプッシュしてみますけど……」無駄だろうなと思いながら三上は言った。

「お願いしますよ。もう、トップを開けて待ってるんです」

「すみません、また連絡します」三上は壁に向かって頭を下げ、通話を終えた。溜息をつくと、沙奈江が情けない表情を浮かべてこちらを見ている。

「石岡さん、取材拒否ですか？」

「非協力的ですね」

「まあ、アスリートって面倒臭がりの人も多いですけどね。特に野球選手は」

「そうですか？」

「野球って、毎日試合があるでしょう？　だから他の競技に比べて、取材を受ける機会も多いんですよ。毎日記者さんに追いかけられたら、嫌になっちゃうんじゃないですか？　日本で、毎日記者に話をしなくちゃいけないのって、官房長官とプロ野球の監督ぐらいでしょう」

　思わず吹き出してしまったが、それは事実だ。いや、監督の方が大変ではないだろうか。官房長官は内閣のスポークスマンであり、記者会見も「本業」の一つだ。しかしプロ野球の監督にとって、記者の相手はあくまでサービスのようなものである。北野も本来饒舌《じょうぜつ》なタイプではないので、相当ストレスが溜まっているはずだ。

それにしても、石岡の件には困った。どこかできっちり頭を下げて取材対応をお願いしないと、そのうち取材は全部拒否、などと言い出しかねない。マスコミ側も苛《いら》つくはずだが、これだけ活躍している選手のコメントがなければ、紙面も締まらないだろう。

スマートフォンが鳴る。広報部長。

「今、ちょっと時間ある？」

「はい――大丈夫です」試合が始まるまでは、基本的に体は空いている。

「ちょっと広報部まで来てくれる？」

「分かりました」嫌な予感を抱きながら通話を終える。まだ何か言いたげな沙奈江に「ちょっと広報部長に呼ばれたので」と告げる。

「お願いしますよ。このままじゃ、商品開発が全部アウトになります」

「そのままやっちゃったらどうですか？　石岡さんもそれでいいって言ってるし」

「後で文句を言われたらアウトじゃないですか。ちゃんと本人に食べてもらって、コメントをもらわないと」

「……もう一回言ってみます」

あちこちから押し寄せてくるプレッシャーがきつい。一度きちんと時間を取って、石岡とみっちり話し合わないといけないが、それを考えただけで胃が痛くなってくる。

食堂から広報部まで、ジョギングのスピードで急ぐ。部屋に入る前に肩を上下させて呼吸を整えた。どうせろくな話じゃなだろうから、できるだけ平静な気持ちで臨まないと。

「座って」

沢木部長の態度は普通だった。顔を見ても、特に怒っている様子はない。三上は自分の椅子を引いてきて、彼女のすぐ横に座った。

「石岡さん、どう？」

「……上手くないですね」話は聞いているはずなのに、敢えてこちらから言わせようとしているわけか。嫌がらせなのか、と心配になる。

「相変わらず頑な？」

「ええ。今も、石岡弁当のコメント、拒否されました」

「それじゃ、商品開発の方にも顔が立たないわね」沢木部長が溜息をつく。「石岡さんとちゃんと話してる？」

「最低限ですね。向こうが会話したくない感じなので、無理はできません」

「何なのかしらね」沢木部長が首を捻る。「元々そういう人なのか、それとも何か思うところがあるのか」

「その辺も、じっくり話してみないと分からないんですけど、あまりしつこくつきまとうと、完全に拒絶されそうです」

「実はね、私のところにクレームが入ってるのよ」

「どこからですか」

「東日スポーツ。今年はあそこが幹事社でしょう？　石岡さんがあまりにも取材に対して素っ気ないから、何とかしてくれないかって言ってきたのよ。あなた、聞いてない？」

「現場で言われることはありますけど……それって、正式なクレームなんですか？」現場スタッフを飛ばして広報部長に直接話した、と考えるとムカつく。確かに自分は、球団広報に転じてまだ一ヶ月強。慣れないせいでミスもあるだろうが、頭ごなしにトップに話が行ってしまったら、メンツは丸潰《まるつぶ》れだ。

「正式じゃないわ。正式なら、文書で申し入れしてくるだろうし。あくまで相談、という感じね」

「石岡さんみたいに、取材に非協力的な選手って多いんですか？」

「昔はいたらしいけど、今は絶滅危惧種《ぜつめつきぐしゅ》ね。新人選手にはマスコミ対応の教育をするし、だいたい、十分や二十分取材に時間を割いても、練習や試合には影響ないはずなのよね」

ふと思い出し、三上はベアーズの久保の名前を出してみた。

「ご存じですか？」

「私は知らないけど、長泉さんは知ってるんじゃない？　彼、リーグの広報の顔みたいな人だから。ボスというか……その久保さんという人がどうかしたの？」

「元々パイレーツの選手で、石岡さんとは同期だそうです。今もつながっているかもしれない……話を聞いてみてもいいですかね」

「もちろん」沢木部長があっさり許可した。「連絡先は、長泉さんに聞けば分かるかもしれないわよ。少なくとも、ベアーズの現場キャップとはつながってるはずだから」

「分かりました。何かヒントがあるかもしれないから、折を見て話を聞いてみます。でも、別のチームなのに、広報同士にはつながりがあるんですね？」

「それはそうよ」呆れたように沢木部長が言った。「試合で顔は合わせるし、別のチームの選手同士が一緒に自主トレすることとか、あるでしょう？　そういう時だって、広報が取材を仕切るから、普段から情報交換もしている。トラブルの時は、速攻で情報を回すしね」

「トラブルって言われても……そんなこと、あるんですか」

「コロナの最初の頃とか、かなり大変だったみたいよ。陽性者が出た時にどうやって発表するか、謝罪するか……足並みを揃える必要はないけど、球団によってあまりにも対応が違うと、変な感じがするでしょう？」

その件なら、三上にも覚えがある。新型コロナが猛威を振るい始めた二〇二〇年の春、陽性者が出ることは、企業にとってはほぼ不祥事だった。今になって考えれば、あれだけ感染力が強い病気なのだから、クラスターが発生するのも仕方なかったのだが、陽性者が出た時にどう発表するかでは、広報部も相当悩んだ。ただし、他の会社と相談して発表のやり方を揃える、ということはなかった。三上も、ライバル他社の広報に個人的な知り合いはいない。広報研修などで名刺を交換したことはあるが、関係はそこから先へは進まなかった。プロ野球チームというのは横並び意識が強いのか、あるいはプロ野球自体が一つの大きな世界という考えなのか。いずれにせよ、JPミールの広報時代とは発想を変えていかねばならないだろう。

「情報収集になるなら、誰と会っても構わないから。それと、石岡さんときちんと喋る時間を取って」

「なかなか難しいですけど……部長から言っていただく方が、説得力があるんじゃないですか」

「石岡さんの担当はあなた。任せたんだから、そこはきちんとやって。あなたも、広報の素人じゃないんだから」

プロジェクトIと言うと、いかにも球団挙げての大きな企画のイメージだが、石岡対策はあくまで自分一人に任されているわけだ。これは気をつけないと……失敗したら、全責任が押しつけられるかもしれない。

いや、失敗しなければいいんだ。

三上は自分を鼓舞した。せっかく野球に関わる仕事ができるのだから、張り切ってこのプロジェクトを成功させないと。大リーグ専門で観てきたものの、選手と接して話をしているうちに、プロ野球も面白いものだと興味を刺激されていた。日本だろうがアメリカだろうが、やはりプロのアスリートは「超人」なのだと思う。そういう人たちと普通に話ができるのは、仕事とはいえとんでもなくラッキーなことだ。

好きな野球に関われる仕事——いいじゃないか。三上は自分に言い聞かせたが、数時間後、そんな呑気なことは考えられなくなった。

「駄目だ」石岡が低い声で拒否した。

「今日、三安打ですよ。打率四割が見えてきてるじゃないですか。番記者たちもコメントを欲しがってます」三上は食い下がった。

「忙しいんだ」

「試合の後の打ちこみですか」

「いろいろある」

三安打二打点を上げた石岡は、打率を三割九分まで上げてきた。シーズン通して四割はまず無理——夢の数字だろうが、「やるかもしれない」とファンに思わせるのも、プロスポーツ選手の役目のはずである。

「各社から、いろいろ言われてるんですよ。取材は受けてもらわないと」

「取材を受ける時間があるなら、他にやることがある」

「そこまで自分を追いこんで練習しないといけないんですか」

「俺はいつも、ぎりぎりのところでやってる。そのパターンを外すと、すぐに転がり落ちる」

確かに、石岡のようなレベルのアスリートは、高度なバランスでプレーするものだろう。ちょっとした変化に悪影響を受けるのも間違いないはずで、常に体調や技術を保っておく必要がある……のは分かるのだが。

「そこまで練習していると、逆に疲れが取れないんじゃないですか」

「それは自分でちゃんと調整してる……とにかく、取材はできるだけ断ってくれ」

「広報としては、選手をアピールするのが仕事なんです」

「俺は別に、アピールして欲しくない。結果を出せばいいだろう」

これは、実績十分、しかも第二のピークを迎えようとしている選手の矜持《きょうじ》なのだろうか。雑音をシャットアウトして自分のことだけに集中したいと思う気持ちは理解できないでもないが……十分、二十分の時間も割けないというのはあまりにも頑なだ。

「取材を断るのも広報の仕事だろう」

「正当な理由があれば断りますよ」

「受けたくない、というのは正当な理由じゃないか」

石岡はさっさと踵を返してロッカールームに入って行った。広報はロッカールームに入れるのだが、三上は後を追わない。中であれこれ揉めていると、他の選手から白い目で見られる。

溜息をつきながら、取材スペースで待っている記者たちのところへ戻った。今日も四社から取材依頼が来ていて、本当ならここで仕切ることになるのだが……他の選手は普通に取材を受けている。逆に「俺のことを売りこんでよ」と迫ってくる若手選手もいるぐらいだった。

三上一人が戻って来たので、途端に不穏な雰囲気が漂い出す。

「石岡選手は？」東日スポーツのパイレーツ番キャップ、衣川《きぬがわ》が詰め寄ってきた。表情は険しく、ペンで苛立たしげにメモ帳を叩いている。

「取材には応じられない、と」

「怪我でも？」

「そういうわけじゃないんですが……集中したいそうです」

「でも、試合は終わってるんだよ」衣川がさらに突っこむ。「広報部長にも申し入れしたんだ。知ってるだろう？　いくら何でも、これだけ取材拒否が続くと、こっちだって考えるよ」

「申し訳ないです」三上は頭を下げ、唇を嚙《か》み締《し》めた。ＪＰミールの広報時代には、こんな風に謝罪したことなどなかった……。「本人の希望なので」

「こっちの希望はどうなるんですか？　うちは、読者に記事を届ける義務があるんだ」

「それは重々承知してますが、本人が取材を受けないというので……」

「だから、どうして？　そんなに取材拒否するプロ野球選手なんて、石岡さんだけだよ。取材を受けるのも仕事のうちだと思うけど」

「申し訳ないです」三上はまた謝った。屈辱だ。不祥事でもないのに、広報としてこんなに何度も頭を下げるなんて、考えられない。

「この件、広報部に正式に申し入れするからね」衣川が憤然と言い放った。「こんなことじゃ、仕事にならない。読者だって、石岡さんの活躍を知りたいんだよ」

「それも分かっています」

「だったら何とかしてもらわないと。石岡さん、何かあるの？　取材を受けられない事情でも？」

「そういうことではないと思いますが……試合に集中したい、ということです」

「二十四時間三百六十五日が試合、じゃないでしょう」

「石岡選手にはきちんと言っておきます」

「あなた、前もそう言ってましたよね？」衣川の追及は容赦がない。「実際に石岡さんと話してるんですか？」

「もちろんです」常に中身がない会話だが。

「しっかりして下さいよ。こんなこと、他のチームだったらあり得ない」

「気をつけておきます」深々と頭を下げる。

それでようやく記者たちは解散してくれたが、三上は思わず壁を蹴飛ばしてしまった。冗談じゃない。何で俺が責められなくちゃいけないんだ。全て石岡の身勝手のせいじゃないか。これなら「いつでもどこでも勝手に直撃取材して下さい」というおふれでも出した方がいいんじゃないか？　そうなったら、広報が取材を交通整理する大事さを、石岡も理解するだろう。

その前に……とにかく、石岡ときちんと話してみよう。みっちり話して、言い負かす。こっちの言い分を呑んでもらって、他の選手と同じようにスムーズに取材できるようにしないと。取材できるできないでトラブルになるなど、問題外だ。取材の内容でトラブルになるならまだ分かるのだが……。

もしかしたら石岡は、マスコミに対して不信感を抱いているのかもしれない。あることないこと書かれ、それが原因でSNSが炎上したら、たまったものではないだろう。過去に何かあったのかなかったのか——今夜は、まずそれを聞き出してやろう。

石岡は室内練習場にいるはず——いない。

今年一軍に定着しつつある若手の森島《もりしま》が、マシン相手の打撃練習を終えようとしているところだった。

「ラスト三！」トレーナーの声が響く。

左打席に入った森島が、一度軽く素振りをしてから構え直す。膝元に入ってくる速球を、上手く腕を折り畳んで打ち返した。一、二塁間をライナーで抜くヒット──と三上は見た。残る二球も同じようなコースに来て、同じように打ち返す。まるで機械のように正確な動き。このバッティング練習を見せるだけで金になるんじゃないか、と三上は思った。

「お疲れでした」

森島がトレーナーに丁寧に頭を下げる。それから散らばったボールを拾い始めようとしたので、三上は慌てて声をかけた。

「森島君」選手をどう呼ぶかは難しいところだ。呼び捨てはあり得ないが、一様にさんづけもおかしい。自分より年上の選手には「さん」で、森島のように年下の選手に対しては「君」で呼ぶことをマイルールにしていた。他の職員もだいたいそうしているようだ。

「あ、お疲れっす」森島がひょいと頭を下げ、駆け足で近寄って来た。グリーンの防球ネットを挟んで向き合う。

「石岡さん、来てない？」

「来てないっすよ」森島が首に巻いていたタオルで額の汗を拭う。

「こっちへ来ることは……」

「俺は一回も見てないっすね」

「森島君は、ここでよく練習してる？」

「ホームの時は必ずです。池原《いけはら》さんから言われてるんで」打撃コーチの池原は非常に厳しい人で、目にかけた若い選手を徹底して鍛える。あまりにも指導が細かいので、脱落してしまう選手も多いのだが、「去る者は追わず」がモットーらしい。「池原さん、抜き打ちで査察に来るんですよ」

「それは、サボれないね……で、石岡さんは来てないんだ」

「来てないですね。一度も」森島が断言する。

「そうか……」

「石岡さん、どうかしたんですか？」

「いや、ちょっと話があるだけで……ここにいるって聞いたから」

「見てないっすよ」

「そうか、ありがとう」

「あの、俺、あまり人気ないですかね」森島が急に真顔になって訊ねる。

「そんなことないだろう。グッズの売れ行きも上々だし、歓声だってすごいじゃないか」

「でも、取材が来ないんですよね」

「それは……マスコミの方でも、いろいろ都合があるんじゃないかな」

森島は高卒三年目の今年、レギュラーに定着しつつあるものの、「売り出し中」という感じではない。「売り出し中」というと、目立つ派手な活躍で一面を飾るようなイメージだが、森島は初々しいというよりも、何年もチームのベースを支え続けてきたベテランのような渋さがある。積極的な走塁で相手チームにプレッシャーをかけ、守備では確実にピンチの目を摘み取る——そう、森島は本来、守備の選手なのだ。あまりにも能力が高いので、普通の選手なら「ファインプレー」になるところを、ごく普通にアウトにしてしまう。これから十年——もしかしたら十五年、パイレーツのセカンドは安泰かもしれない。ただし打力に難ありなので、池原から厳しい指導を受けているのだろう。

いずれにせよ、常に一面を飾るような活躍をする選手ではない。しかしマスコミに注目されたいと願うのは、プロスポーツ選手なら当たり前だろう。

石岡にはそういう感覚がない——抜け落ちている。やはり彼の過去を探らねばならないだろう。今に影響を及ぼす原因が過去にあるならば……。


相手が摑まらないとなると、逆にむきになってしまう。どうしても今夜中に、石岡ときっちり話をしたい——三上は選手用駐車場に向かった。既に半分ほどが空いているが、横浜ナンバーの石岡のベンツはある……まだ球場にいるのか、あるいは酒を吞むのでタクシーで出たのか。いや、石岡は酒を吞まないはずだ。

駐車場の片隅にある異質の存在——ハーレーダビッドソンの大型バイクが自然に目に入る。そこへ、記者連中に囲まれたフェルナンデスがやって来た。そうか、これが彼の異例の契約なのだ、と三上は納得した。フェルナンデスは野球選手には珍しいバイクフリークで、契約書の中に「本拠地での試合ではバイクでの球場出入りＯＫ」という項目を球団側に認めさせていた。こういうのは極めて異例らしい。大リーグでは、野球以外のスポーツを趣味にしている選手も多いが、バスケットボールや狩猟は怪我につながる恐れがあるのでシーズンオフでも禁止、という契約が結ばれていることさえある。バイクは、車に比べればはるかに危険性が高いはずなのに、球団側もよく認めたものだ。

そう言えば、バイク雑誌から取材の申しこみがきていたのだった。バイク愛好家の有名人を登場させるような企画はよくあると思うが、これは許可すべきかどうか悩ましく、広報部ではペンディングしていた。バイク雑誌の取材なら、走行シーンなどの写真も必要だろうが、球場の外で撮影となると、シーズン中はなかなか難しい。広報がつき合っても危険性が減るわけでもない。できればオールスター休みにでも……と先延ばしにすることになるだろう。この件は、フェルナンデスにはまだ話していない。ノリが軽くサービス精神旺盛《おうせい》な男だから、いつでも自慢のハーレーで駆けつけると言い出しそうだ。

ハーレーのエンジンの野太い音が響く。それをきっかけに、駐車場までくっついてきた記者たちも解散した。フェルナンデスは何か話しただろうか？　マスコミの取材は、広報を通した正式なものだけでなく、駐車場での直接取材は暗黙の了解で許されている。

駐車場の片隅に、数人の記者が固まっていた。東日の衣川もいる。広報を飛ばして石岡に取材するつもりだろう。まずいな……トラブルを予感して、三上は彼らの方へ向かった。そこへちょうど、石岡が出て来る。石岡はすぐに記者たちに囲まれ、表情を硬くした。

すぐに質問が浴びせかけられたが、石岡は歩みを止めない。真《ま》っ直《す》ぐ自分のベンツに向かうと、ロックを解除してさっさと車に乗りこんだ。三上は慌てて記者たちの輪に割って入った。

「すみません、危ないですので」

「あんた、いい加減にしてくれないか」衣川が怒声を浴びせかけてきた。「ここで取材するのは、基本的にＯＫなんだよ。ずっとそういう風にやってきた」

「石岡さんが嫌がってます」

「選手を守るだけが広報の仕事じゃないだろうが。選手と我々の橋渡しをする――あんたはその橋をぶち壊してる」

「そんなつもりはありません」

「だったら、ちゃんと取材のアテンドをしてくれ」

三上はちらりと車の中の石岡を見た。冷たい表情——エンジンを始動させると、平然とアクセルを踏んだ。車がわずかに動き、衣川にぶつかりそうになる。

「危ないですから——」三上は思わずボンネットに手をついた。

「冗談じゃない！」衣川が吐き捨てた。

「すみません、今日はこれで勘弁して下さい」三上は深々と頭を下げた。

「石岡選手の取材、ちゃんとできるようにしてもらわないと。明日までに、何か回答を出して下さいよ。こんな取材拒否がいつまでも続いたら、俺たちも批判的な記事を出さざるを得ない」

「善処します」

「善処は時代遅れでしょう」衣川が鼻を鳴らして、後ろに下がる。他の記者たちも車から離れた。石岡がゆっくりとアクセルを踏み、駐車場から出て行った。

「本当に、しっかりしてもらわないと、パイレーツ担当として正式な抗議を申し入れるよ。そうなると、厄介《やっかい》ですよ」

脅しか、と言いかけて三上は言葉を呑みこんだ。ここは黙って頭を下げておくしかない。屈辱でしかないし、こんなことが仕事だと思うとやりきれないが……とにかく、本気で何とかしないと、トラブルがさらに膨らんでしまう。


三上は急いで長泉に電話を入れた。彼は球場を出たばかりで、三上の報告を聞くと、すぐに引き返すと言ってくれた。広報部で落ち合って、改めて状況を説明する。

「衣川が怒ってると、厄介だな」長泉の表情は渋い。

「東日さん、幹事社だからですか？」

「それもあるし、あの人自身がしつこいし、結構感情的なタイプだから」

「……そんな感じですね」

「怒らせない方がいい。で、石岡は？」

「今日は話せていないんです。話そうとしたら、駐車場でトラブルになってしまって」

「そうか……」

「どうします？　これから会いに行きますか」自宅は分かっているし、電話をかけてもいい。

「いや、やめておこう。あまり刺激しない方がいい」

「どうしますかねえ」三上は溜息をついた。「あそこまで頑なだと、どうしようもないですよ」

「直接取材を嫌がるなら、次善の策を取るしかないな」

「どんな策ですか」

「毎試合、君がきっちり話を聞いて報道陣に伝えるんだよ。活躍しようがしまいが、関係なしで」

「毎試合ですか？」

「もちろん、ローテーションは守るよ。労基署から目をつけられたら困るから」

簡単に「イエス」とは言えない。これは相当きついミッションだ。

「今日、部長にも呼び出されただろう？」

「ええ。圧をかけられました」

「部長だって圧力をかけられてるんだよ。総務担当役員の萩野《はぎの》さん、本社の人だろう？」

「そうですね」

「俺は本社絡みの人事はよく分からないけど、パイレーツへの出向は、出世のルートなんだよな？」

「そういう風には言われてるみたいですね」三上はうなずいた。パイレーツは不良債権——とは言わないものの、安定した黒字経営はなかなか難しい。しかし、プロスポーツチームを抱えていることで、ＪＰミールのイメージがアップしているのは間違いない。そういうところへ本社から派遣されてくる人間は、それなりの実績を持つ場合がほとんどだ。役員のうち一人は必ず本社から、というのも暗黙の了解になっているらしい。パイレーツで役員を無事に勤め上げれば、本社へ戻って役員就任、というのが一つのルートになっている。

今回、萩野も危ないと感じているのではないだろうか。プロジェクトＩは、三上が想像していたよりもずっと大きな計画なのかもしれない。それなら、広報部長にプレッシャーがかかるのも当然だろう。

「部長の圧は大変かもしれないけど、部長自身もきついんだから、分かってやってくれよ」

「あれぐらいは、大した圧じゃないです。十分耐えられました」

驚いたように、長泉が三上を見た。

「君、若い割にプレッシャーに強いな」

「そうですかねえ」よく言えば堂々としている、悪く言えば図々しいということか。

「最近の若い奴は……なんて言うとオッサン臭いけど、嫌なことがあるとすぐに逃げ出すと思ってたよ。何かスポーツ、やってたんだっけ？」

「ずっと帰宅部です。野球との関わりは、大リーグ観戦だけですね」

「きつい部活でもやってて、先輩後輩の厳しい関係の中で鍛えられたのかと思ってたよ」

「そういう経験がないから、こんなものかと思ってるのかもしれません」

「こんなものじゃないだろうな」長泉が暗い表情でうなずく。「俺の経験だと、プロ野球選手っていうのは気まぐれでデリケートなんだ。石岡だって今は絶好調だからいいけど、調子が落ちてくると、ますます頑固になるかもしれない」

「そうなったら取材も来ないから、問題ないじゃないですか」

「調子が落ちた原因を聞きに来るよ。そういう取材に応じるとは思えないけどなあ」

確かに……選手の状態は日々変わる。今日方針を決めても、明日その通りに実行できるかどうかは分からない。

三上は、ベアーズの久保と会う計画を打ち明けた。長泉は軽い調子で「いいんじゃないか」と同意してくれた。

「長泉さんは、久保さんを昔から知ってるんですか？」

「昔は直接接点はなかったな。久保は二軍暮らしが長かったし、早くにトレードに出されたから。でも、彼が広報に行ってからは、何度も話したことがあるよ」

「次のベアーズ戦で話してみます」

「タイミングを見て、だな。彼はバッティングピッチャーも兼務だから、接触できる時間は限られてるぞ」

「頑張ります」

石岡の過去を知ること——それが現在のもつれた状況を解決する糸口になると信じたかった。

ＪＰミールの向井登紀子社長にとって、ベイサイド・スタジアムは仕事の場だ。年に何回か、ここの最上階にあるＶＩＰルームに取り引き先の人間を呼んで歓待する。三上は今回、そこで

「おつき」を命じられた。本社マターの仕事なのだが、一応球団広報からも一人がつく決まりだそうだ。普段とは違う仕事……ただ隅の方に座って、お声がかりを待つだけ。しかし、自分が何か仕事を命じられるとは思わなかった。

それにしても本当に接待かね……試合が三回まで進んだ時点で、三上は疑いを深めていた。今日招いた相手は、大手製粉会社・亜細亜《アジア》製粉社長の木田《きだ》。向井社長とは東大同期という関係で昔からの知り合いであり、まるでオッサン同士の呑み会のような気安い雰囲気になった。それはいいのだが……既に三回で向井社長の呂律《ろれつ》は怪しくなり、話も繰り返しが多くなった。しかも目の前の試合のことではなく、東大野球部マネージャー時代の想い出話。相手の木田も何度も聞かされている話のはずで、苦笑する場面が多くなった。

VIPルームは十二畳ほどの広さがあり、巨大なモニターで試合を観られる。出てくる料理は、普通の観客が食べるようなものではなく、高級な仕出し料理。刺身を食べながら野球観戦っていうのもどうなのか、と三上は違和感を覚えていた。球場ではやっぱり、どんなに不味くてもホットドッグと生ビールだよな……。

五回裏の攻撃は、三番の石岡から。そのタイミングで、向井社長と木田がVIPルームの外に出た。十人ほどが座れるシートになっており、高い位置にあるとはいえバックネットの真裏なので、やはり特等席と言っていい。

石岡は初球を叩いて流し打ちし、右中間を真っ二つに破る二塁打を放った。しかも送球が逸《そ》れたのを見逃さず、すぐさま三塁を狙う。しかし素早くバックアップに回っていたキャッチャーが三塁へ送球。石岡は猛烈なヘッドスライディングを見せたが、ぎりぎりのタイミングでタッチアウトになった。それでも、アグレッシブな走塁に、スタンドからは大きな拍手が降り注ぐ。

「これがないと」向井社長が声を張り上げる。声が大きい——百七十センチ近くあって、体格もがっしりしているから声が大きくてもおかしくないのだが、アルコールのせいで抑えが利かなくなっているようだ。「今のうちのチームにないのは、あの積極性ですよ。やっぱり石岡選手には、監督としてあいうアグレッシブさを他の選手に伝えてもらわないと」

「石岡選手、監督になるんですか？」木田が不思議そうな表情を浮かべて訊ねる。

「そうですよ。プロジェクトI。石岡選手を監督に据えるための計画は、もう動いているんです」

三上は顔から血の気が引くのを感じた。幸いと言うべきか、五つ並んだVIPルームの両隣は今日は空いている。大声で話していても、他の席の人には聞こえないはずだが、それでもどぎまぎしてしまう。いくら古い友人とはいえ、他社のトップにあんな話をしたら……とはいえ、本社の社長に「やめて下さい」とは言えない。隣に本社の広報部長・宮下がいるのだが、今の会話がまずいとは思っていない様子だった。

五回裏の攻撃が終わったところで、向井社長がトイレに立った。三上はすかさず、亜細亜製粉の木田の横に座って、急いでまくしたてた。

「パイレーツ広報の三上です。申し訳ありませんが、今の話は内密にお願いできませんか？」

「プロジェクトI？　あれ、本当なの？」

「まだ表に出せる話じゃないんです。極秘に進めている計画が外に漏れたら、全部終わりです。チームとしては、今後の命運をかけた計画なので、どうか——」

「分かった、分かった」木田が苦笑する。「登紀子は昔から、『ダダ漏れの向井』って言われてたんだ。酔っ払うと、何でもすぐに話しちまう」

「そうだったんですか……」そういうキャラだからこそ、JPミールのトップになれたのかもしれない。東大出、地頭がよくて仕事もできて、しかし酒を呑むと少し脱線する緩い部分もある――上には好かれるタイプだ。ただし社長なのだから、少しは自重してもらわないと。社長と平社員では、同じことを話しても言葉の重みが違う。

「聞かなかったことにしておきますよ」木田がうなずく。「しかし、広報も大変だね」

「パイレーツを守るためです」

「そういう忠誠心、最近はあまり聞かないね。どうだい？　うちで仕事をしてみないか？　君みたいな社員は貴重な存在だと思う」

「ありがとうございます。でも、今のところは……」

「そうだな。パイレーツで広報をやってる方が面白いかもしれないな。プロスポーツに関われる機会なんて、滅多にないだろうから」

だからと言って、満足しているわけではないのだが。後で宮下にも釘《くぎ》を刺しておかないと、と考えると気が重い。かつての上司に頼み事をするのは何かと面倒なのだ。ほどなく、向井社長が戻ってきた。生ビールがなみなみと注がれたカップを持ち、絶好調という感じ。頼むから変なこと、喋らないでくれよ、と三上は祈るような気持ちだった。

東京遠征――遠征という感じではない。横浜から近いので、選手たちは基本的に自宅から車で球場へ向かう。スタッフは電車移動。ベアーズ・スタジアムは武蔵野《むさしの》市にあるので、横浜からは少しだけ遠い。三上にとっては、恵比寿の本社へ出勤するよりも時間がかかる。電車に長く乗るのが、もう面倒臭くなっていた。自転車通勤がどれだけ楽なのか、思い知っている。

試合前のベアーズのバッティング練習を、三上は三塁側ダグアウトの中で見守った。相手チームの練習を観るのも、スタッフにとっては仕事のうち……スコアラーたちは各選手の調子を見極めるために、真剣な様子で練習をチェックしている。

マウンド上の久保は、現役を引退したとはいえまだ体に張りがあり、快調なテンポで次々と投げこんでいく。スピードこそ出ないがコントロールは抜群で、少しトレーニングを積めば現役復帰できるのではないかと思われた。バッティング練習が終わるタイミングで、三上はグラウンドに出た。ベアーズの選手とスタッフしかいないので、何となく肩身が狭い。一塁側ダグアウトの方へ移動し、ボール籠《かご》を持って戻って来る久保を待ち受ける。

「久保さん」声をかけると、久保がきょとんとした表情でこちらを見る。

「パイレーツの広報の三上です」

「ああ、どうも。お疲れ」久保は気楽に挨拶してくれた。間近で見ると大きい……百七十センチの三上より、確実に十センチは背が高いし、体に厚みもある。

「ちょっとお話しさせていただきたいことがあるんですけど、お時間、いただけますか？」

「試合の後でいいかな」

「俺は大丈夫ですけど、いいですか？」

「そっちこそ大丈夫？　今日、横浜から来てるんでしょう？」

「何とか……」帰りは終電近くになってしまうかもしれないが。ここからだと、京王井《けいおうい》の頭《かしら》線で渋谷まで出て東急東横線に乗り換えるだけだから、かなり遅くまで粘れるだろう。

「じゃあ、終わってから連絡取り合って、それから会おうか」久保がズボンのポケットからスマートフォンを取り出した。まさか、あそこにスマートフォンを入れたまま投げていたのか？　戸惑ったが、ここで確かめるようなことでもない。二人は電話番号を交換して別れた。

遠征の試合では、ホームゲームほど広報の仕事は多くない。それに緊張感が段違いだった。地元で試合をしていると思うと、どうしても肩に力が入ってしまう。

今日、ラッキーだったのは、試合時間が短かったことだ。投手戦で、最終スコアは0－1。今季三度目の完封負けだった。石岡も今日は四打数ノーヒット。試合後の取材も、監督の囲みだけで、広報の仕事は早々と済んでしまった。

引き上げる準備をしていると、スマートフォンが鳴る。久保だった。

「お疲れ。今日は早かったね」

「もうちょっと粘って欲しかったですけど」

「ペナントレースは勝ったり負けたりだよ……どうする？」

「飯でもどうですか？」

「いいよ。吉祥寺《きちじょうじ》に出ようか」

「あの辺、全然知らないんですけど」

「俺には庭みたいなものだから。酒は？」

「軽くなら」

「じゃあ、酒なしでもいいかな。俺、酒は呑まないんだ」

「そうなんですね……」野球選手というと、やはり酒とは切っても切れない関係にありそうな感じだが。球団へ来て分かったのだが、選手は本当によく呑む。試合後のダグアウトの会話の多くが「どこへ呑みに行くか」なのだ。結婚している選手はさすがに自宅へ直帰するが、それもホームゲームの時だけである。夕食の栄養補給に加えて、アルコールで試合の緊張を解《ほぐ》してやる――そうしないと、長いシーズンは乗り切れないだろう。

「球場の通用口で待ち合わせようか。二十分後ぐらいでいいかな」

「大丈夫です」

「じゃあ、後で」

今日は長泉は同行していないが、現場キャップがいなくても広報の仕事はスムーズに進んでいた。これが三上には意外だった。試合はその都度展開が違うから、様々なトラブルが頻発すると想像していたのに、そういうことはほとんどない。監督も選手も淡々と取材に応じるだけ——石岡を除いては、選手たちは協力的だった。

電話を切ってから二十分後、三上は通用口に出た。外は選手用の駐車場だった。

「肉はどう？」

「大歓迎です」

「いいステーキ屋があるんだ。一ヶ月熟成肉ってわけじゃないけど、十分美味い」

「ステーキなら何でも美味いと思います」

「いやいや……味には違いがあるだろうけどさ」

久保はポロシャツにジーンズという軽装だが、バッグは大きい。バッティング練習用のウエアやスパイクは、自分で管理しているのだろう。選手なら、ユニフォームは一括して球団が管理しているのだが。

「車だから……どうぞ」

駐車場の端の方に停めた車に案内された。元選手、現広報の人はどんな車に乗っているのだろうと思ったが、街中でよく見かけるトヨタのワンボックスカーだった。選手たちの外車が目立つ中では、少し浮いている。

「三上君、家族は？」

「嫁さんと、再来月、子どもが生まれます」

「ああ、そうなんだ。じゃあ、すぐにでかい車が必要になるんじゃない？」

「ですよね……久保さん、やっぱり車は好きなんですか？」球場の駐車場は、高級外車のショールームのようになっている。プロ野球選手は、概して車が好きなのは間違いない。それと、高級腕時計。

「若い頃はね。契約金ですぐにベンツを買ったよ。でも結局、寮を出るまでは車を運転できないことが分かって、実家に置いたままで、最初の車検になった」言って久保が笑う。「現役時代は、年俸に合わない車ばかり乗り継いでたなあ。あの頃もう少し節約してれば、今はもっと余裕があったんだけど」

　久保が車を発進させた。運転は丁寧でスムーズ。球場から吉祥寺の駅近くまでは五分ほどだった。ベアーズ・スタジアムは、歩くと駅から十分強——しかし車ならあっという間だ。

「球場が駅から遠いと、結構大変じゃないですか？」

「まあねえ。スターズ・パークみたいに地下鉄の駅直結なら便利だろうけど、徒歩十分は許容範囲じゃないかな。それに、駅から球場まで歩いていくうちに盛り上がってくるわけだし」

　贔屓《ひいき》チームが負けた帰り道は、逆に地獄だろうが。

　それにしてもこの数年、新しい球場が一気に増えて、プロ野球新時代という感じである。ベイサイド・スタジアムは前の球場とほぼ同じ場所で建て替えられたのだが、東京の二つの球場、スターズ・パークとベアーズ・スタジアムは所在地まで変わってしまった。これが「地元の球場」として根づくには、結構時間がかかるかもしれない。

コイン式の駐車場に車を入れ、久保が軽い足取りで歩き出す。吉祥寺駅の北口は若者の姿が目立つ繁華街で、歩いている最中、久保は軽い調子で頻繁に挨拶を交わした。彼もこの街にすっかり馴染んでいるのだろう。選手時代と違って、飲食店にも気楽に出入りできるだろうし。

サンロードから少し外れたところにあるビルの二階に、お目当てのステーキ屋があった。いかにもこの街で何十年もやっているような渋い雰囲気……ステーキの油が、床板や壁に染みついて黒光りしている感じだった。

こっちが誘ったのだから奢らないといけないだろうな、と思いながら三上はメニューを眺《なが》めた。そんなに安くない……サーロインの二百グラムが四千円だから、熟成肉ではないにしても、かなりいい肉を使っているのだろう。安いやつでいいのだが、サイコロステーキ千五百円は自分からは言い出しにくい。

「サーロイン、いかないか？」久保が切り出した。

「はい、大丈夫です」言われたら従わざるを得ない。美咲にバレたら申し訳ないな、と後ろめたい気分になった。

「じゃあ、ステーキにサラダ……俺はそれでいいや」

「飯とか、いいんですか？」

「夜はなるべく、炭水化物を摂らないようにしてるんだ。現役時代と同じように食べてたら、あっという間に太るから」

「でも、バッティングピッチャーだって、大変な運動量じゃないですか」先発投手が一試合百球投げるとして、バッティングピッチャーは毎日その何倍も投げているはずだ。もちろん全力投球ではないにしろ、肩や肘《ひじ》にかかる負担は相当なものだろう。それが毎試合続く。

「でも、試合じゃないからね。現役時代は、一試合完投すると二キロから三キロぐらい体重が減ってた。今は、打たせることだけ考えて投げるから、体力はそんなに使わない」

「そんなものですか」

「三上君は、野球経験はない？」

「全然ないんですよ。観る方専門で」

「出向組？」

「はい」

「プロ野球のチームって、結構変な感じだよね。あちこちから人が集まって、混成チームみたいになる。うちも、偉い人は本社からの出向組だしね。そういう人に限って野球音痴で、現場は混乱するんだけど」

「そうですよね……素人ですみません。俺も同じようなものです」三上は観戦のプロを自任しているが、だからといって野球が分かっているとは言い難い。

「若い人で、チームに出向してくるって珍しいんじゃない？　何かヘマでもしでかした？」

「そういうわけじゃないですけど」三上は苦笑した。久保は自分と同じように、いきなり距離を詰めてくるタイプのようだ。ただし不快な感じではない。要するに人懐こいのだ——やはり自分と似ている。

料理を注文し——三上はライスを大盛りにした——一息つく。久保は遠慮がちに煙草《タバコ》に火を点けた。長泉によると、十年ほど前までは野球選手の喫煙率はかなり高かったという。しかし時代の流れで、いつの間にかロッカールームは禁煙になり、煙草を吸う選手も減ってきたそうだ。久保は古いタイプの人なのだろう。三上は学生時代に試しに吸ってみたことがあるが、手放せなくなる前にやめた。それで正解だったと思う。ＪＰミールの給料は悪くないのだが、アメリカへの野球観戦ツアーもしたかったし、今は家族もいるから、無駄な金は使えなかった。

料理を食べながら、当たり障りのない会話を交わす。とはいえ、選手の噂話は三上には新鮮な驚きだった。自分のチームの選手に関しては、表に出てこない裏の顔を毎日のように見ているのだが、他チームの選手のことはよく分からない。久保は元選手ということで、現役選手との距離も近く、様々な裏事情に通じているようだった。もっとも、「あの選手が離婚寸前」などという話を聞いても、仕事の役には立たないのだが。

二人とも食べ終え、食後のアイスコーヒーがきたところで、三上は切り出した。

「久保さん、石岡さんと同期ですよね」

「そうだよ。だけど、驚いたね。あんなに見事に復帰するとは思わなかった。このままいったら、今年がキャリアハイになるんじゃないか？　三十五歳になったら、普通は引退を考えるようになるんだけどね」

「石岡さんって、どんな人でした？」

「田舎者」久保がばっさり切り捨てた。「あいつ、山形市出身だろう？　山形市って、別にど田舎じゃないんだけど、あいつ自身は本当に田舎出身という感じだった。いつも緊張して、周りの様子ばかり気にしてたなあ」

「久保さんは、元々東京ですよね」

「そう。あいつに遊びを教えたのは俺なんだ。とはいっても二人とも高卒で未成年だから、酒を呑みに行くわけにもいかなかったけど。よく、服を買いに行ってたね」

「そうなんですか？」

「あいつの私服はとにかくダサかった。休みの日なんか、一日ジャージだったからね」久保が声を上げて笑った。「俺がコーディネートを教えてやったんだよ。でも駄目なのは私生活だけで、野球はさすがにすごかった」

「新人の頃からですか？」

「そうだね」久保がうなずく。「最初のキャンプの紅白戦で対戦したんだけど、顔を見た瞬間に、何を投げていいか分からなくなったから。懐が深いっていう感じ、分かる？」

「何となく」

「どんなボールでも手元にぎりぎり引き寄せてジャストミートする——新人だったし、俺はキャッチャーの要求通りにストレートを投げたんだ。そのボールが、人生最高の一球でさ」

「そうなんですか？」

「投げた瞬間の手応えで分かるんだよ。指先への引っかかりとか、腕の振りとか……本当に、あれ以上のストレートはなかったと思う。あいつはそれを逆方向へ打って、ライトの場外まで運んだ」

「それは——すごいですね」

「今はそんな風には見えないと思うけど、俺も新人の頃は、右の本格派で結構期待されてたんだよ」

「三年夏の甲子園で、四試合で四十五奪三振ですよね。そしてドラフト四位指名」

「そんなこと調べてきたの？」面倒臭そうに言いながら、久保の目は嬉しそうだった。

「データを調べるの、好きなんです」

「甲子園でそれだけ三振を取りまくったら、天狗《てんぐ》になるの、分かるだろう？　紅白戦でいきなり、その鼻を折られた感じだよ」

「でもその後も、仲はよかったんですよね？」

「同じチームの同期で同い年だからね。でも俺とあいつは、野球選手としてのレベルが違い過ぎた。あいつは二年目にレギュラーになって、その後は不動の三番だろう？　俺は一軍と二軍を行ったり来たりで、二十五でベアーズにトレードされた」

「ベアーズ時代には対戦はなかったんですか？」

「なかった――俺は相変わらず、一軍に定着できなかったから。いや、でも一度だけニアミスがあったな」

「ニアミス？」

アイスコーヒーをブラックのまま啜《すす》って、久保が遠い目をした。

「今でも覚えてる。あいつが日本にいた最後の――この前のパイレーツ時代の最後、な。俺が一軍に上がってきた日の試合が、七回までベアーズが1点リードのシビアな展開だったんだ。俺は八回のマウンドに上がって、簡単にツーアウトを取ったんだけど、その後連続でヒットを打たれてさ――打席には石岡」

「どうなりました？」

「人生最大の緊張だった。自分からマウンドを降りたいと思ったのはあの時だけだったよ。正直、どこに何を投げても打たれる予感しかなくてさ。臭いところをついて実質敬遠だと思ったけど、その臭いコースさえ打たれそうな感じがした。そうしたらピッチングコーチがマウンドに来て……俺、その時涙目になってたらしい」

「安心したんですか？」

「人間、安心しても泣くんだよねぇ」久保がしみじみと言った。「次の日のスポーツ紙に『悔し涙』って書かれたのにはびっくりしたけど、俺は取材を受けてない。監督かコーチが適当に言ったんじゃないかな」

「それもひどい話ですね」

「広報になった時に、それを教訓にしようと思ったんだけど、なかなか上手くいかないね。試合のあらゆる場面について取材してもらうわけにもいかないから」

「ですね……それで、その打席の石岡さんはどうなったんですか？」

「逆転スリーラン。そして俺はその年限りで現役を引退して、石岡はアメリカに行っちまった」

「その後、連絡は取ってましたか？」

「俺の方からはね」久保がスマートフォンを取り出した。「何か節目の時には、メッセージを送るようにしてた。必ず返事は来るんだけど、あいつの方から送ってきたことは一度もないんだよな」

「律儀なのかそうじゃないのか、分かりませんね」三上は苦笑した。

「律儀だとは思うよ。少なくとも返信はするわけだから」

「今はどうですか？　石岡さんが帰国してからは会いましたか？」

「いや。電話で一度話しただけだ」

「それも久保さんからかけて、ですよね？」

「もちろん。話したのは、ほんの二、三分だったかな。こっちも挨拶以上はできなかったけど。他のチームの広報とつき合ってて、変な風に勘繰られたら困るし」

「ですね」三上はうなずいた。

「それで何、あいつの扱いに困ってるわけ？」勘鋭く久保が言った。

「……正直、そうです」

「だろうね」久保が声を上げて笑った。「あいつ、元々は地方出身者らしい慎重で遠慮がちな人間だったんだ。一流になっても、それはあまり変わってないと思うけど」

「取材を嫌がってまして」

「昔から、取材されるのはそんなに好きじゃなかったよ。野球以外のことはやりたくないタイプだから。でも、最低限の取材には応じてたけどなあ」

「何か、マスコミとの間にトラブルでもあったんでしょうか」

「どういうこと？」急に久保の表情が真剣になった。

ここから先は話の持って行き方が難しい。石岡とマスコミの関係は、既に「トラブル」と言えるぐらいになっているのだが、他のチームには漏れていないかもしれない。この状況で、わざわざ自分から明かすのは危険ではないだろうか？　しかし、情報を収集しようとして来たのだから、こちらが何も明かさないわけにはいかない。

「内密でお願いできますか？」

「いいよ」久保が少し引いた。「何だか怖い感じだけど」

「石岡さん、今は完全にマスコミを避けてるんですよ。取材にも応じなくなっていて……そういうタイプの人なんですか？」

「いや、昔は取材拒否なんてことはなかったよ。さっきも言った通り、最低限の取材は受けてた」

「そうですか……だったらどうしてこうなったんでしょうか」

「大リーグ時代に、何か変わったのかなあ」久保が首を捻る。「向こうとこっちじゃ、選手とマスコミとの距離感も違うだろう？　素っ気ないのがアメリカ流で、日本流にアジャストできてないとか」

「アメリカの方が、記者の取材はダイレクトみたいですよ。ロッカールームにも入れるそうですし」

「あら、そうなんだ」久保がうなずく。「だけどそれは、選手もたまらないんじゃないかな。ロッカールームって、関係者しか入れない神聖な場所的な感じ、あるじゃないか」

「大リーグは感覚が違うんでしょうね。もちろん、一人の選手に取材が集中するような状況になると、そのルールは変わるみたいですけど。例えば日本人選手が活躍して、日本の報道陣が大量に集まってくると、他の選手には迷惑でしょう」ただ、三上が調べた限り、石岡は特別扱いを受けてはいなかったようだ。他の大リーガーと同じように取材を受けていた。

「とにかく君は、石岡の頑なな態度に困ってる、と」

「すみません、打つ手がなくて。まともに話も聞いてもらえないんです」

「それで俺に知恵を借りに来たわけか」

「みっともない話で情けないです。ご面倒おかけして」

「いやいや、プロ野球の世界はお互い様だから。でも、そう簡単にはいかないと思うよ」久保があっさりと言った。「あいつ、昔から頑固なところがあるから。何か思うところがあるんだろうけど、一度決めたらそう簡単には気持ちを変えないと思うな」

「困ったなあ……」三上はアイスコーヒーにガムシロップとミルクを加えてごくりと飲んだ。「例えば、石岡さんが頭が上がらない人とか、いないですかね」

「圧力をかけるつもりか？」

「ええ」

「そうねえ……」久保が顎を撫でる。「高校の時の監督だったら、今でも頭が上がらないと思うよ。一度電話で話してるのを見たことがあるんだけど、目の前で説教を食らってるみたいに直立不動だったからな」

その辺も下調べはしていた。母校の監督、秋葉《あきば》。強豪校を長く指揮し、プロにも教え子を何人か送りこんでいる、高校野球の名将の一人である。石岡の大リーグ入りの時にもコメントを出していた。ということは、石岡本人には今でもつながりがあるかもしれない。ただし——。

「秋葉監督、今も現役なんですよ」

「ありゃ、山形にいるのか。だったら簡単には頼めないな。他には……代理人とか、どうなんだ？」

「アメリカなんですよね。日本人なんですけど、さすがにこういうことは頼みにくいです。契約関係とかの問題じゃないし」

「そうか……」久保は、自分のことのように必死に考えている様子だった。

「プロ野球関係者だと、誰かいませんかね」

「それなら、昔パイレーツのコーチをやってた藤田《ふじた》さんかな」

「藤田さん、ですか」今さらながら、プロ野球関係者の名前をろくに知らないのだと痛感する。パイレーツの現役選手やスタッフは、経歴含めて全て頭に入れたのだが、過去に遡《さかのぼ》ればとても追いきれない……。

「あれ、知らない？　さすらいの名コーチとして有名なんだけど」

「すみません、勉強不足で」

「元々セネターズの人なんだけど、請われるままにあちこちのチームでバッティングを教えてきたんだ。とにかく新人を育てるのが上手いんだよ。石岡も、入団から一年、藤田さんの指導をみっちり受けて成功した。ただ、もう結構いい年じゃないかな。当時も石岡が最後の弟子、なんて言われてたから」

「今はもう、どこでもコーチをやっていないんですね？」

「ああ」

「どこにいるかは……」

「どうだろう」久保がコーヒーを飲み、ほとんど吸っていない煙草を灰皿に押しつけた。「確か、俺がベアーズに移籍した年にパイレーツのコーチを辞めたはずだけど、今はどうしてるかな」

三上はスマートフォンで藤田の情報を調べた。出身は大阪と分かったが、現住所までは分からない。しかし、球団にはデータが残っているだろう。

「ありがとうございます。藤田さんにヘルプをお願いしてみます」

「だけど、どうかな」自分で言い出しておきながら、久保は後ろ向きだった。「藤田さんも、相当な頑固者だぜ？　とにかく厳しい人で、今だったらパワハラで問題になりそうなタイプだ。そういう人って、年を取ると正反対の感じで丸くなるか、さらに頑固になるか……何とも言えないよな」

「ですね」

「まあ、チャレンジしてみる価値はあると思うけど」

「やってみます」

「しかし、何でそんなに石岡の面倒を見なくちゃいけないんだ？」

「うちでは数少ないスーパースターですし、今年は絶好調ですからね」

「去年一年、怪我で駄目だったのは本当なのかね」久保が首を捻る。「しかも日本球界復帰の一年目だぜ？　アジャストするにはそれなりに時間がかかるはずなのに」

「やっぱり天才なんでしょうね」

「天才？」久保が目を剝《む》いた。「何言ってるんだ。あいつは天才タイプじゃないよ。むしろ不器用なんじゃないかな。だから人より多くバットを振りこんで、体に覚えこませてきた。野球選手なんて、皆そんなもんだぜ」

「俺から見たら、プロ野球選手は全員、天才ですけどね」だいたい子どもの頃から、野球をやる人間は抜群に運動神経がよかった。

「そんなことない。あのさ、例えばボールを投げる動作っていうのは、運動生理学的に見て、人間の基本的な動きに反してるって説がある」

「そうなんですか？」

「ああ。走ることなんかに比べれば……だからこそ、本能的に自然な動きはできない。何万回もボールを投げて、体に覚えこませるんだ」

「ちょっと想像もできない世界です」

「そういう努力を続けられる才能はあるっていう意味じゃないかな。努力の天才って、よく言うだろう」

だったら石岡も、試合後に室内練習場で打ちこみをしていてもおかしくない。しかし本拠地の試合後に必ず自主練習をしている森島は、一度も姿を見ていないという。とすると、どこかで極秘に練習をしているのだろうか。ただし野球選手の場合、バッティング練習をするにも広い場所が必要になる。夜中にそんな場所を確保するのはまず無理だろう。そして、チームメートに隠れて練習する意味が分からない。

これは、大リーグ復帰に何か関係しているのだろうか。まだとてもそんなことは聞けないが、この猛烈な頑張りは、大リーグ復帰に向けて大事なアピールになるだろう。しかし仮にそうだとしても、素っ気ない態度との関連が分からない。


「毎試合コメント？」石岡が顔を歪める。

「はい」三上は淡々と告げた。緊迫の一瞬なのだが、こちらがあまりにもピリピリしていたら、石岡を嫌な気分にさせてしまう。「毎試合コメントを出しておけば、報道陣も寄ってこなくなります。異例ですけど、毎回囲み取材に応じるよりは楽じゃないですか」

「まあ……それで大丈夫なら」相当抵抗されると思ったが、石岡は譲歩した。

よし、何とかOKだ。この提案が却下されたら、一からやり直しになるところだった。

「じゃあ、早速今日の試合の後からお願いします」

「こういう仕事、楽しいか？」

「はい？」

「人の話を誰かに伝える――そんなこと、必要なのかね」

「専属広報ですから」

「他にやること、いくらでもあるだろう。時間は限られてる」

「石岡さん、いつも忙しいですよね。試合もあって、その上さらに練習もして、体は大丈夫なんですか」実際には、試合後には練習していないはずだが、その件は指摘せずにおいた。「大リーガーは、そんなに練習しないでしょう。キャンプなんて、練習は午前中で終わって、後はゴルフですよね」

「それは人による」

「練習は量より質だと、ヤンキースのコーチがはっきり断言したことがあります。二年ぐらい前だと思いますけど、今はパーソナルにアレンジしたトレーニングが可能になっているから、それを超えてやるのは無駄でしかない、と」

「君は、大リーグには詳しい……そうだろう?」

「普通の人よりは詳しいと思います」

「練習しない大リーガーは、結局中途半端に終わる。成功している大リーガーは、休みを取るのも仕事のうちだと分かってるけど、その代わり、休んでいない時にはフル稼働する。一分だって時間を無駄にしない」

「勉強になります」三上は頭を下げた。頭の中に長年あったイメージが、あっさり覆《くつがえ》されてしまった感じだった。「とにかく、早速今日からコメント、お願いします」

「……ああ」

「でも、お立ち台は別ですから」

「俺は、少しでも早く球場を出たいんだ」石岡が嫌そうな表情を浮かべる。

「お立ち台は、ファンと直接触れ合える場所ですよ。球場に来た人も、それを楽しみにしてるんですから」

「そういうのは、売り出し中の若い奴らに譲るよ。今の俺には、自分の時間をキープするのが何より大事なんだ」

若手に譲るというと、いかにもベテランの余裕と気遣いのように思えるが——結局、またはぐらかされてしまった。いっそ、尾行でもしてみようかと思う。遠征では、基本的に試合が終わるとすぐにホテルに戻り、食事もルームサービスで済ませているようだが、ホームゲームの時の動きは分からない。駐車場で待ち伏せして尾行すれば、行き先が分かるかもしれない。

ただし……行き先が女性のところだったら困るな、と思った。家族はアメリカだし、単身赴任で気が緩んで、誰か女と――というのは決して不自然ではないだろう。それが分かったからと言って、忠告できるものだろうか。女が最優先で、そのために取材を受けないなんて、さすがにちょっと考えられないが。

石岡は秘密主義の面倒な男だと思う。しかし今年の成績を見て、やはり大リーグで揉まれてきた人間は違うと感心し、彼に対する興味は日々大きくなっている。一年間マイナーで暮らした人が、どうやってこんなに鮮やかに復活できたのか、みっちり聞いてみたい気持ちもあった。いや、どうせなら腕のいい記者のロングインタビューを読んでみたい。

そんなことを言ったら、激怒されるかもしれない。しかし怒りにはしばしば本音が含まれる。怒鳴り合いをしているうちに、石岡が何を考えているか、分かるかもしれない。

もっとも、巨漢の石岡と怒鳴り合うことを想像しただけで、背筋が寒くなるような感じがしたが。


「――ずいぶん詳しいコメントだねえ」東日スポーツの衣川が皮肉っぽく言った。

「一生懸命聞いてきました」

対ベアーズ三連戦の最終戦、三上は石岡の試合後コメントを初めて報道陣に提供した。この日の石岡は五打数一安打。ベアーズ先発のマクラクリンにタイミングが合わず、第一打席から三連続三振を喫したのだが、四打席目に両チーム初めての得点のきっかけになるツーベースヒットを放っている。

「先発のマクラクリンは、ツーシームがよかった。三振は全てツーシームを空振りで、まったくタイミングが合わなかった。ツーベースは、真ん中低めに入ってきたスプリット。ツーシーム中心の組み立てだったので、そろそろ勝負球を変えてくるだろうという読みが当たった。落ち切らなかったので対応できた。最後の打席は少し差しこまれて詰まった。球種はストレートだったと思う」

　タイムリーはスプリットを打ったというのは、例によって嘘かもしれない。相手投手にスプリットを投げさせない作戦を、まだ継続しているのではないか？　長泉によると、マスコミもそういうのは分かっていて話に乗っているという。

「こんな感じだけど、どうでしょうか」三上は下手に出て訊ねた。

「毎試合、本人がこれぐらいきちんと喋ってくれるとありがたいけどね。あなた経由で喋る方が面倒じゃないのかな」

「こういう形ならコメントを出せる、ということですので……これからもできるだけ詳しいコメントを出せるように話を聞きますから、よろしくお願いします」

　番記者たちは引き下がってくれた。これでほっと一息なのだが、取材に関する問題はまだ残っている。ペンディングしている「スポーツファイト」の取材依頼をどうするか……オールスター休みまで先延ばしにしてもらおうと広報部内で話し合っているのだが、このままの成績が続けば、石岡のオールスター選出は確定だ。レギュラーシーズンが中断して少し時間に余裕ができるから、その間に何とか取材を受けてもらうことはできるかもしれないが、そうしたら「何故独占取材させた」と他社からクレームが入りそうだ。

一つ解決しても、すぐに次の問題が出てくる。しかし三上は、前向きに考えようとした。こういう面倒な仕事を通して石岡との距離を詰められるかもしれない。そしてプロジェクトⅠを上手く成功させれば、大リーグへの道——ピッツバーグ・パイレーツへ行ける道が開けるのではないか？　そうなったら、自分の人生は大きく変わっていくはずだ。

大リーグに関わって生きていくことは、中学生の頃からずっと夢として考えていた。ただし、自分の英語力では本格的な仕事をするのは難しそうだし、そもそもどうやって球団スタッフになるかも分からなかったので諦めたのだが、心の底では憧れが燻《くすぶ》っていたのだと思う。

例えばだが……今年生まれる子どもがまだ小さいうちに、アメリカへ渡ってしまう手はあると思う。ピッツバーグは大学街で、治安もそれほど悪くないようだし、子どもを小さい時からアメリカで育てることにもメリットはあるだろう。球団出向が決まった時に、アメリカ行きについては美咲に話したが、特に結論が出たわけではなく、曖昧《あいまい》なままだ。しかし、アメリカ行きは真面目に考えてみるべきかもしれない。

そもそも石岡だって、家族はアメリカに残したままではないか。よし、今度はその辺の事情を聞いてみよう。自分の夢を話して、アメリカで暮らすのが実際にはどんなものなのか、根掘り葉掘り聞いてみたい。家族のことになると、普通に話し出す人もいるだろう。

それは、日本に石岡の「現地妻」がいないとしての話だが。そういうややこしい状況に陥っているとしたら、気をつけていかないと。

やりがいのあるミッションなのだが、気は遣う。やはりそのうち神経がすり減ってしまうかもしれない。

第四章　ペナルティ

「すみません、もう一度だけ確認させて下さい」三上は思い切り頭を下げた。大阪・浪速ドームのロッカールーム。ここはかなり古く、ロッカールームには汗と消炎剤の匂いが染みついている。

「何が」石岡が嫌そうな表情を浮かべる。今日は四打数ノーヒット。機嫌がいいわけがないことに加えて、三上の「取材」が面倒で仕方ないのだろう。

「クリッパーズのアロンソなんですけど、大リーグでの対戦は一度もないですよね？」

「ないよ」石岡があっさり言った。

「でも、『去年よりスライダーの精度が増している』っていうコメントでした」

「ああ」指摘され、石岡がバツの悪そうな表情を浮かべる。「マイナーだ」

「そう……ですよね」三上はタブレット端末を見た。今年からクリッパーズで投げているアロンソは、アメリカではトリプルAまでしか経験していない。石岡のコメントを記者たちに提供したら、その事実を指摘されたのだ。

「去年、トリプルAで二打席対戦してる。二回とも俺がヒットを打ったけど、その時もスライダーだった」

「じゃあ、コメントを訂正します」

「それぐらい、俺に聞かないで適当にやってくれ」石岡がぶっきらぼうに言った。

「石岡さんのコメントなんですから、適当にはできません」

「こんなもの、適当でいいんだよ」

「そんなことを続けていたら、そのうちおかしなことになりますよ」

「なったらなったで、適当に対応してくれ。それが広報の仕事だろう」

「嘘をつくわけにはいきません」

「上手くやってくれ」

そう言って、石岡は着替え始めた。シャワーを浴び終え、髪はまだ濡れている。濡れているとあまり目立たないが、白髪がちらほらと混じっている……彼の年齢を意識した。

番記者たちに事情を説明し、一応謝っておく。トラブルにはならなかったのでほっとしたが、それでも三上自身に、むっとした気分は残る。結局、石岡が曖昧なことを言ったから、間違いをリリースしてしまったではないか。面倒臭がらず、じっくり正確に話してくれれば、こんなミスなど起きないのに。

ムカムカした気持ちを抱えたまま、ホテルに引き上げる。さすがに疲れを感じた。実は今回の大阪遠征には、三上は本来同行しない予定だった。しかし石岡を鍛え上げた後に引退した藤田元コーチが、故郷の大阪に引っこんでいることが分かったので、彼に会うために、本来はオフなのに大阪遠征にくっついて来た。三上にとっても「連戦」が続くことになる。

明日は午前十時に約束……それを考えるとまた緊張する。「相当な頑固者」という久保の評価が頭に残っていたのだ。自分の祖父と言ってもいいぐらいの年齢の人を、どう「落とす」か。現役の野球選手を相手にしている方が楽かもしれないと考え、気分がどんと落ちこんでしまう。

栃木生まれ、大学も会社も東京だった三上は、関西にはまるで縁がない。パイレーツに来て、西の方へも行く機会が増えたのだが、まだまったく慣れなかった。藤田の自宅は堺市《さかい》。地下鉄からJR阪和線《はんわ》に乗り換えるだけで、宿舎のホテルからは三十分ほどなのだが、慣れない街で電車に乗るのはやはり緊張する。

阪和線の鳳《おおとり》駅から歩いて十分ほど。住宅地の中のこぢんまりとした一軒家が藤田の自宅だった。いくつものチームでコーチを務め、名選手を何人も育て上げた人にしては質素な家だと不思議になったが、稼いだ金は家以外に使っているのかもしれない。

インタフォンを鳴らすと、すぐに野太い声で返事があった。

「はい」

「パイレーツの三上です」

「開いてるよ」

言われるままドアに手をかけると、確かに鍵《かぎ》はかかっていなかった。この辺では、昼間は施錠しないのが普通なのかもしれない。

玄関を入ってすぐ右側にある部屋に通された。応接間というか、記念の部屋——大きな棚が設けられ、トロフィーや盾が飾ってある。現役時代には、選手として表彰を受けるほどの成績は残していなかったはずだが……と思って見ると、どれもゴルフコンペのものだった。それよりもはるかに目立つのは、壁に掲げられた選手のユニフォームである。どれもきちんと額に入れられ、まるで球団事務所か専門ショップのよう……その一つが石岡のものだった。

「気になるかい？」三上の視線に気づいたのか、藤田が太い声で訊ねる。

「石岡さんのユニフォームもありますね」

「タイトルを取ったら、記念にユニフォームをもらうんだよ」

「つまり……藤田さんの教え子で、タイトルを取った選手が七人もいるんですか」

「七人で終わってよかったよ。狭い部屋だから、壁が足りなくなる」皮肉っぽく言って、藤田が煙草に火を点けた。藤田は七十七歳。体はまったく萎んでおらず、肩幅も広くてがっしりしているのだが、この年でもまだ煙草を吸い続けているのか、と三上は驚いた。

「でも、すごいですよね。七人ですか……」

「俺はえこ贔屓するからな」

「えこ贔屓？」

「タイトルを取れそうな可能性のある若手だけを教える。そういう意味では、あまりいいコーチじゃなかったな。チーム全体を底上げするような教え方はできなかった」

「でも、タイトルホルダーが一人出れば、それでチームの力は底上げされるんじゃないですか」

「あんた、勉強不足だな」藤田がぴしりと言った。「俺がコーチをやっていたチームは、一度も優勝していない」

「そう……でしたっけ」何だかプロ野球トリビアのようになってきた。タイトルホルダーを七人も育てながら、一度も優勝に縁がなかったコーチは誰でしょう？

「ま、どうでもいい話だ。勝ち抜いて優勝するのは監督の仕事だから。俺は選手を育てるために雇われてきただけだからな」

「石岡さんも、そのパターンですか？　最後の教え子って言われてますよね」

「あいつが入ってきた時、俺はもう六十で、そろそろコーチ業も引退しようと思ってた。親の体調がよくなくて、介護の問題もあったしな。でも、ルーキー時代の石岡を見て、こいつは何とか物にしたいと思ったんだよ」

「そんなにすごい選手だったんですか？」

「何かが突出してたわけじゃない。ただ、高卒で、あれだけ高レベルでバランスが取れた選手はなかなかいないんだ。ミートも上手い、パワーもある、足も速いし肩も強い——きちんと育てれば、向こう十年、いや、十五年はパイレーツの外野は安泰だと思ったからね」

「実際、高卒二年目でレギュラーを奪取したわけですから、藤田さんの教え方がよかったんですよね」

「ヨイショしても、何も出ねえよ」大阪の人らしくないべらんめえ口調で藤田が言った。

「ここまで伸びると思いました？」

「もちろん」

「打点王二回、首位打者一回はすごい成績ですよね」

「まあな」藤田が満足そうに言った。

「藤田さんは、その後パイレーツを辞められてますよね。やはり介護の問題で？」

「そうそう。父親はもう亡くなってたけど、母親の方がね……結局、三年ぐらい、この家で面倒を見たよ」

「施設に入れたりしなかったんですか」

「それを嫌がってさ。この家、元々俺が建てたんだ。一応、息子が建てた家だから……という思いもあったかもしれねえな」

「その後、石岡さんとは連絡を取り合ってたんですか」

「たまには、な」

「昔から大リーグ志向は強かったんですか」

「それはあったよ。ただし技術的には荒削りで、すぐに大リーグで活躍できるとは思えなかった。俺は『タイトルを三つ取ったらチャレンジしてもいい』と条件を出しておいた。タイトルを取って行くかどうかで、条件はかなり変わるんだよ。タイトルを獲得するってのはさ、一シーズン戦い抜いてトップに立つっていう意味だろう？　そういうことを経験すれば、精神的にタフになる。石岡は、精神的に少し弱い部分があったけど、タイトルを三つ取れば、さすがに少しは強くなるだろうと思ったんだよ。それに、タイトルのありなしで、契約金だってまったく違ってくる」

「それで、二度目の打点王を取ったところで、藤田さんがＯＫを出したんですか」

「冗談じゃねえ」藤田が顔の前で大袈裟に手を振った。「最終的に決めるのは本人だ。俺はとっくにプロ野球の世界を離れてて、口出しできる立場じゃなかったし」

「でも、相談はあったんですか」

「あったよ」藤田があっさり認めた。「ただ、俺から言えることはあまりなかったけどな。三つもタイトルを取ったんだから、自信をもって行け、ぐらいしか言えなかったな」

「それで石岡さんは渡米した……」

「俺の言葉は関係ないよ。ちょっと背中を押したぐらいじゃないかな」

「そうですか……日本に戻る時はどうだったんですか？」

「連絡はあったよ。戻りますからって、それだけだけど。元々、そんなに長話するような人間でもないし」

「今回、日本に戻って来たのは、一時的にじゃないでしょうか」

「うん？」藤田が煙草をもみ消し、眼鏡をかけ直した。

「この後、大リーグ復帰を狙ってるとか」

「それは……ねえ」藤田が口籠《くちごも》る。

「やっぱり、そういう話があるんですか？」

「大リーグでやりきった感じはないんじゃないか？　去年、一昨年のダメージは大きかったと思うよ。プロ入りしてから、まともにプレーできなかったのは初めてだったわけだし」

「怪我だからしょうがないですよね……だから、大リーグに未練があるんでしょうか」

「さあな。そこまで突っこんで話はしてないんだ。ただ、今年またマイナーからやり直すのは時間の無駄だと言ってた。そもそも日本の方がマイナーよりはずっとレベルが高い、とも言ってたな」

これは重要な情報だ。アメリカでの契約の詳細は三上には分からないが、去年のシーズンが終わった時点でどことも契約がなかったのは間違いない。そこへ古巣の横浜パイレーツが手を伸ばし、電撃契約――契約内容は三上も見ていたが、メジャーへの復帰などという項目は盛りこまれていない。ただ、石岡の強固な希望で一年契約、というだけのことだ。

「つまり……パイレーツで一年プレーするのは、リハビリなんですか？」

「それはあくまで推測だけどな。日本で成績を残せば、代理人も動きやすくなるんじゃないか？　マイナーで面倒臭い契約をしても、本人のストレスも溜まるだけだろうし。日本なら毎日試合に出られるという読みはあったかもしれない。パイレーツにとっては、馬鹿にされたような感じかもしれないけど、石岡にすれば人生を賭《か》けた戦いなんだぜ」

「プロはそういうものかもしれませんけど……」馬鹿にされたというか、踏み台にされたような感じがする。

「石岡も必死だと思うよ。生活がかかってるとは言わないけど、プライドはかかってる」

「……ですね」

「で？　何なんだ？　何で広報担当のあんたが、そんなことを知りたがるんだ？」

三上は事情を話した。こちらは真剣なのだが、藤田は面白そうな表情で聞いている。

「まあ、あいつらしいやな」

「そうなんですか？」

「昔も取材は嫌がってた。実は、トラウマがあるんだよ」

「そうなんですか？」トラウマの話は初耳だった。

「高校時代に、地元紙に何か間違いを書かれたそうだ。それが誤解を生んで、監督と揉めて……その後始末が大変だったらしい。だから、高校時代からマスコミ不信があるんだよ」

「分かりますけど、昔の話じゃないですか」

「高校球児ってのは、同世代の中では特別な存在になるじゃねえか。だいたい地元マスコミが持ち上げて、スポーツ紙なんかにも書かれるようになって全国区になる――その過程で強引な取材を受けて、マスコミ対応がトラウマになる選手は少なくないんだよ。あんたら広報がいろいろ苦労するのも分かる」

「基本、面倒臭がりな人が多いですよね」三上は指摘した。

「試合が終わったら、取材なんか受けてないでさっさと酒を呑みに行きたいってのが本音だからな。石岡の場合は酒じゃないだろうけど。俺が知る限り、あいつは酒は呑まない」

「今も同じみたいです」

となると、やはり極秘トレーニングのために取材を避けているのだろうか。マスコミの連中に追いかけられると、そのトレーニングがバレてしまうと恐れているのかもしれない。しかし、トレーニングが忙しいから、と広報には言って欲しかった。事情がきちんと分かれば、何か対処方法を考えるのに。

もしかしたら石岡は、パイレーツを信用していないのかもしれない。本当に、大リーグ復帰のための捨て石としか考えておらず、その本音を絶対に知られたくないとか……あり得る話だ。それがチームメートに知られたら、総スカンを食うだろう。そういう形での孤立は、石岡も望まないはずだ。

「悪いけど、俺にはこれ以上のことは分からねえな」

「日本に戻って来てからは、連絡はないんですか」

「戻る時に電話がかかってきただけだよ。素っ気ないってわけじゃないぜ？　あいつから連絡があるのは、せいぜい年に一回だからな。特にアメリカに行ってる間は、シーズン終わりに電話が来るぐらいだった。今年もありがとうございましたって……俺は何もやってないのにな」

「でも、石岡さんのベースを作ったのは藤田さんですよね」

「俺は『俺が育てた』って自慢するタイプじゃないぜ」

それは嘘だ。タイトルホルダーの教え子のユニフォームを飾っているのが、何よりの証拠だろう。ここへ来る人にユニフォームを見せて自慢している光景が簡単に目に浮かぶ。あいつも若い時は伸び悩んでいたけど、俺は一発で問題を見抜いたからな……害のない自慢だし、時間がある時はじっくり話を聞いてみたいと思ったが、今はそのタイミングではない。

「一つだけ、忠告しておくことがある」藤田が人差し指を立てた。

「何ですか」三上は思わず身を乗り出した。

「石岡、チームメートとはどうしてる？」

「ほとんどつき合おうとしてません。前に石岡さんがパイレーツにいた頃一緒だった選手は、ほとんどいなくなってしまいましたし」

「七年？　八年ぶりか？　それだけ経ったら、チームの中身はほとんど入れ替わってるのが普通だな」藤田がうなずく。「裏方以外は全部、という意味だけど」

「うちの場合、裏方でも昔の石岡さんと親しかった人はいないんです」

「だったら、他の選手と衝突しないように目を配らないとな」

「衝突、ですか」

藤田が新しい煙草に火を点けた。ゆっくりと煙を吸いこみ、天井を向いて吐き出す。それから三上の顔に視線を据え、低い声で話し始めた。

「あんた、今までプロ野球の仕事をしたこと、ある？」

「いえ、この春、本社の広報から移ってきたばかりです。プロ野球のことは何も知らないと言っていいと思います」大リーグなら別だが……いや、知っているのは大リーグの「表」だけで、バックヤードは未知の世界だ。

「今の若い選手はそうでもないと思うけど、元々我の強い人間の集まりだから、昔のロッカールームはよく荒れてた。殴り合いになることもあったからな」

「そんなに激しく、ですか？」三上は目を見開いた。

「それは……俺が現役の頃だから、五十年も前だけどさ。でも、些細なことで選手同士が喧嘩《けんか》して、それでチームの雰囲気が暗くなることもある。あんたの話を聞いてると、どうも石岡は爆弾になりかねないな」

「他の選手は、恐る恐るといった感じで接してます」

「今のパイレーツには、石岡ほどの実績がある選手はいないからなあ」藤田が顎を撫でる。「仕方ないかもしれないけど……疎遠なだけならいいけど、誰かが石岡を怒らせるようなことをして、石岡がそれに乗ったら、まずいことになるよ。シーズン途中で空中分解もあり得る」

一人の選手の行動が、そこまでチームに影響を及ぼすものか……もっとも、チームの空中分解など、気にしなくてもいいかもしれない。現在、パイレーツは五位。ここ数シーズンの「定位置」という感じで、石岡がいくら打ちまくっても、浮上の兆しは見えない。「野球は一人では勝てない」のいい見本だ。その石岡にしても、このところ急に当たりが止まってしまっている。スタートダッシュには成功したものの、スタミナ切れというところだろうか。一時は四割も狙えると言われた打率は、六月に入って三割一分台まで落ちてきていた。これでも十分立派な成績だが、急激な落ち方を見れば、不調の波に襲われていることは分かる。リーグトップを走っていたホームランも、ここ五試合、出ていなかった。

しかし、藤田の話は十分役に立ったと思う。これからは、石岡と他の選手の関係をよく観察しておかないと。

企業広報というのは、対外向けの仕事をするセクションだ。それはプロ野球チームでも変わらないはずである。それなのに、チーム内部の監視まで……自分の仕事ではないかもしれないが、石岡のことならやはり責任を持って見ておくべきだろう。それも専属広報の仕事のはずだ。

「ふざけるな！」三上は激しい怒鳴り声を聞いて、びくりと身を震わせた。あれは石岡の声だ……いったい何を怒鳴っているのだろう。

慌ててロッカールームに飛びこむ。近くにいた番記者たちも、当然今の怒鳴り声は聞いているだろう。後でしつこく突っこまれるのは分かっているから、まずは、何が起きたのかを把握しておかないと。

ロッカールームの中に、ピリピリした空気が漂っている。仁王立ちした石岡の前に立ちはだかっているのは、フェルナンデス。困ったような表情を浮かべ、「ここでストップ」というように両手を前に突き出していた。この二人のトラブルなのか？

そうではないとすぐに分かった。大卒二年目の若手野手、鹿島《かしま》が、自分のロッカーの前で左頬を押さえながら呆然《ぼうぜん》と座りこんでいる。石岡が殴った？「殴り合いになることもあった」という藤田の言葉が脳裏に浮かんだが、それは五十年も前の話だろう。令和の時代、ロッカールームの中で殴り合いとは……いや、「殴り合い」ではなく、石岡が一方的に殴ったような感じだが。

「勝手なことするな！」石岡が鹿島に指を突きつけた。

「すんません。でも――」

「でも、じゃない。アメリカだったら訴えられてるぞ」

「ここ、日本ですよ」鹿島が不満そうに言った。

「口答えするな！」石岡が、フェルナンデスを押《お》し退《の》けてさらに鹿島へ迫ろうとした。フェルナンデスが素早く動いて両手を前に突き出すと、石岡の胸に当たってしまう。

「何だ！」今度は怒りがフェルナンデスに向く。日本慣れしているフェルナンデスも、根はラテンの男である。急に血相を変え、石岡に摑みかかった。

まずい――三上は慌てて、二人の間に割って入った。ちょうどフェルナンデスが突き出した手が頭を直撃してしまい、激痛と一緒に眩暈《めまい》が襲う。思わずその場で尻餅《しりもち》をついてしまった。そこでようやく、他の選手たちが動き出した。石岡とフェルナンデスの間に入って二人を分ける。さらに数人が、鹿島をロッカールームに続く食堂の方へ連れ出した。

「何やってるんだ！」鋭い怒声。それで、ロッカールーム内の動きがぴたりと止まる。床にへたりこんだまま声の主を探すと、一軍チーフマネージャーの古川《ふるかわ》だった。腰に両手を当て、顔を真っ赤にして周囲を睥睨《へいげい》している。騒ぎが起こった時は隣の監督室にいたようだが、慌てて飛び出してきたのだろう。

「誰が震源地だ」古川の二言目は、もう落ち着いていた。この人は何というか……抑えが利く。現役時代はほとんど一軍に上がることなく、二十七歳で引退したのだが、その後は球団の裏方として選手たちを支えてきた。特に若い選手たちには慕われていて、去年、とうとう一軍選手全体の面倒を見るチーフマネージャーに就任した。すっかり腹が出てしまって中年太りなのだが、温厚な顔のせいか、頼りがいがある。三上も何かと相談に乗ってもらっていた。

その彼が、顔を真っ赤にして選手たちを睨みつけている。三上に視線を向けると「君か？」と疑いの目を向けてきた。

「違いますよ」慌てて言って立ち上がる。

そのタイミングで、既に着替え終えていた石岡は荷物を持ってロッカールームを出て行った。駐車場へ通じる通路へ姿を消した瞬間、ロッカールーム内全体に溜息が満ちる。その場にいた全員が異常に緊張していたのだと分かった。

「大丈夫？」フェルナンデスが訊ね、馬鹿でかい掌《てのひら》で三上のジーンズを叩いて汚れを落とした。

「ありがとう」礼を言ったものの、大丈夫ではない。尻餅をついた時に、強《したた》かに尻を打ったのだ。尾てい骨こそ打っていないが、たぶん青あざになっている。尻に青あざなんて、洒落《しゃれ》にならない……。

三上は尻の痛みを我慢して、石岡を追いかけた。既に廊下には姿がない。駐車場に出たところで、ちょうど走り去る石岡の車に出くわした。慌てて立ち止まり——衝突するところだった。いったい何が起きたら、あんなに怒るのだろう？　藤田が懸念していたように、とうとうチーム内に亀裂《きれつ》が生じてしまったのか？

尻をさすりながら、ゆっくりとロッカールームに戻った。フェルナンデスが身振り手振りを交え、日本語英語ちゃんぽんで古川に説明している。それでフェルナンデスの「容疑」は晴れたようで、古川はそのまま食堂に向かった。

鹿島は、不貞腐《ふてくさ》れた顔で足を組み、椅子に腰かけていた。

「何で石岡を怒らせたんだ、鹿島」古川が険しい表情で訊ねる。

「わざとじゃないですよ。ちょっとしたミスなんです。それに俺、すぐに謝ったんすよ」

鹿島が唇を尖らせて言い訳し、トラブルの発端を説明した。実に下らない……三上は、石岡の怒りに呆れてしまった。

「そもそも、ロッカールームの中の様子をＳＮＳに上げるのはよろしくないな」

パイレーツでは、選手のＳＮＳでの発信には特に制限をかけていない。ただし、普段表に出ることがないロッカールーム内の撮影は禁止していた。それが許されているのは広報だけで、試合前に選手に短いインタビューをして「直前情報」としてアップするのも、仕事の一つになっている。

「ロッカールームじゃないですよ。ダグアウトです。試合の後に」

「勝手に石岡を撮影したのか？」

「わざわざ石岡さんを狙ったわけじゃないです。自撮りしてたら、たまたま後ろに写りこんじゃったただけですよ」

鹿島が自分のスマートフォンを尻ポケットから抜いた。ツイッターの画面を見せると、確かに鹿島の自撮り写真……今日、先発出場して三安打の固め打ちをしたせいか、表情は明るい。自撮りのVサインという頭の悪そうな写真——それはいいが、確かにベンチに座る石岡が背後に写りこんでいる。頭からタオルを被り、膝に両肘をついて、ノックアウトされたボクサーという感じだ。

「これをアップして？」古川がスマートフォンを手に取る。「それでどうした？」

「後で石岡さんが写りこんでいるのに気づいたんで、念のために確認したんですよ。このままでいいかって……そうしたら石岡さん、いきなり切れたんです」

「勝手に撮影したと思われたんじゃないか」

「だと思いますけど、何も言わないで手を出すの、ひど過ぎないすか」鹿島が抗議する。

「まあ……褒められたことじゃないな」さすがに古川も同調した。

「他の選手も見てますから、誰に聞いてもらってもいいですよ」鹿島は妙に自信たっぷりだった。

「だいたい、石岡さんを特別扱いし過ぎじゃないですか」

「そんなことはない」

「専属の広報をつけて、試合後の取材には応じないでいいっていうルールで……何か、変ですよ」

「それは、チームで決めたルールだから」

「ああ、そうっすか」鹿島が唇を尖らせた。

「写真、削除しておけよ。トラブルの種は残さない方がいい」

「また石岡さんに気を遣うんですか？」

「そういうわけじゃないが」古川の声も苛立っていた。「削除しておけば、後で話もしやすいだろう」

「別にいいですけど……『いいね！』が四百ぐらいついてるんですけどね」

「いいから、消せって。石岡の方には、俺たちからちゃんと話しておくから」

「当然、石岡さんには謝ってもらえるんすよね」鹿島は強気だった。

「それは石岡から話を聞いて、だ」

「やっぱり石岡さんは特別な存在なんすね」鹿島が鼻を鳴らす。

「そんなことはない。選手は平等だ」

「俺、もういいすかね」鹿島がスマートフォンを取り戻して立ち上がった。「まったく、冗談じゃない……」

子どもの喧嘩か、と三上は呆れた。ＳＮＳに写真をアップする時には、他人が写っているかどうか確認するのは常識だろう。それを怠った鹿島はマナー違反だし、それでいきなり殴りかかる石岡もあまりにも子どもっぽい。

「参ったな」古川が溜息を漏らした。

「すみません、騒ぎを止められなくて」

「別に、君のせいじゃない」

そこへ、長泉が入って来た。何が起きたか完全には把握できていない様子で、困りきった表情で、三上に訊ねる。

「何があった？」

三上が口を開こうとしたが、古川が話をまとめて説明した。話を聞いているうちに、見る見る長泉の顔から血の気が引いていく。

「まずいな……」舌打ちして、三上の顔を見た。「外に記者連中、いただろう」

「ええ――何か聞かれました？」

「聞かれたよ。何が起きたのか説明しろって、迫られてる」

「どうします？　いくら何でもそのまま話すわけにはいかないですよね？　暴力沙汰《ざた》とか、ヤバいですよ」

「まあ……言い合いはあった、ということにしようか。それは間違いないんだから。ＳＮＳの写真で揉めた、というところは正直に話そう」

石岡が鹿島を平手打ちした話は、表に出さないようにするわけか……嘘か本当か、微妙な説明になるだろう。三上が渋い表情を浮かべていると、長泉が怒ったような口調で続ける。

「その件は、俺が説明しておく。君は、余計なことを言わないように、鹿島に注意しておいてくれ」

「口裏合わせですか」

「変なこと言うなよ」長泉が顔を歪める。「トラブルの芽を摘むのも広報の仕事なんだから」

「――分かりました」必ずしも納得したわけではないが、三上はうなずいた。

ロッカールームへ戻り、鹿島に「他言無用」を徹底するように諭す。鹿島は納得いかない様子だったが、「知り合いの記者に話したら、君から情報が出たことはすぐに分かるからな」と忠告すると、一応うなずいた。我ながら根拠がない脅しだったが。

「とにかく、ロッカールームの中のことは、ロッカールームの外へ出さないようにしよう」

「いいっすよ。何か話しても、こっちが不利になりそうだし」

「そんな風にならないようにするから、黙っててくれよ」三上は唇の前で人差し指を立てた。

「はいはい」溜息をついてから、鹿島がアンダーシャツを脱いだ。

石岡は、不調のせいで苛立っているのだろうか。ここ五試合ノーヒット。こんなに急激に成績が落ちたら、本人も焦るだろう。最近とみに機嫌が悪く、試合後のコメントも日を追うごとに素っ気なくなってきている。

額の汗をハンカチで拭いながら、長泉が戻って来た。

「何とか納得させたよ」

「大丈夫だったんですか」

「大丈夫と信じるしかないだろうな」それから、長泉はロッカールームに残っている選手たちに声をかけた。

「今のこと、他言無用だからな。マスコミの連中には絶対に話すなよ」

返事はない……もっともこんな状況で、全員が「オス」と声を合わせたら、それはそれで不気味だが。

長泉が、三上に向かって囁《ささや》いた。

「明日、一時間ぐらい早く来てくれないか」

「後始末ですか」

「君はトラブルの直後にここに来たんだから、一番よく見てるだろう」

「いいですけど……石岡さん、大丈夫ですかね」

「それも明日決めることになると思う」

おいおい……こんなつまらないことで、石岡はチーム内での立場を失ってしまうのか？　まさに藤田が懸念していた通りではないか。

翌日の試合前、チームによる事情聴取が行われた。とはいっても、鹿島の説明を石岡が全面的に認めたので、長くはかからなかった。しかし石岡の口から、謝罪の言葉は出ない。本人も頑なになっているようだった。石岡には何らかの処分――今日の試合後、本人に言い渡されることになっている。

「石岡さんが一方的に悪者ですか？」三上は釈然としなかった。石岡にも同情されるべき点はある。

「それを決めるのは俺じゃない……球団本部の判断だ」長泉は腰が引けている。この件には関わりたくないようだった。

この辺の「管轄権」は難しい。広報は「総務本部」に入っており、選手を管理するのは「球団本部」である。選手をどう動かすかを決めるのは球団本部の専権事項で、本部違いの広報部は口出しできない。黙って見ているしかないのだが……三上は手をこまねいて見ているつもりはなかった。ダグアウトで、打撃練習の順番を待っている石岡の隣に腰かけた。

「石岡さん、昨日の件ですけど、ここは謝っておいた方が……」

「誰かに言われて来たのか？」石岡がグラウンドに視線を向けたまま、低い声で言った。

「自分の考えです」

「そういう、下らない考えは捨てろ」

「石岡さんこそ、下らないことで意地を張ってると、損しますよ」

「あれは奴が悪い」

「わざとじゃないんですから……それは分かってますよね」

「誰だって、ひどい姿は見られたくない。人に見られるのが商売の人間だってそうだ」

石岡も、自分がひどい状況にあるのは分かっているわけだ……確かに昨日の写真はひどかった。打てずに悩むベテランが落ちこんでいる感じ。あんなものを、鹿島のフォロワーに見られたらたまらないと、一瞬で頭に血が昇ったのだろう。幸いなのは、あの写真が拡散していないことだ。SNSの写真なら、誰でも保存して、自分で発信できる。それをする人がいなかったのは、鹿島が早くに削除したからだろう。

「君は余計なことをする必要はない」

「これも仕事です」

「俺にかまってると、ろくなことにならないぞ」

「石岡さんのためだけにやってるわけじゃないですよ」ついむきになって、三上は言った。

「ああ？」

「今、うちとピッツバーグ・パイレーツは提携しています。球団から、研修名目で職員が行っています。俺もここで上手くやったら、ピッツバーグで働けるかもしれない」

「物好きなことだ」馬鹿にしたように石岡が言った。「大リーグの仕事は、君が想像してるよりずっと大変だぞ。日本の比じゃない」

「石岡さんは、メジャーでプレーしたじゃないですか」

「俺はただの選手だ。裏方の負担は、アメリカの方がはるかに大変だ」

「でも、それが目標なんです」

「それは君の事情だ……勝手にしてくれ」

「そうですか」三上は溜息をついた。「余計なことかもしれませんけど、昨日のことはマスコミには何も言わないように気をつけて下さい」

「それこそ余計なことだ」石岡が鼻を鳴らす。「マスコミと話すつもりは一切ない」

三上が予想していたよりも厳しい処分になった。石岡は二軍落ち――実際、急激に調子を落としているから仕方ないとも言えるのだが、チーム内では成績不振が理由だと思う人はいないだろう。昨日のトラブルの責任を取らされた――球団関係者全員が、すぐに知ることになるはずだ。二軍では、腫物《はれもの》に触るような扱いになるかもしれない。

三上は試合中にその決定を聞いたのだが、石岡には話さないようにと、長泉から念押しされた。

「こういう時、誰が話すんですか？」

「コーチか監督。石岡の場合は、監督だろうな」

「でも、北野監督、昨日のトラブルは見てませんよね」

「それとこれとは関係ないよ……とにかく明日、連戦が終わったら二軍行きだ。一ヶ月ぐらい、向こうにいることになると思う」

懲役一ヶ月、などという言葉が脳裏に浮かんだ。

その日の試合後、三上はいつものように石岡からコメントを取った。これで六試合連続ノーヒットなので、どうしても気合いは入らない。しかも二軍落ちのことを言えないので、どうにも落ち着かなかった。自分がそわそわしていることには、石岡は気づいていないと思うが。

さて、どうしたものか。三上は石岡専属広報である。ということは、石岡が二軍落ちしても、そのまま面倒を見ることになるのだろうか。ただし、普段から二軍を取材しているメディアはごく少数である。スポーツ面でも、二軍はよくて試合結果が載るだけだ。その辺は長泉に、あるいは沢木部長に相談しないと。

番記者たちにコメントを伝えたが、このところ石岡の成績が振るわないので、盛り上がらない。記者というのは勝手なもので、成績のいい選手には寄って来るが、少しでも成績が落ちれば無視……まあ、成績の悪い選手を取り上げる意味もないのだろうが。

日課の作業が終わると、長泉に呼ばれた。

「ちょっと広報部へ」

「今行くところでした」試合中、自分の私物は広報部に置いておくのだ。

「部長が、臨時会議だとさ」長泉が面倒臭そうに言った。

「石岡さん絡みですか」

「その話はしておかないとなあ」

打ち合わせは、重苦しい雰囲気で始まった。リードするのは沢木部長。まるで球団社長が辞任しなければならないぐらいの不祥事が起きたような感じだった。

「一番大事なのは、とにかく昨日の一件が表に漏れないようにすること。選手が、知り合いの記者につい喋ってしまうこともあるから、口をつぐむように徹底させて下さい。今のところは大丈夫みたいだけど……それと、三上君」

「はい」

「あなた、石岡選手のフォローと一軍の試合の広報作業、両方やってくれる?」

「それはちょっと……大変じゃないですか」二軍の本拠地は川崎だ。遠いわけではないが、二軍にだって遠征があるわけだし、ずっと石岡をフォローするのは不可能である。

「こっちで試合がある時だけでいいから、石岡選手とできるだけ話をするようにして」

「二軍でも試合には出るんですよね?」

「怪我で降格じゃないから、試合に出ながらの調整になると思うけど……合間の時間があるでしょう。そこで話して、彼のフォローをして。精神的なダメージも受けるはずよ」

「分かりました――あの、一つ、いいですか」

「何？」

「石岡さんを尾行していいですか？」

「尾行？」沢木部長が目を見開く。「穏やかな話じゃないけど、どういうこと？」

「石岡さんの動きがよく分からないんです。試合が終わった後は自主トレしているような話だったんですけど、室内練習場を使っている形跡はありません。チームメートともつき合いがないですし、何をしているのかな、と」

「それはいろいろあるよ」長泉が指摘した。「専属のトレーナーを雇って体のメインテナンスをしている選手もいるし」

「でも、ちょっと気になりまして」

「あなたには、プロジェクトIの中心的な役割を期待してるわ」沢木部長がうなずいて言った。「でも、あまりにものめりこみ過ぎると、周りが見えなくなる。その辺、線引きはできてる？」

「まだ一線を越えたつもりはありません」

「危ないこと、ない？」

「まさか」言ってみたが、何の保証もない。石岡が何をしているか分からなければ、危ないかどうかすらはっきりしないのだ。「でも、石岡さんが何か危ないことをしていたら……」

「危ないこと？」沢木部長が眉《まゆ》を吊《つ》り上《あ》げる。

「女性関係とか」

「それだったら、写真週刊誌のターゲットになるわよ」

「話を摑まれたらまずいです。こっちで情報を確認できれば、先回りして手を打てます」

「石岡が女、ねえ」長泉が首を傾《かし》げる。「ちょっと考えられないな」

「実際のところ、どうなんですか？」沢木部長が訊ねる。

「奥さんは高校の同級生、結婚は早くて、子どももう十歳かな？　家族仲はいいと思いますけどね」長泉が答える。

「でもそれ、前に日本にいた時の話ですよね」沢木部長が急に疑わしげな声を出した。「家族は今アメリカにいて、単身赴任状態……身軽と言えば身軽ですよね。三上君、本当にそういうことがあると思う？」

「証拠は何もないです。でも、あの石岡さんの頑なな態度の裏には何か事情があるはずです。それを探り出さないと、プロジェクトI自体が頓挫《とんざ》しかねません」

「じゃあ、やってみて。どうやって尾行するつもり？」

「石岡さんの二軍落ちは、明後日ですよね？」

「明日の試合が終わってから正式通告」沢木部長がうなずく。

「じゃあ、まず明日の夜、尾行してみます。つきましては、なんですが……車を借りてきていいですか？　車を持ってないんで」それが経費で落ちるだろうか？

「レンタカーなんて馬鹿馬鹿しいぞ。俺の車を貸してやるよ」長泉が申し出た。

「いいんですか？」

「構わないですよね、部長？」

「結構です」沢木部長が許可した。「事故だけは起こさないように」

「十分注意します」これで動ける——しかし自分がやっていることが正しいかどうか、自信はないのだった。

打ち合わせが終わって解散、というところで沢木部長に呼び止められる。

「この前の天覧試合の時、社長が余計なことを口走ったんですって？」

「ああ……」本社の社長が観戦する時は、「天覧試合」と言われる。本来の意味とは違うのだが。

「亜細亜製粉の社長に、プロジェクトIの話をしてました。亜細亜製粉の社長には、口外しないようにお願いしておきました」

「それならいいけど……社長、石岡選手のことをだいぶ気にしてるみたい」

「じゃあ、二軍落ちなんてヤバいじゃないですか」

「何か言ってくるかもしれないけど、適当に誤魔化《ごまか》しておいて。本社の社長にも、全部事情を説明しなくちゃいけないわけじゃないから」

「いいんですか？」

「子会社の人事に、本社の社長がいちいち口出しするのも変でしょう」

「それはそうですけど……」まさか、自分に直接電話がかかってくることはないだろう。

「向井社長は、時々予想外の行動に出ることがあるから」

「そうなんですか？」酔っ払っていたら危ない感じだが。

「そう。とにかく言質を取られないように気をつけて」

「……分かりました」

そんな厄介な人なのか。まあ、先日の振る舞いを見ればそれも納得できるが。それにしても、こんなことで本社の社長と絡みたくはない。

「何でそんな、探偵みたいなことするの？」美咲が訊ねる。いかにも怪しい、と言いたげに眉間に皺を寄せる。

「人に任せるわけにはいかないし、俺は石岡さんの専属広報だから」

「でも尾行なんて、広報の仕事とは思えないわね」

「そうなんだけどさ……気になるから」

話しながら箸を動かす。遅い時間の夕食が続いているせいか、異動した三月以来、じわじわと体重が増えている。せっかくの自転車通勤も、大した運動にはなっていないようだ。遠征時のつき合いで外食が増えてしまったのも影響しているだろう。先日そんな愚痴をこぼしたせいか、今日の夕飯はいきなり低カロリーメニューだった。筍《たけのこ》の煮物、甘塩の鮭《さけ》の焼物、こんにゃくの炒《い》り煮《に》。

「まあ……食べてからさっさと寝れば、腹が減って困ることもないだろう。

「あのさ、俺はいいけど、君も同じもの食べてるんだろう？」

「もちろん」美咲が冷たい麦茶を出してくれた。

「栄養的に大丈夫なのか？　ダイエット食みたいだけど」

「ちゃんとお医者さんと相談してるから、問題ないわ。だいたい、食べ過ぎると、出産後に元に戻すのが大変だから。でも、赤ちゃんも順調だから」

「それならいいけど」カロリーの低い食事でも満腹になるようにと、何度も嚙んでゆっくり食べた。遠征先の食事は、広報部のメンバーと一緒に行くことが多いのだが、やはり体に悪いのは意識している。夜の十時、十一時から焼鳥や中華を食べるのは、後ろめたい快感がある――ヤバいな、と思いながら味わって食べているのだ。

食事を終え、ゆっくりと冷たい麦茶を飲む。本当なら食後にはコーヒーが欲しいのだが、眠れなくなるので最近は夜は控えていた。こういうのは、あまり人間らしい暮らしとは言えないよな……ふと思いつき、美咲に聞いてみた。

「アメリカと日本で離れて暮らしてたら、やっぱり羽を伸ばしたくなるものかな」

「何、それ」

「いや、家族の目が届かなければ、ちょっと遊んでも大丈夫かなって」

「何言ってるの？」美咲の目の奥が暗くなった。

「いや、何でもない」いくら何でも、石岡に対する疑いを口にするわけにはいかないだろう。

「翔太君がアメリカへ――パイレーツへ行く話？」

「どうなるか、まだ全然分からないけど」

「何で、そんな変なこと考えてるの？」

「いや、俺のことじゃなくて」

「じゃあ、どうして？」

「ちょっと周りにそういう状況があって、という感じかな。はっきり言えないけど」

「何か……翔太君、出向して変わった？」美咲が呆れたように言った。「プロ野球チームって、環境が良くないのかな」

「そんなこともないと思うけど」

実際、想像していたよりも「変」ではなかった。プロ野球選手といえば、酒と女遊び、派手なネックレスや高級腕時計に高級外車――若くして大金持ちになった人間が夢見ることを全てやっているようなイメージがあり、つき合いにくいだろうと思っていたのだが、少なくともパイレーツの選手は違う。概して大人しく、球団スタッフに対する礼儀もしっかりしているのだ。車は外車が多いが、ド派手なスーパーカーを乗り回している選手は一人もいない。石岡のようなベンツのセダンか、大きな体でも楽に乗れるＳＵＶが主流だ。逆にあまり夢がないな、とがっくりしたぐらいである。

「パイレーツ行きが実現したら、一緒に来て欲しいんだ。子どもは小さくても、アメリカで暮らすことは、将来の役に立ちそうな気がするし」

「それって、いつ頃になりそうなの？」

「どうかな」気軽に言ってみたものの、パイレーツ広報部の仕事は、最低でも二年先の春まで続く。そのまますぐに渡米できるとしても、まだだいぶ先の話だ。「最短で二年後の春？」

「じゃあ、子どもはまだ二歳にならないよ」美咲が腹を撫でた。このところ、急に膨らみが目立つようになっている。「二歳でアメリカに行っても、勉強になるかなあ。二年とか三年で戻ってきたら、何も覚えてないいんじゃない？」

「そうかな……」

「中途半端に英語を覚えて四歳ぐらいで帰ってきたら、日本語がおかしくなっちゃって、大変かも」

「言葉の問題か」

「斉木《さいき》さんのところがそうだったのよ」

「ああ……」それを指摘されると痛い。斉木は、美咲がＪＰミールにいた時の上司で、子どもが三歳の時にアメリカ支社に赴任になった。家族全員で行ったのだが、帰って来てから、言葉の問題で子どもが幼稚園に馴染めず苦労した、という話を三上も聞いていた。それだけならともかく、結局子どもの教育問題が原因になってその後離婚……洒落にならない。

「本気で家族全員でアメリカ行きなんて考えてる？」

「そう言われたら……そもそもパイレーツで研修ができるかどうかも分からないけど」

「でしょう？　もう少しはっきりしてから考えたら？」

「……だよな」

先走りし過ぎた。これも石岡のせい――彼の私生活はどうなっているのだろう。

石岡は翌日の試合後、監督の北野から二軍落ちを通告された。三上はその場にいなかったものの、石岡本人は特に反発しなかったという。

「いやあ、ヒヤヒヤものだった」監督室から出て来た長泉が、額の汗を拭った。

「一昨日のトラブルの件は出たんですか？」

「出た。北野さんも、黙ってるのは不自然だと思ったんだろうな。一応、表向きは調整という理由をつけたけど、懲罰的意味があるのは本人も当然分かってるだろう。それで――今日もコメントを出さないと駄目だぞ。主力選手の二軍落ちだし」

「ああ……そうでした」途端に気分が暗くなる。試合後の石岡のコメントはお約束なのだ。最近打てずに、石岡のコメントが記事に使われることはなかったが、今日は確実に使われるだろう。一時絶好調だったアメリカ帰りのベテラン選手が二軍で調整――石岡はメディアから反発を食っているから、ここぞとばかりに批判的な記事を書いてくるところもあるだろう。何とか穏やかに済むようなコメントにしたい。

石岡は今日、ヒット一本で終わっていた。試合の趨勢《すうせい》に関係ない、当たり損ねが内野安打になったヒット。どんな形でもヒットが一本出れば調子を取り戻す選手もいるが、石岡はどうだろうか。

パイレーツのダグアウトは、それぞれの選手用のスペースが区切られ、レカロの高級シートに深く座ると、ある程度プライバシーが保たれるようになっている。石岡はアンダーシャツを脱いで上半身裸になり、タオルで顔を拭っていた。近くで改めて見ると、体にはまだ張りがあり、衰えは一切感じられない。

「石岡さん、二軍落ちの件でコメントを出さないといけません」

「別に言うことはないな」今夜の石岡は普段にも増して素っ気なかった。目を合わせようともしない。

「いい気分じゃないのは分かりますけど、番記者連中にはもう情報は伝わってます」

「適当に言っておいてくれ」

　またこれか……本当に適当に言って、それでトラブルになったら、全部三上のせいにするに決まっているのに。

「それはできません。今回はきちんと、石岡さんの言葉で発表したいんです」

「じゃあ、できるだけ早く戻ってきたい、と言ってくれればいいよ」

「もう一言」三上は粘った。いくら何でもこれだけでは素っ気ない。

「不調の原因でも喋れっていうのか？　それが分かれば、不調になんかならない」

「そうかもしれませんけど……」

「疲れてるだけだ。追いこみ過ぎたかもしれない」

「じゃあ、追いこみ過ぎで疲労もあって、調子が落ちていた、二軍で調整して、できるだけ早く戻ってきたい——こんな感じでいいですか」

「ああ」

　疲労は嘘ではないかと石岡は思った。本当に疲れていたら、コーチやトレーナーがいち早く気づくだろう。特にトレーナーは、マッサージで頻繁に選手の体に触っているから、肉体の変化が分からないわけがない。それに疲労なら、きちんと監督と話し合い、先発を外れて休みながら再調整する手がある。

「じゃあ、これで発表します」

石岡が無言でうなずく。第一段階クリア。この後の第二段階――記者への説明の方が難しい。ロッカールームを出ると、番記者たちが待ち構えていた。既に石岡が二軍落ちするという情報は伝わっているので、彼がいったいどんなコメントを出すか、興味津々といった様子だった。

「石岡選手のコメントです。追いこみ過ぎで疲労もあって調子が落ちていた、二軍で調整してできるだけ早く戻ってきたい――ということです」

これで満足してくれればいいのだが、どうだろう……不安に感じていた通り、東日スポーツの衣川が食いついてきた。

「ロッカールームでトラブルがあったという話があるんだけど」

「SNSの件ですか？　解決済みですよ。トラブルっていうほどじゃありません」三上はとぼけた。トラブルではないことにする――広報部内では、そんな風にコンセンサスが取れていて、選手にも緘口令《かんこうれい》が敷かれている。誰かが怪我でもしたら隠しておけないが、余計な話を漏らしてマスコミを喜ばせることはない。

「石岡選手が若手とトラブったという話、聞いてますよ」

「私は聞いてません」鹿島が自分で漏らしたのだろうか？

「何か隠してない？　広報が隠し事すると、ろくなことにならないよ」

「脅しは勘弁して下さい」三上はわざとらしくおどけて言った。

「いやいや、事実関係の確認」

「別に、リッキー・ヘンダーソンみたいなトラブルがあったわけじゃないです」

「はあ？」

「メッツ時代のリッキー・ヘンダーソンは、プレーオフの試合中に、控室でトランプをやっていて大問題になりました」

「そう……まあ、いいけど」

あまりしつこく突っこまれなかったのでほっとする。今のパイレーツの番記者の中では、最年長の衣川がやはり一番しつこい。そのせいか、衣川が引けば、他の記者も突っこんでこない。取り敢えず取材が終わったので一安心――しかし今日の本番はこれからだ。すぐに荷物をまとめて駐車場に回り、長泉から借りた車に乗りこむ――よりによって、マツダのロードスターだった。長泉さん、こういうスポーツタイプの車が好きなのか、と驚いてしまう。マニュアル車でないのが幸いだったが。三上はAT限定免許しか持っていないのだ。

車に乗りこみ、エンジンをかけて待機する。オープンカーとはいえ、当然ルーフを下ろすわけにはいかない。そんなことをしたら目立って仕方ないだろう。尾行に気づかれたら、とんでもなく面倒なことになりそうだ。

こんな時に限って、石岡はなかなか出て来ない。スマートフォンで各球団の試合結果をチェックしていると、いきなり着信――「スポーツファイト」の記者、牧野《まきの》だった。まずい。取材の申しこみについて、一度「石岡が断っている」と伝えたものの、それで企画全体がボツになったわけではなく、棚上げになっていたのだ。

「牧野さん、すみません、連絡しなくて」三上はすぐに謝った。

「いや……今ネットニュースで見たんだけど、石岡選手、二軍落ちですって？」

「ちょっと疲れが溜まっているようで、調整です」先ほど番記者たちに話した内容を繰り返した。

「例の取材は、一度ボツにします」牧野がさらりと言った、

「復帰特集、やめるんですか？」

「ええ。もう一人、メーンで予定していた選手も長期離脱しちゃって」

「誰ですか？」

「牛尾《うしお》選手」

「ああ……今シーズン絶望と聞きました」

別リーグのピッチャー、牛尾は、石岡と同時期にアメリカへ渡り、大リーグで活躍していた。今年日本球界に復帰して、いきなり二試合連続完封の離れ業を見せたのだが、三試合目で途中降板、その後「右肘痛」という理由で戦列を離れていた。それがとうとう、今シーズン絶望か。

「牛尾選手も、勤続疲労があるだろうから……本当の怪我の具合は分からないですけどね。三上さん、何か知りませんか？」

「別のリーグの話なので、ニュースで読むぐらいですよ」

「まあ、そうですよね——手術が決まったそうです。それで、今シーズン絶望。牛尾選手は石岡選手と二枚看板で特集のトップに来る予定だったので、特集自体を見送ることにしました。でも、石岡選手へのオファーは生きているので、企画書、出し直しますね」

「新しい特集ですか」

「石岡さん単独で」

「そうなると、取材はもっと大変ですよね。それに、石岡はしばらく二軍で調整です」

「その辺の苦労話も含めて、一本作りたいんですよ。二軍落ちのニュースを見て、特集を練り直

すことにしました」

「早いですね」二軍落ちまでネタにするわけか。マイナスイメージの記事になるのではないだろうか。

「とにかく、数日のうちに企画書、出します」

「石岡が受けるかどうかは分かりませんよ」三上は予《あらかじ》め予防線を張った。

「聞いてますよ」牧野が面白そうに言った。「番記者たちが、まともに取材できないんでしょう?」

「知ってました?」

「うちも球場へは取材に行くし、新聞記者ともつき合いがあるから。情報……愚痴だって流れてきますよ」

「参ったな。あまり広めないようにお願いしますよ」

「不思議ですよね。石岡さん、アメリカでは普通に取材に応じていたのに」

「ご存じなんですか?」

「何回か、向こうで取材してるんです。ロッカールームに入りこんで、普通に話を聞けた。愛想がいいわけじゃないけど、いつもきちんと話してくれたんですよね」

やはり、日本に戻って来て変わってしまったのか……自分はこれから、その秘密を暴こうとしているわけだが、果たして上手くいくかどうか。

「広報も大変でしょう。今時、取材拒否の選手なんかいないし」

「皆素直ですよね。ここへ来る前は、もっと変わった人が多いのかと思ってました」

「昔に比べたら、癖のある選手は減りましたよ……まあ、取材できるかどうか怪しいけど、一応企画書は出しますから」

「善処します」

善処は大袈裟だったかなと思いながら、三上は電話を切った。そのタイミングで、石岡が駐車場に姿を現す。自分のベンツにさっさと乗りこむと、すぐに発進させた。他の選手も出て行く中、見失わないようにするだけで精一杯……石岡は国道一号に出ると、川崎方面へ向かって走り始めた。川崎？　おかしい。石岡の自宅とは逆方向なのだ。彼のマンションは、みなとみらい線日本《にほん》大通《おおどおり》駅のすぐ近くにある。

石岡の運転は丁寧で、法定速度を守り、淡々と運転している。三上はすぐ後ろにつけたが、ずっと緊張したままだった。バックミラーを覗いた瞬間に気づかれてしまうかもしれない。念のためにサングラスをしてきてはいるが……こいつのせいで、夜の運転がやりにくくて仕方がない。

しかし、いったいどこへ行こうとしているのだろう。石岡はひたすら、国道一号を走っている。横浜の中心部を抜け、川崎方面へ……途中で右折し、第一京浜に入った。夜十時過ぎ、上り車線を走っている車は少ない。三上は警戒して、ベンツとの距離を少し開けた。依然として石岡には、まったくこちらに気づいている様子はないのだが。

石岡のベンツは、川崎のごちゃごちゃした街中に入っていく。そして行き着いた先は——二軍の本拠地、パイレーツ川崎スタジアム。スタンドの収容人数三千人のこぢんまりとした球場で、近くには若手選手が住む「常勝寮」もある。川崎スタジアムは二軍専用の球場だが、内外野ともベイサイド・スタジアムと同じ人工芝で整備されている。明日を目指すスター候補が練習と試合に励む場所……最近は地域との連携を強めており、少年野球教室なども頻繁に開催されていた。

石岡は駐車場に車を停めた。他には一台も車は停まっていない。自分のロードスターを停めると気づかれてしまうかもしれないと恐れ、三上は少し離れた路上に駐車した。そこから歩いて球場の駐車場に戻る。車を降りた石岡が、ちょうど球場の通用口に姿を消すところだった。

何なんだ？　川崎スタジアムは、石岡が渡米してから新しく造られた球場なので、様子を見に来たのだろうか？　そんなことをする意味があるとは思えなかったが。

通用口は空いているので、三上は球場内に忍びこんだ。途端に、鋭い金属音が聞こえてくる。誰かが打撃練習している？　ここにも小さいながら室内練習場があり、打撃練習や内野の守備練習はできるのだ。それにしてもこんな時間に誰だろう？　腕時計を見ると、午後十時四十分。二軍の選手は朝が早いから、この時間には休んでいることも多いはずなのに。

周囲を警戒しながら、室内練習場へ向かう。打球音は次第に大きくなってきた。室内練習場の緑色のドアが少しだけ開いているので、三上は用心しながら中を覗きこんだ。

石岡。しかし彼は練習しているわけではなく、バッティングマシンを操作している。マシンのボールを打ちこんでいるのは……マイク・ジャスティスではないか。大リーグ経験はなく、マイナーリーグからパイレーツに入団して三年目。去年までは一軍でも活躍していたが、今年は調子が上がらず、開幕から二軍暮らしが続いている。メジャー経験者だったら腐ってしまったかもしれない。

石岡は黙ってマシンを操作して、ジャスティスの練習を手伝っている……どうして二軍にいる助っ人の練習をヘルプする？　知り合いなのか？　アメリカ時代の友人とか。後でジャスティスの経歴を詳しく調べてみよう、と思った。

ジャスティスが打ち損ね、石岡が英語で鋭く声を飛ばす。「目線が切れてる！　最後まで見て！」「もっと踏みこめ！」と口調は厳しい。ジャスティスが、真剣な表情でうなずく。石岡が近づいて来て、ジャスティスのバッティングフォームをチェックした。さらに自らバットを持ち、外角の方に視線を向けながらバットを二度、三度と振り出して見せる。

　このまま練習が終わるのを待って、石岡に事情を聞いてみようか……しかし尾行と監視をしていたことがバレたら、何を言われるか分からない。今のところ石岡は、自分に対して冷たく対応しているだけだが、この件については、話題になった途端に激怒しそうな予感がする。何もわざわざ、トラブルを起こさなくてもいい……。

「何してる」

　低い声で脅すように言われ、三上はびくりと身を震わせた。振り返ると、常勝寮の寮長である遠藤《えんどう》が、腰に両手を当てて立っていた。

「広報の三上です」三上はパイレーツの広報に来て、二軍のスタッフにも挨拶していた。一度顔を見た人は忘れない――向こうは覚えていないようだった。

「ああ？」

「三上です。一度ご挨拶しました」

「そうだっけ」

「そうですよ」三上は強気に出た。「ちょっといいですか？　お話を伺っても」

「別にいいけど、こんなところで何やってるんだ？」

三上は室内練習場のドアを指差した。

「石岡か？」

「はい。ちょっと離れたところでいいですか？」

「まあ……いいよ」

二人は球場の通用口の方へ歩いて向かった。気をつけないと……遠藤は元々パイレーツの選手だったが、引退後は球団スタッフになり、今は常勝寮の寮長を務めている。令和の時代に似つかわしくない「鬼寮長」と呼ばれているが、とりわけ選手の礼儀作法には厳しく、一軍に上がってくる選手が物足りないぐらい大人しいのは、遠藤の教育で萎縮しているせいだと言われている。実際、見ただけで怖そうだ……今年六十歳になるはずだが、皺が刻まれた顔はよく日焼けしていて、目つきも鋭い。寮で預かっている選手に迷惑をかける奴は決して許さないと、無言で圧力をかけてくるようだった。自分は内輪の人間なのだが。

「で？」一度球場の外へ出てから、遠藤が切り出した。「一軍広報の人が、二軍の球場に何の用だ？」

「石岡さんを尾行してきました」

「ああ？」

「石岡さん、ちょっといろいろ問題がありまして……」

「取材拒否してる話は聞いてるよ。明日からこっちで調整だそうだな」

「ええ。それはともかく、どうして石岡さんがあんなに頑なになるか、事情を知りたいと思いまして……尾行したらここへ着いたんです」

「なるほどね」

「もしかしたら、ホームゲームの時、試合後にいつもこっちに来てました？」

「――まあね」

試合後の練習はやはり嘘だったわけだが……どうにも気になる。

「わざわざ二軍の球場で練習してたんですか」

「いや」遠藤が耳を引っ張りながら否定した。「石岡はやってないよ。自分の練習だったら、わざわざこんな遠くまでは来ないだろう」

　車で三十分はそれほど遠くないが、試合が終わった後にわざわざ……とはやはり考えにくい。

「今、一緒にいたのはジャスティスですよね」

「そうだったか？」遠藤がとぼけた。

「見ましたよ。ジャスティスですよね？」三上は念押しして訊ねた。

「あんたが見たって言うなら、そうなんだろう」遠藤の返事は素っ気ない。

「何してるんですか？　二人で練習ですか？　というより、石岡さんがコーチしているように見えましたけど」

「俺の口からは何も言えないな」

「いや、遠藤さん、内輪の話ですよ。こっちは、石岡さんに気持ちよくプレーして欲しいだけなんです。他の選手にも……」

「石岡、上でやらかしたそうじゃないか」遠藤が苦々しげな表情を浮かべる。

「知ってるんですか？」さすがにもう、情報は回っているか……。

「鹿島が文句を言ってきたよ。あいつ、まだ寮にいるから、話をすることもある」

「要するに、寮長に言いつけたんですか」

「言いつけたってのはどうかと思うが、俺は選手からはできるだけちゃんと話を聞くことにしてるんだ。そうやって、早めにストレスを取り除いてやらないと……今回の二軍落ちは、懲罰人事みたいなものだろう」

「調整です」

「いやいや、あんたこそ内輪の人間なんだから、そんな表面的なことを言わなくてもいいじゃないか。若い選手をぶん殴ったら、処分も当然だろう」

遠藤の言っていることは正論で、まったく反論できない。言われてみれば、石岡は既にチーム内のトラブルメーカーになってしまっているのだ。

「遠藤さんこそ、石岡さんのことについて何か言われてないですか？　教育的指導とか」

「馬鹿言うなよ」遠藤が鼻を鳴らした。「俺は、寮の中のことに責任を持つだけで精一杯だ。別に二軍の面倒を見てるわけじゃない」

「でも、こんな時間に球場の鍵を開けたのは遠藤さんでしょう」

「俺も球場の鍵は預かってるからな」

「それで――あの二人は、何をやってるんですか」三上は話を蒸し返した。「石岡さんが、ジャスティスの指導をしているような感じでしたけど」

「それは言えないな」遠藤が人差し指を立てた。「言わないように頼まれてる」

「石岡さんから？」

「それも含めて言えない」

「それは……困ったな。遠藤さん、石岡さんを増長させてるんじゃないですか？」

「そんなことはないね」遠藤があっさり否定した。「あんた、石岡をどうしたいんだ？」

「活躍して欲しいだけですよ。あとは他の選手と同じように、普通に取材を受けてくれればいいんですけど」

「普通ってのは、人によって違うんじゃないのか」

「そうかもしれませんけど……」何だか禅問答のようになってきた。

「とにかく、石岡のことは放っておけ。あいつにはあいつの考えがあるんだから」

「遠藤さんはそれを知ってるんですか」

「知ってるか知らないかも含めて、何も言えねえな。世の中、そう簡単に割り切れるものじゃないし」

「意味が分かりません……」

「あんた、何歳だ？」

「二十八です」

「若い、若い」遠藤が笑った。「二十八じゃ、まだ何も分からないも同然だな。例えば、プロ野球選手にとって一番大事なのは何だと思う？」

「それはもちろん、優勝することでしょう」

「その次は？」

「個人タイトル？」

「それぐらいしか思いつかないようじゃ、まだまだだな」

「他に何かあるんですか」

「そいつは、他人に教えてもらうことじゃない。自分でじっくり探すんだな」

「そんな暇、ありませんよ」

「余裕を持たないと」遠藤が真顔でうなずいた。「余裕を持てば、見えないものも見えてくる」

「何ですか、それ」

「宿題だ。じっくり考えな」

いったいどういう宿題だ、と三上は混乱するばかりだった。

第五章　密約

石岡への密着は難しくなった。本拠地のベイサイド・スタジアムのナイターでは、三上は二時には球場入りしなければならないから、基本的に午後一時プレーボールの二軍の試合を観る暇がないのだ。休みの日に足を運ぼうとも思っていたが、二軍は遠征していたりで上手くいかず、ストレスが溜まるばかりだった。沢木部長も、こんなスケジュールのずれは分かっているはずなのに、無茶な指示を出したものだ。

しかし石岡は、復調しかけているようだった。さすがにレベルが違うというか、二軍ではヒットを連ね、若手選手を圧倒している。

六月半ばのある日、三上は二軍のマネージャー、金子《かねこ》を摑まえた。金子は普段二軍に帯同しているのだが、その日はたまたまベイサイド・スタジアムに用事があったのだった。元パイレーツのピッチャーで、三年前に引退して球団スタッフになった。二軍もＳＮＳの「川崎通信」で積極的に情報発信しているのだが、それを担当しているのも金子である。特に動画を頻繁にアップして若い選手の動向を伝えており、これがなかなか評判がいい。

「ちょっと時間もらっていいですか？」試合前のポカリと空いた時間、三上は金子に声をかけた。相手は百九十センチの長身なので、二人とも立って話していると落ち着かないが……。

「いいよ。何？」金子は三上より二歳年上で、気さくなタイプだった。高卒でドラフト三位、期待されて入ってきた本格右腕なのだが、一軍ではわずか五勝……プロ野球選手の人生は様々だ。

「石岡さんのことなんですけど、どんな様子ですか？」

「調子、いいみたいじゃない」

「でも、『川崎通信』に出てきませんよね」

「ああ」金子が苦笑する。「頼んだけど、断られた。自分は出る必要はないから、若い選手を出してやってくれって」

「取材拒否ですか」二軍でもパターンは変えていないわけだ……。

「そういうわけじゃないだろうけど……上では取材拒否で大変だったと聞いたけど、マジな話？」

「かなり深刻でした」

「大変だねえ。石岡さん、一軍に戻ったら、またあれこれあるんだろうな」

「あまり嫌なこと言わないで下さいよ」三上は思わず抗議してしまった。

「失礼」金子がニヤリと笑う。

「ところで石岡さん、ジャスティスとは親しいんですか？」

「ジャスティス？　普通に話してるよ」

「他の選手はどうですか？」

「二軍の若い選手がおいそれと声をかけられるような選手じゃないでしょう、石岡さんは。外国人は、そういうことにあまり抵抗感がないだろうけど」

「石岡さん、他の若い選手に指導したりしないんですか？　ベテランとして、ちょっとしたアドバイスとか」

「そういうのは、見たことないな」金子が首を捻る。「基本、静かに球場に来て淡々と試合に出て、終わったらさっさと帰る、的な感じだね」

「そうですか……」

「石岡さんとジャスティスがどうかした？」

「いや、親しいっていう話を聞いてるんですけど、接点は何なのかなって」

ジャスティスの経歴は調べてみたが、パイレーツでチームメートになるまで、石岡と知り合う機会があったとは思えない。アイルランド系、イングランド系、ドイツ系など複雑な系統の血を引くジャスティスは、フロリダ出身。高校時代にアストロズから二十九巡目、全体では九百一番目に指名された。ルーキーリーグからスタートして、毎年一段ずつ階段を上がっていったが、トリプルAで足踏みした。毎年そこそこの成績を残したものの大リーグからは声がかからないまま、三年。その後心機一転して日本に渡り、パイレーツに入団した。一年目は百十二試合出場で打率二割八分、ホームラン十八本とまずまずの成績を残したものの、二年目に成績は急降下し、六十七試合出場にとどまって、打率は二割五分を切った。そして今年は、シーズン当初から二軍暮らし。三年契約の三年目だが、このままだと今年で契約終了ということになりそうだ。外国人選手というと、やはり長打力を期待されるものだが、その部分で物足りない。全体のバランスは悪くないのだが……いずれにせよ、日米で石岡との接点はなかったはずだ。ジャスティスがマイナーで腕を磨いている頃、石岡は大リーグでバリバリ活躍していた。

「ちょっと分からないな」金子が首を傾げる。「本人に直接聞いてみたら？」

「石岡さんに？」

「いやいや、ジャスティスだよ。英語が喋れればだけど。そういう話だと、通訳抜きの方がいいだろう」

「日常会話は大丈夫ですけど……」

「だったら俺に聞かないで、直当たりした方がいいよ。その方が面倒臭くないだろう」

「……ですね」

とはいえ、なかなか壁は高い。どうしたものか、上手く作戦を考えないと。


チームの移動日と三上の休みが重なった。この日の午前中に、三上は美咲を実家に送っていった。予定日まではまだ間があるのだが、三上が家を空けていることが多いので、念のために出産までは実家にいてもらうことにしたのだ。さすがに体が重くなってきたようで、歩けば二十分ほどのところを、タクシーに乗る。

「車、いるよな」車中、三上は言った。

「そうね、子どもがいると電車移動も大変だし」

「考えておくよ。取り敢えず、小さい車で大丈夫だろう？」

「アメリカへ行くまでのつなぎ？」

「本当にそうなるかどうかは……ま、分からないな」

無事に美咲を実家へ送って、昼飯を食べさせてもらった。ふと思いついて、そのまま川崎スタジアムへ向かう。今日、パイレーツの二軍は、スターズの二軍と対戦がある。試合を観て、その後石岡と……ジャスティスと話してみよう。

平日の午後、川崎スタジアムはがらがらだった。こういうところで試合をするのに慣れてしまうと、満員のナイターでデビューする選手は緊張するだろうな、と考える。高校野球で甲子園に出場した選手は大観衆に見守られる試合を経験しているわけだが、プロ野球の世界に入ってくる選手が、全員甲子園に出場しているわけではない。

選手たちにとって、この川崎スタジアムは真剣勝負の場だ。若い選手は一日でも早く上に這《は》いあがろうと厳しく激しくプレーするし、調整で落ちてきたベテランは焦りを見せまいとゆったり振る舞いながらも、目つきは真剣そのものである。

三上は、スタンドの一角に陣取った。梅雨の晴れ間で、猛烈に暑い。同じ人工芝のベイサイド・スタジアムの試合はナイター中心なので、それほど暑さに苦しむことはないが、六月午後の陽射《ひざ》しがもろに入る川崎スタジアムの熱気は強烈だ。もっとも、真夏の大リーグのデーゲームは、どこもこんな感じになる。さすがに屋根が欲しい……アメリカにもドーム球場はあるが、屋根がないのが一般的なので、真夏のデーゲームは熱中症との戦いになる。スタンドで観ているだけでもきついぐらいだから、広い外野を守る選手はもっと大変だろう。あれでよく集中力が切れないものだと感心する。

この日、石岡は四番センターで先発出場した。初回にツーアウト一塁で打席が回ってくる。打席での様子を見た限り、特に変化はない。力が抜けた感じでゆったりと構える。余裕を持って初球を見送り、その後四球目まで一度もバットを振らず、カウントは2－2になった。追いこまれているが、まったく落ち着いている。五球目を軽くカット。そして六球目を捉えた。内角に食いこむボールを上手く巻きこみ、鋭いライナーを放つ。サードがまったく動けないほど球足が早く、打球は狙ったようにちょうどレフト線上に落ちた。ファウルグラウンドを転々……一塁走者は二塁、三塁を回って、先制のホームを踏んだ。

打った石岡は、楽々二塁に達した。視線は、打球が落ちた辺り——もう少し角度をつけて打ち出すべきだったか、とでも考えているようだった。

三打席目にもヒットを放ち、この日は四打数二安打。二軍で十試合に出場した時点で、打率は軽く四割を超えていた。「調整」という意味ではもう十分で、すぐにでも一軍に復帰できそうな感じだったが、上層部にはまだ「懲罰」が終わっていないと考えている気配がある。三上が直接聞けることではないが、雰囲気で何となく分かった。

注目のポイントは、八回裏だった。打順がピッチャーのところで、代打にジャスティス。やや緊張した面持ちで打席に入る。何だか小さく見える……ジャスティスは身長百八十七センチあるのだが、とてもそんな長身には見えなかった。極端なクラウチングスタイルで構えているせいかもしれない。ジャスティスは、初球から打って出た。離れて見ていても分かる、フェンス越え確実の一撃。ジャスティスは右打席から出ず、バットを持ったままレフトスタンドを眺めた。間違いなくフェンスを超えると確信したのか、ようやく走り出した時には、レフトはフェンスに達するずっと手前で見送っていた。

ジャスティスは一塁へ向かいながら、拳を小さく振った。うつむきがちに、かなりのスピードでダイヤモンドを一周する。試合には直接関係ない一発——9対3で勝っていたパイレーツのリードはこれで7点に広がった。ジャスティスはホームインすると、ダグアウトに入る直前で雄叫びを上げ、チームメートから手荒い祝福を受けた。二軍戦でも久々のホームラン——四月十五日に放った二号以来なのだ。チームメートも当然それは分かっていて、ジャスティスの頭や背中を叩き、歓声を上げた。

ジャスティスはベンチの一番端、バットケースの横に座っていた石岡の隣に腰を下ろした。石岡はうなずいて彼の話を聞いていたが、やがて立ち上がるとバットケースから自分のバットを抜き、グリップの辺りを指して何か説明し始めた。ジャスティスは真剣な表情で耳を傾けている。

まるでコーチの指示を聞いているような感じだ。

試合はそのまま、10対3でパイレーツが大勝した。上はこの一ヶ月以上、五位に低迷しているのだが、二軍は絶好調で、リーグ首位である。

三上は急いでダグアウト裏に回った。石岡に話を聞く――いや、ジャスティスと話してみよう。そのためには、石岡とジャスティスがばらばらになったタイミングを待たないと。ロッカールームでジャスティスと話していたら、石岡に気づかれてしまうだろう。

試合が終わると、二軍選手の過ごし方はそれぞれになる。さらに自主トレをする選手もいるし、一軍の試合をテレビ観戦するために寮に戻る選手もいる。ジャスティスはどんな感じか……ちょうど金子と会ったので、聞いてみた。

「あれ、本当に来たんだ」どこか呆れたように金子が言った。

「ジャスティスと話してみようと思ったんですけど、彼はこの後どうするんでしょう」

「たぶん、家に帰るよ」

「ここの室内練習場で自主トレじゃないんですか？」

「まさか」金子が驚いたように言った。「そんなこと、してないよ」

そんなはずはない。実際自分は、日付が変わる頃まで彼がここで打ちこんでいたのを見ているのだ。もしかしたらそれは、ジャスティスと石岡、それに寮長の遠藤しか知らない秘密練習なのかもしれない。

「そうですか……ちょっと石岡さんと引き離した状態で話したいんですけど、どうしたらいいですかね」

「ジャスティスはタクシーで帰るよ。いつも同じ会社のを使っていると思う」

「だったら、相乗りしていきます。彼の家、横浜ですよね？」

「ああ」

「タクシーは、どこで摑まえるんですか？」

「通用口の方につけてもらうことになってるはずだよ。そんなに気にしなくても、出待ちのファンもいないいんだけどね」金子が皮肉っぽく言った。

「そっちで待ってみます」

三上は急いで通用口に向かった。外へ出ると影ができない場所なので、脳天を焼く陽射しが強烈過ぎる。クラクラしてくるほどで、キャップを持ってこなかったことを悔いた。しかも、ジャスティスはなかなか出て来ない。俺が熱中症になるのが早いか、ジャスティスが出て来るのが早いか……そんなことを考え始めた時、まったく関係ない――ここに出現することを想像もしていなかった人に出くわした。

タクシーから降りてきた中年の男の顔に見覚えがある。あれは確か……スポーツ代理人の藍川《あいかわ》聖一《せいいち》。日本人で、若くして渡米し、代理人になった苦労人だ。その経歴故、スポーツ紙やビジネス誌などで時々インタビュー記事が掲載され、三上も何度も顔を見ていた。小柄で引き締まった体型。髪には白いものがだいぶ混じっている。半袖の黒いポロシャツにジーンズという軽装で、背中にデイパックを背負っている。敏腕代理人というより、ＩＴ系の会社で働くプログラマーという感じ。

しかし、石岡に会いに来たのは間違いない。大リーグ入り以来、石岡がずっと契約している代理人が、まさに藍川なのだ。しかし、こんなに気楽に日本に来るものだろうか？　彼はアメリカで自分の事務所を構えていて、契約したスター選手の面倒を見ているほか、経営者としての仕事もあるはずである。

どうする？　話してみるか？　一瞬躊躇《ちゅうちょ》したが、結局三上は彼の方へ歩き出していた。

「藍川さん」

声をかけると、藍川が眩《まぶ》しそうに目を細めてこちらを見た。ちょうど逆光になっていて、午後遅くの陽光に目を焼かれているのだろう。

「パイレーツ広報の三上です」

「どうも」藍川が淡々と挨拶して頭を下げた。特に驚いている様子もない。

「もしかしたら、石岡さんに用事ですか？」

「うーん、それはちょっと言えない」藍川が素っ気なく答える。

「でも、わざわざこんなところへ来るんですから」

「それは、僕と選手の間の話で、球団は直接関係ないんだ。ペラペラ話すと、信頼関係に関わる」

「そんな大袈裟な話じゃないと思いますが……」

「まあまあ……ちょっと失礼」

藍川がさっと歩き出した。後を追おうと思ったが、彼が向かう先に石岡がいるのを見て、固まってしまう。石岡が三上に気づき、鋭い視線を送ってきた。二人は顔を寄せて、何事か相談し始める。ほどなく、石岡が大股《おおまた》で三上に近づいて来た。

「首を突っこむな」三上にはあまり向けられたことのない、完全な怒りの表情だった。

「いや、そんなつもりじゃ……」

「知りたいなら教えておくけど、俺は来年大リーグに復帰する。そのために代理人と話している」石岡が唐突に、はっきりと宣言した。

「マジですか」思わず一歩詰め寄ってしまう。「それで、パイレーツとは一年契約なんですか」

「それが知りたかったんだろう？　それを知るために、俺にくっついてたんじゃないか」

まさにその通りなのだが、イエスとは言えなかった。三上はその場で固まったまま、石岡の次の言葉を待った。

「パイレーツできちんと成績を残して、大リーグのオファーを待つ」

「いや、パイレーツにとっても、石岡さんは絶対必要な選手ですよ。将来は監督としても――」思わず言ってしまって、口をつぐむ。プロジェクトⅠはまさにそういう狙いなのだが、ここで彼に明かしてしまうとまずい。

「そういうことじゃないかと思っていた。でも俺は、そんなに先のことは考えていない。今年、そして来年――来年大リーグに復帰することしか考えていない。君は俺を説得するつもりでいるかもしれないけど、それは無駄だ。無駄なことなんか、しない方がいい」

「そうはいきません。石岡さんに残ってもらうためなら、何でもします」

「無駄だ」石岡が繰り返す。「上にそう言っておけよ。そうしたら君も、もっと楽な仕事に回してもらえるんじゃないか」

「ジャスティスのことはどうなるんですか」

「ジャスティスがどうした？」石岡が目を細める。

「石岡さんがコーチ役を買って出てますよね？　もしかしたら四月からずっと、ホームゲームの後でここへ来て、アドバイスしてたんじゃないですか」

「言うことはない」

「冗談じゃないです！」三上は思わず声を張り上げた。「石岡さん、勝手過ぎます。いろいろな人が、石岡さんの将来を考えて必死に動いてるんですよ。それを何も言わないで……何のつもりなんですか！」

石岡の表情が見る間に硬くなる。完全に怒らせてしまったと分かったが、言葉を止められない。

「俺も、石岡さんにはチームに残って監督になって欲しいんです。そのために何とかちゃんと話したいと思って今まで努力してきたけど、石岡さんとはろくに話もできない。もう少し人間らしい対応をしてくれてもいいじゃないですか」

「人間らしいって、何だ」石岡が低い声で問《と》い質《ただ》す。

「だから、人と人としてきちんと話す――」

「そんな必要はない」

「必要ないって……」

「俺はプロだ。プロは利害関係、プラスマイナスだけを考えて動く。情に流されるような人間は、プロ失格だ」

「そんなことでプロらしいって言われて、何が楽しいんですか？　引退した後、何も残りませんよ」三上はつい反論した。

「そんなことを考えてるだけでも、プレーに集中できなくなる。プレーのことだけ考えるのがプロの仕事だ」

それだけ言い残して、石岡はさっさと自分のベンツに乗りこんでしまった。藍川は助手席に――こちらは三上を見ようともしない。

取り残された三上は、頭を殴られたような衝撃を覚えていた。やっぱりそういうことか……あれだけ頑なな態度でこられたら、まともな交渉はできないだろう。自分が何か言っても、聞くとは思えなかった。こうなったら、球団上層部との正式な交渉に持ちこむしかない。しかし、シーズン中にわざわざ代理人を日本に呼びつけるぐらいだから、本気なのは間違いない。もちろん、大リーグのチームが石岡に手を伸ばすかどうかは分からない。それこそ今年の成績次第、そして藍川の腕次第ということになるだろう。

呆然としたまま、アスファルトの上で三上はダラダラと汗をかいていた。次第に怒りが膨れ上がってくる。いくら石岡がスター選手でも、あんな言い方はないのではないか？　あまりにもわがまま過ぎる。俺がどれだけ苦労して、あなたとマスコミの関係を取り持ってきたと思ってるんですか——しかし通用口が開き、ジャスティスが姿を見せたのではっと我に返る。通訳の梅木《うめき》が一緒だった。元々商社にいて海外勤務の経験もある梅木は、三上と同じような野球好きで、自分から望んでパイレーツに入って来たのだという。もう四十歳になるはずだが、いつもラフな格好をしていて若々しい。今日もTシャツにジーンズという軽装だった。

パイレーツの二軍には二人の通訳がいて、何人かいる外国人選手の面倒を見ている。一軍の外国人選手には、一人ずつ通訳がつくのだが。二人は一言二言言葉を交わし、梅木は球場内に戻って行った。そのタイミングで、一台のタクシーが通用口に横づけする。

「ミスタ・ジャスティス！」三上は頭を英語に切り替えて呼びかけた。

ジャスティスがこちらに不審げな顔を向ける。三上は彼に駆け寄り、挨拶した。「身内」の人間だと分かると、ジャスティスが警戒心を解く。

「広報のミカミです」

「何か、取材でも？」

「ちょっと話したいんだけど、時間はもらえるかな？　家に帰るなら、タクシーで一緒に行けたら」

「構わないよ」ジャスティスは鷹揚《おうよう》だった。

「ありがとう」

タクシーの座席に収まると、きつく効いた冷房でほっとする。ここから横浜市内のジャスティスのマンションまでは、三十分から四十分ぐらいだろう。体の大きな男が横にいるので、妙な圧迫感を感じる。身長は石岡の方が少し高いのだが、ジャスティスは外国人選手らしく体が分厚い。

「それで？　何の話かな」

「ミスタ・イシオカのことを聞きたい」

「イシオカサンが何か？」

ファーストネームで呼ばなかったので、三上は二人の微妙な距離を感じていた。ちらりと横を見ると、ジャスティスの顔は真っ赤である。怒っているわけではなく、火傷《やけど》のような日焼けだ。日焼けするとこんな風になるのは、それだけ肌が白い証拠だろう。

「彼の指導を受けている？」

「指導というか、アドバイスを」

「どうしてそんなことに？　他にコーチもいるのに……ミスタ・イシオカは、自分の試合が終わった後にわざわざこっちまで来て、あなたの練習を見ていた」

「それは、まあ――ええと」ジャスティスが言《い》い淀《よど》む。はっきり喋るのが普通のアメリカ人にしては珍しい態度だった。「悪いけど、これは僕と彼の間の話なんだ。他人に言うべきことじゃない」

「私は球団のスタッフです。選手の間のことも、全部知っておきたい」

「必ずしもそうじゃないと思うけど……」

「昔から知り合いなんですか」

「――いや」ジャスティスがあっさり否定した。

「だったら、日本に来てから？」

「まあ、そういうことだけど」

「いったいどういう関係なんですか？　友だちというには年齢が離れてるし、今までまったく接点がないでしょう」

「言えない――言いたくないこともあるので」

「言うと、何かまずいことでもあるんですか」

「彼との約束があるから」ジャスティスが遠慮がちに言った。

「ミスタ・イシオカとの約束？」

「彼が話していいというなら話すけど、僕は話したくない」

「いったい何があるんですか」

「だから、それは言えない――僕も自分のことで精一杯だから」

「――今日はいいホームランでした」

その一言が失敗だったと、三上はすぐに悟ることになった。それを機に、ジャスティスは自分のバッティングについて延々と語り始めたのだ。自分は、決して力がないわけではない。むしろ日本の野球に慣れて、これからが本番だと思っている。来年以降も契約して、パイレーツでプレーできるように、全力を尽くす――広報のスタッフにアピールしても、来年以降の契約が決まるわけではないのだが。

石岡との関係を聞いてもこれ以上は答えないだろうと諦め、三上も適当に話を合わせた。

「横浜はどうですか」

「いい街だね。海があるのがいい。僕も海の近くで育ったから」

「フロリダの海と比べて――」

「いい勝負だ」ジャスティが相好を崩す。

「横浜の海は、そんなに綺麗じゃないけど」

「海があるだけで点数が上がるね。港町は雰囲気がいいよ。それに横浜は大都会で便利だ」

「アメリカだって……」

「僕が育ったのは、本当に小さな街だったんだ。野球をやっていなければ、今でもそこにいたかもしれない。母親は今もその街にいるけどね」

「お父さんは？」母親は、という言い方に引っかかった。

ジャスティスが肩をすくめる。アメリカならシングルマザー、シングルファーザーも珍しくないだろうが、わざわざ家庭の事情を話したくない人もいるだろう。

「横浜は好きだね」ジャスティスが話題を変えた。

「だったら早く、ベイサイド・スタジアムで試合ができるようにならないと。ここは川崎だし」

説教臭いかなと思いつつ、つい言ってしまった。

「そのために頑張ってる。しかし、横浜は飯が美味いのもいいね」

「中華？」横浜ならではというと、やはり中華街だ。しかし明治時代にいち早く海外の文化を受け入れた影響か、洋食の名店も多い。

「いや、カレー」

「カレー？」

「ジャパニーズスタイルのカレー。あんなにバリエーションに富んで美味い料理は、アメリカにはないね」

これは喜んでいいのかどうか……カレーは明治時代に日本に来て独自の発展を遂げたと言っていいだろうが、世界に誇れる料理と言えるかどうか。「和食」、つまり日本の料理と言って海外に紹介する時に、カレーは候補に入らないだろう。しかしジャスティスは、嬉々として横浜市内のカレー店の名前を挙げ続けた。昔ながらのカレー専門店もあれば、本格的なインド料理の店、洋食店、スープカレーの店も。本当にこれらの店を食べ歩いているとしたら……いや、プロ野球選手というのは、意外に時間に余裕があるものだと、三上にも分かってきていた。食べ歩きが趣味でもおかしくはない。それにしても……まくしたてるようなカレーの紹介は、余計なことを喋らないための作戦ではないか。

結局、それ以上石岡との関係を聞けないまま、ジャスティスのマンションに着いてしまった。

「一緒にカレーでも食べる？」ジャスティスが気楽な調子で誘ってきた。

「いや……」美咲の体が心配なので、また彼女の実家へ向かうことにしていた。「また今度」

三上は先にタクシーを降りて、ジャスティスが出て来るのを待った。ジャスティスは一瞬歩道上で立ち止まり、三上を見下ろした。何か言いたげ――もう少し押せば喋るような予感がしていたが、そのための適当な言葉が浮かばない。ジャスティスは日本流にさっとお辞儀をして、マンションの中に消えていった。

駄目だな――押しの弱さが情けない。もっと思い切っていかないと、全てが上手くいかないまま本社に戻り、自分と野球との、仕事での関わりは終わってしまう。

石岡と衝突した件を、三上はすぐに長泉に報告した。事情を聞いた長泉は絶句したが、すぐに気を取り直して、翌日の試合前に広報部で善後策を検討することになった。午後一時、普段よりも一時間早く球場に着いて、打ち合わせに入る。

「大リーグ復帰――石岡さんがはっきり言ったの？」沢木部長の視線が痛い。

「はい……しかも代理人と一緒でした」思い出すだけでムカムカしてくる。昨夜はほとんど眠れず、一晩経っても怒りは薄れなかった。美咲を実家に帰しておいてよかった、とつくづく思う。横で自分がもぞもぞして何十回も寝返りを打っていたら、彼女も落ち着かないだろう。予定日が近いのだから、身も心も落ち着いた状態でいてもらわないと。

「藍川聖一……曲者《くせもの》なのよね」沢木部長が嫌そうな表情を浮かべる。

「藍川さん、うちとの交渉も担当したんですよね？」

「もちろん。一年契約も、結局あの人に押し切られたはず。詳しい事情は、編成部長にでも聞いてもらわないと分からないけど」

「まずいですね」長泉が渋い表情を浮かべる。「これじゃ、プロジェクトⅠが根本から崩壊してしまう」

「すみません」自分が悪いわけではないのだが、三上は頭を下げてしまった。こうやって謝るのも石岡のせいだと考えると、さらにムカつく。「もっと早く把握できていればよかったんですが」

「そうね。でも……」沢木部長が言い淀む。「こういう形であっても本音を聞けたとすれば、それはそれで正解じゃないかしら。対策はこれから考えればいいし」

「そうですね」長泉が同調する。「本音が分からなければ、こちらも対処しようがないですし」

「でも、そもそも彼が考えているように上手く大リーグに戻れるかしら」

「一軍復帰はいつになるんですか？」三上は訊ねた。

「七月の頭で入れ替えるみたい」沢木部長が答える。「例の件もほとぼりは冷めてきたし、本人も調子は上向きでしょう。ずっと下に置いておく余裕は、今のうちのチームにはないしね」

実際、チームは六月に入ってから負けがこみ、ついに最下位に転落していた。

「後任監督の人事が、もう噂になってますからねえ」長泉が渋い表情で言った。

ここへ来る時に言われたことを思い出す。スポーツマスコミ、特にプロ野球を担当する記者にとって腕の見せ所は四つある。スター選手の引退、トレード、ドラフトの指名、そして監督の交代だ。特に「プロ野球の監督」は、日本に十二人しかいないので、誰もが注目する。パイレーツは石岡の監督就任を画策しているのだが、それはまだしばらく先の話である。北野の「次」が誰になるかは、実際には何も決まっていない。ただ、複数のＯＢの名前が挙がっていることは三上も知っていた。

「とにかく、今の件を編成部に報告しないと。三上君、一緒に来てくれる？」

「分かりました」そう言ったものの、やはり緊張する。編成部長は往年のパイレーツの名捕手、岩村《いわむら》だ。眼光鋭く、六十歳にしては体格もがっしりしていて、とにかく押し出しが強い。

早速編成部に向かう。球団本部は、総務本部とは別に部屋を構えていて、入った瞬間に三上はさらに緊張感が高まるのを意識した。球団本部には元選手も多く在籍しており、一種独特の雰囲気があるのだ。現場の芝と土の匂いがするというか……そんなことはないはずだが。

岩村は眼鏡をかけて書類に目を通していたが、沢木部長が一言二言話すと、すぐに表情を曇らせた。立ち上がると「こっちへ」と言って、部屋の隅にある打ち合わせスペースに向かう。三上は岩村と向かい合って座ったのだが、岩村は体が大きいので、まるで二人を相手にしているような感じになる。

編成部長の権限は極めて大きい。プロ野球チームでは選手の「人事」——どうやって選手を獲得し、ウィークポイントをカバーして強いチームを作るかが一番重要なことなのだが、その最終決定権を一手に握るのが編成部長である。岩村は一時監督を務めていたが、その時がパイレーツ最後の優勝のシーズンである。その看板を引っ提げてフロント入りし、編成部長になったわけだから、とにかく立場が強い。パワハラするようなタイプではないのだが、誰かに言われて意思を変えるようなことは絶対ない、と三上は聞いている。

「一年契約の本音は、やっぱりそこか……」岩村が太い腕を組んだ。「だいたい予想していたけど、困るな」

「情報が遅れてすみません」沢木部長がさっと一礼したので、三上も慌てて頭を下げた。

「まあ、この段階で分かったことでよしとしよう」自分に言い聞かせるように岩村が言った。

「どうしますか？　本人から事情聴取は……」

「何も聞かなかったことにしておこう」岩村は結論が早かった。「まだシーズン半ばだ。本人とは一切話をしないで、代理人の藍川に探りを入れてみる。最終的に本人と話す前に、代理人と話を詰めるのが普通だからな」

「では、広報部としては何もなかったということで」

「マスコミへの情報漏れだけは気をつけてくれ」岩村が指示した。

「それは心配ないと思います。石岡さんは、基本的に取材を受けない姿勢を貫いていますから」

「新聞やテレビはいい。むしろ専門誌が危ないんじゃないか？　『スポーツファイト』とか」

「あそこにも、石岡さんに話が聞ける記者はいないと思います」二人のやりとりを聞いていた三上は、恐る恐る話し出した。「取材の申しこみがあったんですが、初めて話を聞くような感じでしたから」球場へは取材に来ていると言っていたが、三上は一度もあそこの記者と会っていない。

「しかし、石岡の人間関係を全て摑んでいるわけじゃないからな……参った」岩村が唸る。「一軍へ上げるのを早めよう。二軍に置いておくと目が届かない」

「それは編成部の判断です」沢木部長がうなずく。

「北野監督と話しておく。いや、情報をありがとう」

「岩村部長、ちょっとよろしいですか」三上は思い切って声を上げた。

「何だ」

「二軍にいるジャスティス選手なんですが、石岡さんと個人的に知り合いなんですか？」

「いや、そんな話は聞いたことがないな」岩村が怪訝《けげん》そうな表情を浮かべる。「特に接点、ないんじゃないか」

「公式にはないみたいです」三上は認めた。「でも二人は、一緒に練習してます」

「二軍で？」岩村が眉をひそめた。

「いえ、石岡さんが一軍にいた時からです。ホームゲームが終わった後、石岡さんは川崎スタジアムに通って、ジャスティスの練習につき合ってました」

「そんな遅くにか？」

「はい。私は現場を確認してます」

「そいつはおかしい——試合後の自主練は問題ないけど、やり過ぎじゃないか？　石岡の野郎、それで疲れて調子が落ちたんじゃないかね」

「そうかもしれません」

「俺がちょっと事情を聞いてみるよ」

「それで処分ですか？」そうなったらいいのに、という邪《よこしま》な気持ちが芽生える。あれだけ好き勝手にやっていて、許されるわけがない。どこかで厳しい罰を受けるべきなのだ。

「いや、処分はできない……練習するなとは言えないからな。もちろん、試合と練習と休憩のバランスを上手く取るのも、プロの仕事だけど」岩村も困りきっていた。「まあ、とにかく話を聞いてみるよ。ちょっとまずい状況だから、今後も情報共有しよう」

それで岩村との話し合いは終了。広報部へ戻って、三上は思い切って切り出した。

「石岡さんの担当を外して下さい」

「ちょっと待って」沢木部長が少し慌てて言った。「怒るのは分かるけど、石岡さん、もうすぐ一軍に戻って来るのよ」

「どうせ取材は受けないんですから、どうでもいいじゃないですか。正直言えば、もう限界です。あの人、人間的に重大な欠点がありますよ」それが何かは分からないが、三上はこれ以上我慢できる自信がなかった。

「だけど今は、君以外に対応できる人はいないだろう」長泉は腰が引けていた。自分に石岡担当の仕事が回ってきたら困る、とでも思っているのだろう。

「誰でもできますよ。試合後にコメントを聞いて記者に伝えるだけでしょう？　それ以外の取材は全部断ればいいんだから、楽勝です」

「しかしな……」

「とにかく、これ以上は耐えられません。あの人の近くにいると考えるだけで、頭が真っ白になります」

少し大袈裟に言ってみた。そうしないと、本気にしてもらえない気がする。ここで「石岡地獄」から抜け出しておかないと、近い将来、本当に参ってしまうだろう。間もなく子どもも生まれるのだから、気持ちは平静に保っておきたかった。

「もう少し我慢しろよ。編成部が事情聴取すれば、石岡も少しは態度が変わるかもしれないし」長泉が慰めるように言った。

「頑なになる方に賭けますよ。あの人は、そういう人です」

「だけどな……」

スマートフォンが鳴った。妻の実家の電話番号。まさか――と思ったが、このタイミングでの連絡はそうとしか考えられない。

「ちょっと――すみません」慌てて立ち上がり、廊下に向かって走りながら電話に出る。

「はい」

「ああ、翔太君？　美咲が急に産気づいて、今病院に行ったんだよ」義父だった。「俺もこれから追っかける」

「ずいぶん早いですね」鼓動が落ち着かない――いや、高鳴る一方だった。「予定日、一週間も先じゃないですか」

「出産は、予定通りにはいかないもんだ」義父は落ち着いたものだった。子どもを三人も育ててきたから、初孫が生まれると言ってもこんなものかもしれない。「どうする？　今日仕事だろう？」

「ちょっと相談します……時間、かかりますよね？」もしかしたら、試合が終わってから病院に駆けつけても、出産には間に合うかもしれない。

「それは、何とも言えないな。あっという間に生まれる人もいるし」

「分かりました。かけ直します」

沢木部長に事情を話すと「今日はこのまま休みにしていいわよ」とすぐに言われた。

「でも、まだ生まれてもいないんですよ」

「こういう時ぐらい、側《そば》についていてあげないと」

そんな心配はいらないと思うが……両親ともつき添っているのだから、自分が行っても、かえって「船頭多くして……」という状態になってしまうだろう。

「長泉さん、人の手配はできる？」

「大丈夫です」長泉がスマートフォンを取り出した。「三上、行ってやれよ。こういう時に側にいないと、一生恨まれるぞ」

「そんなものですか？」

「俺がそうだったんだよ」長泉の表情が暗くなった。「遠征中でさ。初めて子どもの顔を見たのは、生まれてから三日後だった。今でも『あなたは肝心な時にいなかった』って言われるからなあ」

「その頃は、パイレーツもまだ、職員のワークライフバランスが取れてなかったんでしょう」沢木部長がうなずく。「今はそういうわけにはいかないから。早く行ってあげて」

「すみません……では」

大事な出産なのだが、どうしても少し後ろめたい気分になる。もっとも、アメリカではこういうのが普通だろう。妻の出産に合わせて試合を休む大リーガーの話はよく聞く。自分は大リーガーではないのだが。

担当の医師は「記録的な安産」と笑顔で言った。病院に運びこまれてから三時間後、美咲は無事に男の子を出産した。本人も余裕があり、疲れた様子もない。

「大変じゃなかったのか？」

「予想してたのの、半分ぐらい？　でも、翔太君は立ち会わなくてよかったんじゃないかな。見てたら気絶してたかも」

「まさか」

「気が弱いんだから、無理しなくて正解よ。でも、生まれる前に来てくれてよかったわ」

実際には、三上が病院に着いた時には既に生まれそうになっており、「これからだと立ち会わない方がいい」と看護師に言われたのだ。それで仕方なく、義理の両親と一緒に廊下で待機……それから一時間で、無事に出産は終わった。美咲は比較的元気だが、三上はげっそり疲れている。栄養ドリンクを何本か、一気飲みしたい気分だった。

「子どもの名前、ちゃんと考えておいてね」

「あ、そうか」名前をどうするかは話し合っていたのだが、結局「生まれてからでいい」と先延ばしにしていた。美咲もどこかのんびりしたところがあり、三上もそれに引っ張られてしまったのだ。実際は、じっくり子どもの名前を考えている余裕もなかったのだが。「野球に関係した名前とか、どうかな。男の子だし」

「それで野球をやらせたいの？　私たちの子どもだから、運動は絶対無理だと思うけど」実際、夫婦揃って運動神経はからきしなのだ。三上は観る方専門である。「一塁、二塁の『塁』とかつけて足が遅かったら、学校で馬鹿にされちゃうわよ」

「そんな先のことを考えても」三上は苦笑した。しかし、野球関係のワードを名前に盛りこむにしても、あとは「球」ぐらいしか思い浮かばない。まあ……ここは変にこだわらずに普通の名前でいいだろう。義父母の意向もあるだろうし。三上の両親にとっては三人目の孫だからあまりこだわりはないと思うが、義父母にとっては初孫である。

「翔太君のご両親には？」

「さっき連絡した。時間ができたら見に来るってさ」

「孫も三人目だと、そんなものよね」

「そうだよなあ」三上の二人の兄には、既に一人ずつ子どもがいる。

三上は、美咲の横でごそごそ動いている息子を見やった。先ほど初めて抱き上げて、その重さに驚いたばかりである。三千二十一グラムだからそれほど重いわけではないが、ずっしりとした柔らかい感触に「生」の重みを感じた。自分に子どもが生まれることなど、結婚前は想像したこともなかったのだが、いざ腕に抱いてみると、実に様々なことを考えてしまう。病気しないで無事に育ってくれるか、野球好きになるのか、将来はどんな仕事をして、どんな女性と結婚するのか……そんなことを今考えてもどうにもならないと分かっているのに、妄想が止まらなくなる。

子どもというのは、どれほど人の想像力を豊かにしてくれるものか。

ほっこりした気分は、病院を出た瞬間にぶち壊しになった。スマートフォンが鳴る。画面に浮かんでいるのは、見慣れぬ番号……無視してしまおうかと思ったが、念のために出る。

「三上君？　向井です」

思わず背筋を伸ばして立ち上がった。聞き覚えのある声は……向井社長。

「今、話せるかしら」

「あ、はい。大丈夫です」実際は大丈夫じゃない……。

「ちょっと困ってるんだけど、本当のところを教えてくれないかしら」

「何ですか？」三上は思わず身構えた。社長から直接電話がかかってくるなど、想像もしていなかった。球団社長ともまともに話したことがないのに。

「最近、取り引き先の人——ありがたいことにパイレーツファンなんだけど、石岡選手が二軍落ちしてるのを心配してるのよ。調整のためって言うけど、本当にそうなの？」

「そう聞いています」何とか逃げ切れ、と三上は自分を鼓舞した。自分の口から真実が漏れたら……。

「何かチームの中でトラブルがあって、その責任を取らされた、みたいな噂が流れてるみたいだけど」

「そういう話は聞いていません」三上はきっぱりと言った。

「じゃあ、本当に調整なの？」

「編成部からはそう聞いています」

「そう……あなたも本社からの出向組なんだから、気をつけて」

「気をつける、ですか？」予想もしていないアドバイスだった。

「プロパーの人は、出向組を本社のスパイだと思っているから。本当のことは話さないし、都合の悪いことは隠す……そういうことに騙《だま》されないで、何かあったら私に直接報告して。電話番号は分かったでしょう」

先日酔ってベロベロになっていた時とは別人のような、強権的な態度だ。どちらが本当なのか……そもそも向井社長は自分をスパイとして扱っているわけだ。「出向組を本社のスパイだと思っている」ではなく、実際にスパイではないか。

何とか電話を切り、沢木部長に電話を入れる。子どもが無事に生まれたこと、そして社長から電話がかかってきたことを報告。電話の向こうで沢木部長が溜息をついた。

「社長は、現場の人とダイレクトにつながるのが、民主的なやり方だと思ってるから。本当はそれは、独裁者のやり方なんだけど」

「そうですか……また電話がかかってくるかもしれません。どうしましょう」

「それは、自分で何とか切り抜けて。できるだけチーム内の事情は話さないように」

「本社の社長だから、子会社の事情を知る権利はあると思いますが」

「社長と言っても、グループ企業全部の情報を知る意味はないでしょう。何でも知りたがるのは、不安だからよ。向井社長は特定の派閥に入っていた人じゃないから、後ろ盾もないのよね。だから情報こそ命だと思っている」

「なるほど……適当に受け流しておきます」

「そうして。あなたは出向組だけど、今はチームの一員なんだから」

社長と部長の言い分、どっちが正しいのか——今は、広報部長の考え方に傾いていた。

子どもが生まれても、仕事は変わらない。石岡担当を外してくれという願いは、結局あっさり却下された。

「今は二軍にいるのだから、実質的に担当を外れているではないか」というのが沢木部長や長泉の言い分だった。「二軍に戻って来る頃にはほとぼりも冷めているから」とも。

前にも同じような台詞《せりふ》を聞いた。どうやらパイレーツには、即断即決で事態を解決するタイプのスタッフはいないらしい。何でも先送りで、結論を曖昧にする——そもそも「ほとぼりも冷めている」と言っても、自分の石岡に対する怒りは消えそうにない。

こういうこともよくあるのではないかと思う。プロスポーツ選手や芸能人——憧れの存在に会ってみたら、想像とは全然違った、という話はよく聞く。表の顔と裏の顔というべきだろうか……三上は監督の北野を見て、それを思い知った。試合後の取材の時、テレビと新聞を相手にした時では顔つきも態度も違うのだ。テレビでは分かりやすい、明るいキャラクターを演じなければならないのだろう。おそらく素顔の北野は、ペンの記者連中を相手にしている時の暗い人間なのだ。北野だけではない。自分たちが知っている有名人の顔は、テレビというフィルターを通して知ったものに過ぎないのだろう。

しばらくは淡々と仕事をこなしていたのだが、七月の声を聞いて、三上はにわかに緊張した。石岡の昇格が決まり、福岡遠征から一軍に復帰することになったのだ。同時に、ジャスティスの昇格も決まる。六月に入ってからジャスティスは急に調子を上げ、この一ヶ月だけでホームラン五本、打点二十と結果を出しているのが評価されたのだ。もっともこの昇格は、フェルナンデスが走塁中に太ももを怪我したことも原因である。打線で唯一「核」になっていたフェルナンデスが離脱したことで、チームの行く末に漂う暗雲はさらに暗く、分厚くなっている。

結局、石岡担当を外れる希望は曖昧に却下され、三上は福岡遠征でも石岡につき合うことになった。今月末にはオールスターゲーム……石岡はスタートダッシュこそ猛烈だったものの、その後の不調、さらに二軍落ちもあり、ファン投票の得票数は伸びていない。それを言えばパイレーツ全体でも、ファン投票での選出はなさそうだ。深刻なスター不足……せめて石岡だけには好調を保ってオールスターに出て欲しかったが、これから巻き直してファン投票で選ばれる可能性は極めて低い。あとは監督推薦があるかどうかだが、選ばれても出場辞退するのでは、と三上は想像していた。石岡の本音——プロ野球は大リーグ復帰への調整——を考えると、オールスターでファンの前に姿を見せることより、休みとして、休養と調整に充てるのではないだろうか。

話もしたくないのだが、三上は羽田空港で石岡を摑まえ、挨拶した。

「引き続きよろしくお願いします」

「やり方は変わってないんだろう？」

「はい、試合後のコメントだけで」

「もう誰も、俺に興味は持たないだろうけどな」石岡が皮肉っぽく言ったが、表情を見ると穏やかである。マスコミから追い回されるよりも、無視される方がずっとましだと考えているのだろう。

「体調はどうですか」

「体調は前から問題ない」

「ジャスティスは……」同じ日に一軍に昇格したジャスティスは、リラックスした様子で他の選手と談笑している。

「それについて話す気はない」

素っ気なく言って、石岡は荷物を引いて行ってしまった。相変わらず……いや、前よりも愛想が悪くなっている感じがする。まったく、あの人は普通に話もできないのだろうか。

三上はジャスティスに声をかけた。

「調子は？」

「いいよ」ジャスティスが日本語で答える。「福岡でカレー、食べる？　美味しい店、知ってるよ」

「是非」冗談だろうと苦笑しかけたが、三上は表情を引き締めて答えた。カレーだろうが何だろうが、一緒に食事をしてじっくり話をすれば、ジャスティスも本音を明かすかもしれない。

いじけて何もしないのは、話にならないだろうと思う。自分も父親になったのだから、家庭にも仕事にも責任を持たないと。

念のため、ジャスティスに帯同して通訳を務める梅木にも話を聞く。

「ジャスティス、どうですか？」

「調子、いいんじゃないかな」

「メンタル的には？」

「それも普通だと思うけど……何か心配事でも？」

「いえ、何でもないんですけど、何かあったら教えてもらえますか？　記者に嗅《か》ぎつけられるより先に、知っておきたいんです」

「さすが広報」梅木がニヤリと笑う。「危機管理も広報の大事な仕事だからね」

危機管理というシビアな言葉が、三上の胸に突き刺さった。

博多球場での三連戦、パイレーツはイーグルスファンからのブーイングを浴び続けることになった——ありがたいブーイングを。

この三連戦では、ジャスティスが一番、石岡が三番に起用された。初戦では、ジャスティスはイーグルスの先発ピッチャーの初球を叩いて左中間へのツーベースを放った。ワンアウト後、石岡が流し打ちで綺麗に一、二塁間を抜き、ジャスティスが先制のホームを踏む。第二戦でもジャスティスはヒットで出て、石岡のホームランで生還した。そして第三戦、この試合で二番に入ったジャスティスは先制のソロホームランをレフトスタンドに叩きこみ、その直後に石岡がバックスクリーンに二試合連続のホームランを放った。結局、三連戦でこの二人が全て先制点に絡み、パイレーツは三連勝。三連勝は二ヶ月ぶりで、五位のクリッパーズに一ゲーム差と迫り、最下位脱出の芽も見えてきた。

翌日には新幹線で大阪に移動し、そのクリッパーズと最下位争い……とはいえ、四位のベアーズとも二ゲーム差しかなく、戦績によっては、ベアーズと並んで四位に浮上する可能性もある。

久々に三連勝で、三上の気持ちも沸き立っていた。結局プロスポーツチームは、勝つことが全てなんだな、としみじみ思う。選手でもないのに……一つ意外だったのは、初めてホームシックを感じたことである。美咲からは毎日、息子の動画が送られてくる。「新太《あらた》」と名づけた息子は元気でよく泣く。そのせいで三上も寝不足になっていたが、元気に育ちそうなのがありがたい。息子がもぞもぞ動いたり、泣いたりする動画を見る度に、一刻も早く家に帰りたいと思う。変に里心がついたら仕事に差し障るので、動画は送らないようにしてもらおうかと思ったが、見られなくなることを考えるとそれも寂しい。新太の様子は日々変わり、見る度に新しい発見があるのだ。

まさか、子どもが生まれて自分がこんな風に変わるとは……想像もしていなかったが、別に悪いことではないだろう。子どもが可愛《かわい》くない親はいないはずだし。

さて、今夜はフリーだ……試合が終わった瞬間、本当にジャスティスとカレーを食べようか、と考えた。今シーズン第一号のホームランを放ったジャスティスは、記者に囲まれて上機嫌で取材を受けている。三上は例によって石岡のコメントを取り、記者たちに渡した。しかしどうも、以前とは様子が違う。二軍落ちしている間に、記者たちの興味は石岡から離れてしまったようだ。まあ、あれだけ愛想のない対応を続けていれば、取材する方だっていい加減嫌になるだろう。それならそれでいい。

「――ジャスティスが一発打ったので、畳みかけたかった。打ったのはスプリットの落ち損ないだと思う。この勢いで、大阪でも勝っていきたい――これでいいですね」

「ああ」相変わらず優等生的な、中身のないコメント。

「じゃあ、これで記者連中に渡します――石岡さん、疲れてないですか」

「いや」

今では、五月の不調の原因が何となく想像できていた。自分の試合が終わった後に、ジャスティスの練習につき合っていたから、体を休める暇もなかったのだろう。三十五歳、疲れも溜まり、調子が落ちるのも当然かもしれない。そしてジャスティスの好調ぶりは、やはり石岡効果ではないだろうか。石岡のコーチを受けて、打撃開眼したような感じだ。

「飯でも行きませんか？」ふいに思いついて、石岡を誘ってみた。二軍落ちする前とは状況が違う――乗ってくるかもしれない。

「いや、遠征の時は外では食べない」

「ルームサービスですか」遠征時、石岡が他の選手につき合わず、一人ホテルで夕食を摂っているのは分かっていた。

「栄養バランスとか、いろいろ考えないといけないからな。ホテルなら、その辺は上手くやってくれる」

「そうですか……」どこまでも自身の流儀を貫くつもりか。

だったらジャスティスか。ようやく記者から解放されたジャスティスに声をかける。

「カレー、行く？」

「ああ、皆で」

そういうことか……選手同士で街に繰り出すのはごく普通で、それがカレー専門店であってもおかしくはない。一対一ならともかく、選手の輪の中に広報の職員が一人だけ入りこむのは、ちょっとまずいだろう。他の選手がいると、じっくり話もできないし。

まあ、しょうがない。

最近「しょうがない」とよく考えるようになった。プロジェクトIは未だに継続中だが、石岡を説得できる材料も見つからず、遠征中も会話は最低限だった。ここで無理をしてもしょうがないのではないか、と半ば諦めの気持ち……いや、諦めたわけではないが、焦っても石岡には通用しないだろう。

意外な人間に摑まった。編成部長の岩村。部長が遠征についてくることはまずないのだが、今回は何故か三試合目に合わせるように来ている——それだけで異常事態だと分かったが、岩村と話す機会はなかった。

「ちょっとつき合え」岩村がいきなり切り出した。

「あ、はい——飯ですか」

「飯だ。ただし酒抜きだぞ」

わざわざ酒抜きと言うのはどういうことだろう。「酒抜きは、深刻な話だからですか」とつい聞いてしまう。

「違う。俺は酒は呑まないんだ」

「そうなんですか？」いかにも呑みそうな感じがするが……一升瓶を脇《わき》において、塩だけ舐《な》めながら延々とグラスを空にするタイプに見える。

「俺と飯を食いに行く時は、酒は禁止だ」

「そうなんですか？」最近は、酒を強要するのは流行らない――忌避されてさえいるが「呑むな」と強制するのはどうなのだろう。これもある意味、パワハラになるのではないだろうか。

「どこにしますか」

「昔からの知り合いの店がある。イタリアンだ」

「イタリアンですか……」これも何か、イメージが合わない。プロ野球選手というと焼肉やステーキを馬鹿《ばか》喰《ぐ》いし、浴びるように酒を呑むような感じなのだが。もっとも、今の選手は誰もが栄養バランスに気を遣っている。栄養士と契約している選手もいるほどだ。

「もう出られるか」

「はい、大丈夫です」

「だったら、通用口で待ってろ」

「分かりました」

編成部長と差しで、となると緊張する。料理の味など分からないだろう。岩村はタクシーを使い、博多の中心部――天神《てんじん》に向かった。福岡市でも一番賑《にぎ》やかな一角で、パイレーツに来てから、三上も福岡遠征に来る度にここで酒食してきた。東京の飲食店よりも気さくで、店の人と客の距離が近い感じがする店が多い。しかも一見《いちげん》の客に対しても親切だった。

ビルの二階にある店に入ると、すぐにシェフが出てきた。岩村と同年輩に見える男で、でっぷりと太っている——いかにも美味い料理を出してくれそうだった。

「岩村さん、お久しぶりで」

「遅い時間に申し訳ないですね」普段の強面《こわもて》が嘘のように、岩村は穏やかな声で言った。

「個室を用意してありますから……お二人様ですね」

「ええ」

「料理はお任せでいいですね」

「それが一番安心ですよ」昔からの知り合いの店、というのは本当だろう。黙って座れば、シェフが得意料理をどんどん出してくれる感じかもしれない。

個室とはいえ、少し引っこんだだけのスペースで、壁の窪《くぼ》みという感じだった。それでも、他の席からは隔絶された感覚を抱く。

「こんな時間に入って、大丈夫なんですか」イタリア料理店など、だいたい十時には閉まるのではないだろうか。

「ここは十二時までやってる。昼は営業しなくて、夜だけなんだ」

「はあ……ここ、長いんですか？」

「三十年。俺はオープンした時から通ってる」

三十年続いていれば、十分老舗と言っていいだろう。競争が激しそうな福岡の繁華街で三十年も続いているということは、味には間違いはないはずだ。

すぐにガス入りの水が出てきた。続いて前菜の盛り合わせ。生ハムやサラダ、カプレーゼ、白身魚のカルパッチョと盛りだくさんで、食べてみるとどれも味がしっかりしている。塩気が強いわけではなく、味が深く立体的な感じなのだ。これは人気店になるのも分かる、と三上は納得した。

本当に一緒に食事できる相手を探していただけなのか、岩村は適当な話題を持ち出すだけだった。パスタが出てきたところで、自ら料理を運んできたシェフを紹介する。

「波間《なみま》さんだ」

「パイレーツ広報の三上です」

「どうも、お疲れ様です。三連勝、すごかったですね」

波間が、コックコートのポケットから名刺を取り出して渡してくれた。三上も慌てて名刺を差し出す。波間の名刺を見た瞬間、頭のどこかでパチンと音がした。

「もしかしたら、元パイレーツの波間さんじゃないですか」

「よくご存じで」波間が苦笑する。「あなたの年齢だと、私の現役時代は知らないと思うけど」

「パイレーツに来て、球団の歴史を勉強し直したんです。それで、変わった名前の……」

「ああ、波間は珍名だからね。全国で千人もいないらしい」

「岩村さんと同期の、ドラフト四位ですよね」

もう四十年以上前だ。二人とも高卒でドラフト指名されたが、その後の運命は大きく分かれた……岩村は不動のキャッチャーとして活躍した後監督まで務め、今は選手の全人事に責任を持つ立場だが、ピッチャーだった波間は、一軍での登板がなく引退していたはずだ。

「ずいぶん詳しく調べたんですね」

「いえいえ……ここでお店をやられてるんですね」

若くして引退してしまった選手のその後は様々だ。飲食店経営に乗り出す人も多いが、これだけ本格的な店でシェフをやっている人は珍しいのではないだろうか。

「こいつは、俺が受けた中ではスピードでは最高レベルだったね。高校時代のあだ名は九州新幹線だったから」

「よせよ」急に同期の顔を見せて、波間が苦笑した。

「九州新幹線は、結局計画が出てから開通するまで、えらく時間がかかっちまったんだけどな」

「こっちは、開通しないでプロ人生が終わった」波間はまだ笑っている。「最初に『九州新幹線』なんて見出しをつけた地元の新聞には、未だに恨みがあるよ」

「そうですか……引退された後に、この店を？」

「うちの実家は、元々博多で長く続いている料亭なんですよ。そこで修業して――でも、和食は合わなくて、思い切ってイタリアンの店を出したんです」

「それで、部長はずっとこの店に……」

「義理で来てるんじゃないぞ。美味いから来るんだ。その証拠に、パイレーツの選手を連れてきたことはない。こういう美味い店を、ああいうガサツな連中に荒らされたくないんでね」

岩村こそ相当ガサツに見えるが、もちろん口には出さなかった。岩村とイタリアンはイメージが合わない……。

とはいえ、岩村が三十年も通い続ける理由も分かった。やはり美味いのだ。定番の料理が続いたが、どれも何かしら一工夫してある。パスタのペペロンチーノには、三上が食べたことのない爽《さわ》やかな味と香りがするスパイスが混じっていたし――しかも基本のニンニク味は殺していない――メーンの肉料理には珍しいグリーンのソースがかかっていた。

「びっくりしました」食べ終えて、三上は正直に言った。「こんなに美味い店が博多にあるなんて、驚きです」

「福岡は、全般的に飯は美味いんだよ」

「でも、この店に来たら駄目なんですよね」

岩村が大きい目をさらに大きく見開き、三上を見た。

「あんたは、まあ、いいよ。まだパイレーツに染まってないし」

「そうですか？」

「昔はとにかく、下品で乱暴な奴が多くてね。秋の納会なんか、まさに海賊の宴会って感じだった。それで一度、本社から来た球団本部長が激怒して、チーム名を変える、なんて言い出したことがあったな」岩村の表情は渋いまま……古き良き想い出というわけではなく、悪夢の記憶のようだ。

「何があったんですか」

「納会でいきなりビールかけが始まって、本部長がびしょ濡れになった。旅館の畳も何十枚も駄目にした。そりゃあ、本部長も激怒するだろう」

「岩村さんも被害に遭ったんですか」

「俺は、ヤバそうだと思ってさっさと避難した。変なことが起きそうな時には分かるんだよ……何だ、その顔は」

「いえ」どうもこの話は信用できない。

「俺が、真っ先に暴れそうだと思ってるんだろう」

「……はい」つい正直に認めてしまう。

「見た目と実際は違うんだよ。それぐらい見抜けなくてどうする」

「すみません」

何で俺は説教を受けているんだろうと訝りながら、三上は頭を下げた。

「しかし、石岡は頑固だな」

「はい」

「俺も話したんだけど、肝心なことは何も言わない。君に堂々と大リーグ復帰を宣言したのに、否定も肯定もしないんだ。君も録画——せめて録音しておくべきだった」

「さすがにそんな余裕はありませんでした」

岩村が目を見開き、まじまじと三上の顔を見て「冗談だ」と言った。

「すみません」また謝ってしまった。この編成部長はどうにも苦手だ——冗談なのか本気なのか分からない部分がある。適当に合わせて全てを冗談にしていたら激怒される恐れがあるから、全部本気と考えておいた方がいいのだろうが。

「——結局、真相は分からなかったんですね」

「本人の口から聞けないんだから、しょうがない」

「そうですか……」

「あいつの様子はどうだ？　このところ、何か変わったところはあるか？」

「今のところは、二軍落ちする前とまったく同じですね。無愛想です」

「マスコミの連中とはどうだ？」

「マスコミの方も、興味を失ってる感じがあります。あまりにも非協力的だと、さすがに取材も面倒になるんじゃないですか」

「それも石岡の作戦かもしれないな」

「作戦……」

岩村がデザートのアフォガードに手をつけた。三上もそれにならう。甘味と苦味が同居したこいつは、脂分の多いイタリアンの締めに最高なんだよな……そういえば、美咲は基本的に紅茶党なのだが、エスプレッソのかかったアフォガードだけは食べる。

「どんな選手だって、記者と親しくなれば余計なことを喋ってしまう恐れがある。大リーグ復帰は、あいつにとっては宿願なんだろう。現役の最後は大リーグで、できれば引退しても向こうで何か野球関係の仕事をやりたいと思ってるのかもしれない。息子さんが今、十歳だろう？」

「向こうで小学校に通ってます」日本人学校ではなく普通の地元の学校と聞いている。

「息子さんは、物心つく前からアメリカにいて、これからいろいろ難しい年齢になってくる。日本に戻って来たら、かえって大変になるかもしれないよな？　環境が極端に変わるんだから。息子さんのためには、生活拠点はアメリカに置いておきたいんじゃないか？」

「……でしょうね」

「家族離れ離れは辛《つら》い。とにかく今年一年は我慢して単身赴任して、来年以降絶対にアメリカに戻りたい——そのためには、余計なことは書かれたくないと思うんだ。特に変な観測記事とか」

三上は納得してうなずいた。シーズン途中で「大リーグ復帰の意向」などと記事が出たら、何が起きるか分からない。全力プレーで大リーグの各チームが注目する成績は残したいが、余計なことは書かれたくない——極めてエゴイスティックだが、そんな風に考えるのは不自然ではないだろう。しかし、三上の感覚ではちょっと許し難い。パイレーツを踏み台にするのも同然ではないか。舐められてるな、と感じた。三上はこのチームに合流してまだ日が浅いからそれほど怒りは覚えないが、パイレーツ一筋の人が聞いたら激怒するかもしれない。ファンにとっても許し難いことだろう。

「この件、チーム内にも漏れない方がいいですよね」

「問題はそこだよ」岩村がスプーンを三上に突きつけた。「石岡が喋らなくても、他の人間がマスコミに喋る可能性はある。あいつはチームの中で浮いているし、痛い目に遭わせてやろうと考える人間がいても不思議じゃない。だから広報部としては、その辺、よく目配りしておいてくれよ」

「分かりました」言いながら、三上はふと引っかかりを感じた。言葉が続かないので何かおかしいと思ったのか、岩村が「どうした」と訊ねる。

「いえ」三上は、大リーグ復帰を明かした時の石岡の顔を思い出していた。怒りに任せた爆発ではあったが、何となくあれは本音ではなかったような……何か裏に意図がありそうな気がしてならない。もう一つ、気になることがある。「ジャスティスなんですけど、どうして石岡さんと一緒に練習してたんでしょう。コーチ……というか弟子と先生みたいな感じだったんですけど」

「それは分からんな」

「寮長の遠藤さんが何か知っているんじゃないかと思います」

「遠藤さんが？　どうして」

「川崎スタジアムの鍵を開けて、夜間練習ができるようにしているのは遠藤さんなんですよ」

「なるほど」岩村の眼光が鋭くなる。「君は話したか？」

「あっさり撃退されましたけど」

「遠藤さんと君じゃ、役者が違い過ぎる」岩村がふっと笑った。「分かった。遠藤さんは何か事情を知っているだろう。それはこっちで調べておく。君の方も、今後もよろしく頼むぞ」

「あの……最終的に俺が守るのは何なんでしょう」

「ああ?」

「石岡さんが大リーグに復帰すれば、パイレーツはとんだ恥をかいたことになります。踏み台にされたようなものですよね? そんなことをした人を、将来監督で迎え入れることに、抵抗はないんですか」

「今のところは何も決まってない。本当にあいつが大リーグ復帰するかどうかも——そもそもこもオファーを出さない可能性だってあるし。だから全ては、今シーズンが終わってからだな。さすがにシーズン途中での大リーグ復帰はないだろうし」

「……ですね」

「シーズン途中で余計なことを言い出さないように、契約書にも一文を盛りこんでいるし、シーズン途中で移籍の話が出てきたら、違約金を取る」

「最初から警戒していたんですね」

「あの代理人は、どうにも信用できないんだよ」岩村が苦笑した。「向こうでだいぶ苦労してきたそうだけど、その分あくどくもなっている。人の裏をかくようなことを平気でするからな」

藍川は、髪に白いものこそ混じり始めているものの童顔で、あまり害がない人のように見えるのだが……その辺の事情は、岩村の方がよく知っているだろう。ここは黙ってうなずくだけにした。

「とにかく君は、俺たちの目になってくれ。気になったことがあれば、すぐに広報部長にでも俺にでも報告するように」

ようだ。

「分かりました」要するにスパイか……プロジェクトIが、おかしな方向にねじ曲がりつつある

「君が石岡の一番近くにいるのは間違いないんだから」

「プロジェクトIは継続なんでしょうか」

「そりゃそうだ」何を馬鹿なことを、とでも言いたげな表情で岩村が言った。「あいつが数年後の監督候補なのは間違いないんだから」

「でも、こういうことがあると感情的なもつれが生じませんか？」

「監督ってのはさ、優秀な野球選手だったら一度はやってみたいと思うものなんだ。もちろんチーム力が低い時は、火中の栗《くり》を拾うようなものだから、嫌かもしれないけどな」

「石岡さんはどうでしょう」

「交渉次第だが、俺は可能性はあると思うね」

何だか危ない感じ……これも全て、石岡と正面から本音で話ができる人がいないからだ。

自分がそうなるべきかもしれないが、自信はない。

第六章　暴露

「やられたぞ！」

長泉の怒鳴り声で、三上は浅い眠りから引きずり出された。やられたって、何のことだ？

「東日スポーツ、読んだか？」長泉が焦った口調で言った。

「まだですけど……」

「石岡の大リーグ復帰がすっぱ抜かれた」

「マジですか」

思わず飛び起きると、ベビーベッドで寝ている新太がぐずり始めた。慌てて寝室を抜け出し、リビングルームで話し始める。ここも何だか急に狭くなった……リビングルームにもベビーベッドが置いてあるし、子ども用のおもちゃなどが日々増えているのだ。

「確認して折り返します」

「まだ読んでないのか……ネットでも出てるから、すぐ読めよ」

通話を終え、そのままスマートフォンで記事を確認した。確かに――「石岡、来季大リーグ復帰へ」と分かりやすい見出しだった。更新は朝六時。

パイレーツの石岡健（35）が、来シーズンからの大リーグ復帰を目指して交渉に入っていることが明らかになった。関係者によると、既に複数の球団との話し合いが始まっている。石岡は「今は言えることがない」とコメントしている。

石岡はパイレーツからメッツ入りし、大リーグで通算3割の打率と137本塁打を記録。しかし昨年は怪我の影響もあって、ナショナルズ傘下3Aでシーズンを過ごし、大リーグでの出場はなかった。今季、8年ぶりに古巣のパイレーツに復帰。一時二軍落ちしたものの好調を保ち、ここまで打率3割5厘、ホームラン15本、打点43を記録している。

関係者は「怪我の影響はもうないようだ。現在、複数の大リーグ球団が興味を持って調査しており、来季の復帰は間違いない」と話している。

クソ、「関係者」って誰だよ。そう思った瞬間、スマートフォンが鳴る。登録しただけで、一度もかけたりかかってきたりしたことのない番号——石岡。

「三上です」声が震えてしまう。

「喋ったのは君か！」石岡が吠《ほ》えた。

「違います！」三上は思わず怒鳴り返した。「石岡さんが自分で喋ったんじゃないんですか？観測気球を上げたんでしょう」

「ふざけるな！」

「石岡さん、冷静になりましょうよ。僕と石岡さんしか知らないことではないでしょう」

「ふざけるな！」

「だいたい、記者が取材してきた時には、こっちに連絡してもらわないと困ります」三上は譲らなかった。

石岡は反論せずに電話を切ってしまった。何なんだ——三上はそっと息を吐いて、何とか怒りを逃したが、頭の中心が燃えるように熱い。

「翔太君、どうかした？」美咲が寝室から出てきた。寝《ね》ぼけ眼《まなこ》……昨夜も夜泣きで何回も起こされたのだ。

「いや、ちょっと仕事の電話で」

「こんな朝早くから？」

「新聞に書かれた」

新聞は、マンション一階の郵便受けにまとめて入ってくる。さすがにパジャマのままでは取りに行けないので、急いで着替えた。戻って来て、ダイニングテーブルの上で東日スポーツを広げた瞬間、また電話が鳴る。待ち切れなかったのか、長泉がかけてきたのだった。今は、記事の内容どころではない——三上は石岡の電話の件を切り出した。

「今、石岡さんから電話がありました」

「何だって？」長泉の声が尖る。

「俺が情報を漏らしたんじゃないかって、激怒してます」

「そうなのか？」

「まさか！」三上は思わず声を張り上げた。「そんなこと、するわけないじゃないですか」

「じゃあ、誰が漏らしたんだ？　この件は、チーム内の人間しか知らないことなんだぞ」

「そんなこと、俺に言われても困りますよ」

「参ったな……広報にも確認はなかったのに」

「球団には当てずに勝手に書いたんですよね？　石岡さんには取材したんでしょうけど」

「それも、広報を通さずにな。これはちょっと、問題にしないとまずいぞ。チームの統制が取れなくなる」

「どうします？」

「まず俺の方で、東日に確認してみるよ」

「石岡さん本人がネタ元じゃないんですか」

「ああ？　何で？」

「世論を作るために」

「わざわざそんなこと、するかね」

「可能性はあると思うんです。大リーグ復帰が記事になって世間に広まれば、野球ファンはそういうものだと思うんじゃないですか」

「今時、新聞記事を信じる人間なんかいるかよ」

「そう言うなら、そんなに気にしなくていいと思いますけど」

「そう簡単に割りきれるわけないだろう」長泉の発言も辻褄《つじつま》が合わなくなってきた。

「無視、という手もあるんじゃないですか」

「人事は、スポーツ紙の最大の目玉なんだよ。奴らも、いい加減な情報では書かないと思う。とにかく誰がこのネタを漏らしたか確認して、対応しないと……君は、石岡の家に行ってくれ」

「ええ？」とても会える雰囲気ではない。「行ってどうするんですか」

「記者連中が張ってるかもしれない。一紙が特ダネを書けば、他の社は急いで確認しないといけないわけだから。球場に入る前に、自宅を直撃して確認するのもありなんだ」

「石岡さんの自宅って、記者に割れてるんですか？」

「奴らの調査能力を舐めるなよ。たぶん、君の家もバレてるぞ」

「まさか」

「そのうち、夜討ち朝駆けの被害に遭うかもしれない」

「俺みたいなヒラは関係ないでしょう」赤ん坊がいるのに、記者に押しかけられたらたまらない。

「ところが新聞記者っていうのは、上にいる人間より現場の人間の方がネタを詳しく知っていると信じてるんだ。しかも下の方が簡単に喋ると思ってる……まあ、そんなことはいいから、石岡の方を頼む」

「話せる状態じゃないと思いますけどね。話す気もないでしょう」

「そこは何とか頑張ってくれ。君は石岡専属の広報なんだから」

クソ、ひどい一日になりそうだ。まだ午前八時前……最近はホームゲームの時には午前九時に起きて一日を始めることにしているから、一時間早いスタートになる。昨夜も睡眠は断続的だったし、今日は眠気との戦いになるだろう。

「大丈夫なの？」簡単に着替えた美咲が、またリビングルームに出て来た。

「これ」三上はスポーツ紙の見出しを指差した。石岡の記事は三面……昨日は月曜日でプロ野球の試合がなかったから、大きな扱いになっている。

「あら、石岡さん、アメリカに戻るの？」

「本人はそのつもりらしいけど、本当のところは分からない」

「これって、まだ秘密なんだ」

「石岡さんからは聞いてたけど、それが本音だったかどうかも分からない」

「とにかく、書かれたら困ることだったのね」

「困るさ……今日はちょっとバタバタすると思う。早く出るし、夕飯もどうなるか分からないから——電話するよ」

「電話はちょっと」美咲が表情を歪める。「新太、電話の音が嫌いなのよ」

「ああ、そうだった。じゃあ、メッセージでも入れるから。で、早く出たいんだけど……」

「じゃあ、すぐご飯にするね」

キッチンで食事の準備をする美咲の姿を横目で見ながら、三上は記事を何度か読み返した。そもそもおかしい……この記事の内容を信じるとすれば、石岡が取材に応じたことになる。何かの形で直撃したのだろうが、よく石岡が受け入れたものだ。もしかしたら自分が知らないだけで、衣川か、あるいは彼の部下が石岡に食いこんでいた可能性はある。記事自体が石岡本人からの情報提供で、これは本当に「観測気球」なのではないか?

もやもやする。石岡本人に会ったら、もっともやもやしそうな予感がした。


ホームゲームのある日は、石岡は一時過ぎに自宅を出る、と聞いていた。三上はトラブルを予期して早め——八時過ぎに石岡のマンションに着いたのだが、それでも遅かった。玄関の前で記者たちが既に数人、張っている。自宅で直接コメントを取ろうとしているのだろう。そのうち一人が、三上に気づいて迫ってきた。

「三上さん、石岡さんのコメントをお願いしますよ」

「自宅取材はご遠慮願っていますが」これは球団から報道陣への「お願い」だった。昔は記者が監督やコーチの家を直撃して取材することもよくあったようだが、最近はさすがにプライバシー重視で、そういう取材は嫌われる。それでも自宅取材を試みる記者はいるもので、パイレーツは毎年シーズン入りの前に、そういうお達し——お願いを報道陣に出しているという。

「そういうことを言ってる場合じゃないでしょう。大リーグ復帰の話、確認させて下さい。どうせ石岡さん、球場でも話さないんだから」

ここは頑なになっても仕方ないだろう。三上は折れて「今、話してみます」と言った。

マンションのホールに入り、インタフォンを鳴らす。返事はない……無視しているのだろうか？　朝方激怒して電話したぐらいだから、モニターで三上の顔を確認し、出ないようにしているのかもしれない。大人気ない——と思ったが、何か嫌な予感がした。

もう一度インタフォンを鳴らしたが、やはり反応がない。スマートフォンを取り出して石岡にかけてみると——こちらからかけるのは本当に久しぶりだった——意外なことに、石岡はすぐに電話に出た。

「石岡さん……今、どこですか？」

「球場だ」

「家に、マスコミの連中が押しかけてます」自分一人でさっさと球場へ逃げたわけか、と苛つく。

「そんなこと、予想できてた。だから逃げてきた」

「あのですね……今、俺はその連中をさばくので手一杯なんですよ。こういう状態なんだから、勝手なことしないで下さい」

「情報を漏らしたような奴に、命令される筋合いはない」

「だから俺じゃないですって。石岡さんが自分で話したんじゃないですか？」記事には「関係者によると」とあった。情報源を出さないための書き方だと分かっているが、果たして誰が漏らしたのか……。

「何のために」

「世間の様子を見るために」

「馬鹿馬鹿しい」石岡が鼻を鳴らす。「何で俺がそんなことをしなくちゃいけないんだ」

「だから、世間の反応を見て――」

「いい加減にしろ。マスコミ連中の取材なんか受けない。そっちで何とかしてくれ」

「昨日、東日スポーツの取材は受けたじゃないですか」

「あれは騙し討ちだ」

「騙し討ち？」

「いきなり大リーグに復帰するのかと聞かれたから、『別に言うことはない』とだけ言って電話を切った。その文脈だけを適当に切り取って、いかにも含みがあるように文章に紛れこませたんだろう。ある意味、誤報だよ」

「じゃあ、大リーグに復帰する気はないんですか？　石岡さん、俺には復帰するつもりだって言ったじゃないですか」

「それとこれとは別問題だ」

「……とにかく、球場で取材は受けてもらいます」

「俺は何も言わない」

「俺がそっちへ行くまで、記者に聞かれても何も言わないで下さい」

「喋る気はない」

　相変わらずの素っ気なさだが、大丈夫だろうか。喋らないならともかく、何かトラブルでも起きたら――とにかく急ごう。

外へ出るとすぐに記者たちに摑まった。嘘はつけないから、ここは素直に話すしかない。

「すみません、石岡はもう球場入りしています」

不満の声が上がったが、こちらとしてはどうしようもない。報道陣から逃げるように頼んだわけではないし、あくまで石岡の勝手な行動だ。

「正式な取材を申し入れるから、対応して下さいよ」

「広報部の方で検討します」

この場は何とかクリア……記者たちは不満そうだったが、これは仕方がない。横浜に本拠地のあるパイレーツの取材は、どこの社も本社の記者が担当している。そういう記者は横浜に住んでいるとは限らず、抜かれていることに気づいてもすぐに現場へ向かえるわけではないのだ。出遅れたと思っているかもしれないが、どうしようもない。

タクシーを奢って球場へ向かった。すぐにロッカールームに駆けこみ、石岡を探す。いない……室内練習場かもしれないと思って顔を出したが、そちらも無人だった。本当は球場に来ていないのではないか？　まだ集合時間までには数時間あるから問題はないものの、石岡はこの試合をすっぽかす気ではないかと三上は心配になった。選手が試合をボイコットするなど、聞いたこともないのだが。

仕方なく広報部へ行くと、意外にも石岡がいた。アンダーシャツ姿、むっとした表情で、立ったまま沢木部長の話を聞いている。沢木部長は座ったままで、自分より三十センチ近く背が高い石岡から見下ろされているのだが、臆《おく》している様子はない。

「――じゃあ、言うことはないとコメントした、ということですね」やはり早く出社してきていた沢木部長が、厳しい口調で確認する。

「そう言いました」

「マスコミから、正式に取材の申しこみが来ています。試合前に一言喋らないと、落ち着きませんよ」

「そういうのは、遠慮させてもらえますか」

「ちゃんと喋っておかないと、また追いかけられますよ」

「追いかけられても、話す気はないですから」

「それだと、批判が球団の方を向くのよ」

「それは俺には関係ない」

沢木部長が盛大に溜息をついた。助けを求めるような視線を三上に送ってくる。

「いつものやり方じゃ……駄目でしょうか」三上は遠慮がちに言った。「コメントを出してもらって、それをこちらで発表するという形で」

「それだと、記者連中は納得しないわよ」沢木部長が反論する。

「そこを何とかしてくれるのが広報じゃないですか」石岡が鼻を鳴らす。

「取り敢えず、ですね」三上は慌てて割って入った。険悪な雰囲気は、さらなるトラブルを予感させる。「まずコメントを出して、それで鎮まらなければ改めて対策を考える、ということでどうでしょう」

沢木部長が大袈裟に溜息をついたが、結局は三上の考えに乗った。実際に石岡に会見をさせる、あるいは囲み取材を受けさせるのは現実的ではないと考えたのだろう。

「じゃあ、ここでコメントを作っていきましょう。試合前に、きちんと終わらせないと」

「特に言うことはないですね」石岡が淡々と言った。

「それは、今回の報道について言うことはない、という意味？」沢木部長が突っこんだ。

「勝手に書いたんですから、こっちが言うことはないです」

「大リーグ移籍を否定する気はないんですか」沢木部長がさらに一歩踏みこんだ。

「今の段階では、何も言う気はないですね」言いながら、石岡が三上の顔を真っ直ぐ見た。お前が漏らしたんだろう、と言いたげな疑惑の視線……しかしこれは濡れ衣だ。濡れ衣だが、誰が情報源なのかは想像もつかない。球団内で知っている人間が話した可能性はあるが、話せばマイナスの影響があることぐらいは分かるはずだ。記者と酒を呑んでいて、酔っ払ってつい話してしまったとか？　それも考えにくい。となると、様子を見るために石岡本人が話した可能性も、やはり否定できない。

誰も信じられない。

「では……」沢木部長は納得していない様子だったが、三上は話をまとめにかかった。いつまでもここで話し合っていても埒《らち》が明かないし、石岡は試合の準備をしないといけない。「今回の東日スポーツの報道について、特に申し上げることはない、でいいですね？　部長、球団としては、大リーグ移籍のことについてはどう説明するんですか」

「石岡さん、率直に話して下さい。あなたは来季、大リーグに復帰するつもりなんですか」沢木部長がずばりと聞いた。

「今は、言うことは何もありません」また同じ台詞。繰り返していれば真実になると思っているのかもしれない。

「でも、一部の人に、大リーグ復帰を明言していますよね」

石岡が三上を睨みつけた。三上は背筋が凍るような思いを味わったが、何とか石岡と視線を合わせ続け「私は何も言っていません」と断言した。

「何を信じればいいのか――信じようとしない方が楽だな。全部嘘だと思えばいいんだ」石岡が耳を引っ張った。

「どうなんですか、石岡さん」沢木部長は引かなかった。編成部長でも聞き出せなかった情報を引き出そうとしている――しかし無駄だった。

「とにかくこの件については、言うことはありません。球団としてどう説明するかは、俺には何とも言えないので」

「そう、ですか」沢木部長が溜息をつく。「では、球団としては『何も聞いていない』とコメントしておきます。それでいいですね」

「それはチームの判断なので」石岡が肩をすくめた。

この辺、選手とチームの関係は難しい。基本、選手は球団と契約を交わした個人事業主なのだが、実際には球団の方針に従う「組織員」の顔もある。練習や試合のやり方から移籍、引退に関してまで、選手の意向よりも球団の方針が優先されるのが現状だ。石岡のように突っ張って「選手は選手、チームはチーム」と明言する選手はまずいない。

「では、これでいいですか」石岡が淡々とした口調で言った。

「試合前にすみません」ようやく沢木部長が立ち上がり、極めて儀礼的に頭を下げた。石岡がまた三上を一睨みして、広報部を出ていく。

「三上君、すぐリリースを用意して」

「リリースではなくコメント、ですね」三上は訂正した。ＪＰミール的に「リリース」と言えば、会社の名前が入ったもので、新商品の紹介や決算など、そのまま記事にできそうな事案の広報文のことを指す。今回は広報部の名前で出すことになるから、リリースとは言えない。

「どちらでもいいから」沢木部長が苛立った声で言った。

三上はすぐにパソコンを立ち上げ、短いコメントを書き上げた。何だか最近、自分が記者になってしまったような気がする。ＪＰミールの広報時代にもリリース文を書くことはあったが、それほど頻度は高くなかった。新製品に関しては、広告会社に任せてしまっていたものも多い。それが今は、毎日のように石岡のコメントを聞き出し、短くまとめている。

石岡健選手に関する一部報道について

本日、７月12日、石岡健選手に関して、来季大リーグに復帰するという一部報道がありました。しかし球団としては石岡選手の去就については何も決めておらず、石岡選手本人とも何の話し合いもしていません。石岡選手の来季については、現段階では全て未定です。石岡選手はこの件に関して「何も言うことはない」とコメントしています。


書き上げたコメント――結局短いリリースのような文章になってしまった――をプリントアウトして、沢木部長に見せる。赤いボールペンを手にチェックを始めたが、直しはなしで三上に返した。

「これですぐに流しておいて」

「リリース対象の会社にはファクスもします。球場に来ている社には手渡ししましょう」

「そうして」

三上はすぐに準備に取りかかった。今時ファクスというのも古臭い感じだが、これが一番確実ということは、ＪＰミールでも言われていた。あらかじめ登録しておいた番号に同時送信すればミスもない——メールでも同じだと思うのだが、マスコミ側の事情もあるようだ。マスコミでも、部署ごとのメールアドレスは持っているからそこに送ればいいと思うのだが、管理者が常にしっかりチェックしているかどうかは分からない。誰も気づかないうちに情報のキャッチが遅れてしまうこともよくあるのだ。しかし取材部署当てにファクスを送っておけば、二十四時間誰かがいるから、情報漏れは起こり得ない。もちろんメールも送る——常に二重で情報を流しているわけだ。

昼前、各社宛《あて》にファクスを送り終え、すぐに十数枚コピーして広報部を出る。球場には記者室はないから、取り敢えずスタンド上部にある記者席に行って、そこにいる記者たちに配ろう。石岡が球場にいると言ったから、どこの社も三上を追うように早めに来ているはずだ。

まだ客が入っていない球場は、基本的に静かだ。選手もほとんど来ておらず、打球音もキャッチボールの音も聞こえない。石岡はユニフォームを着て、外野をゆっくりとランニングしていた。一人。相変わらず、誰も寄せつけない雰囲気を発している。しかし途中から、ジャスティスが合流した。遠いのでよく分からないが、二人の距離を見る限り、談笑している様子が窺《うかが》える。何だか二人だけの世界に入りこんでいるような……いったい何なのだろう。

ベイサイド・スタジアムのスタンドは傾斜が急で、場所によっては下半身に異常な負担がかかることになる。三上はバックネット裏に出て、はるか先の記者席を目指すルートを敢えて選んだ。体も気持ちもしんどいのだが、今日は自分に負荷——罰を与えたいような気分だったのだ。

記者席はバックネット裏のはるか上方、グラウンド全体を見回せる場所にある。ただし手元に、場内映像を流すモニターが置いてあるので、それだけを見て試合の流れを確認する記者も少なくないようだ。今、そこにいる記者は数人。他の記者はグラウンドに散っている。練習の様子を見たり、選手やコーチと雑談を交わしたりしている――雑談までは禁止されていないのだ。

途中、スタンドを降りて来る長泉と合流する。

「リリースを用意しました」

「そうか」長泉の顔色はよくない。

「ちょっと見て下さい」

一枚を長泉に渡す。長泉はざっと見て、渋い表情を浮かべた。

「まあ……こう言うしかないだろうな」

「今、誰かと話してきました？」

「上に東日スポーツの衣川がいるんだ」振り返って、長泉が親指を記者席の方へ向けた。

「何か言ってましたか？」

「ネタ元の話だからはっきり言わないんだが、どうもアメリカからの情報らしい」

「アメリカ――代理人の藍川ですか？」

「そうは言わないよ。ただ、球団内からの情報じゃない、とは断言してた。となると、出どころは限られる」

職員でも石岡でもない――少しほっとしたがそれも一瞬で、すぐに疑念が湧いてきた。代理人が、この段階でこんな重要な情報を記者に漏らすだろうか？　もちろん、東日スポーツもアメリカに特派員を送っているはずだから、代理人と接触しても不思議ではないが……それこそ観測気球ではないかと三上は想像した。しかしそれなら、石岡も別の対応を見せるはずだ。自分は何も知らなかったかのような態度は納得できない。もしかしたら藍川と石岡の間で、コンセンサスが取れていないとか？　そうだとしても、三上たちが心配するようなことではないが。

「その件、もう少し調べられますかね」

「無理だ」長泉があっさり否定した。「衣川も、最大限譲歩して話したんだと思うよ。どこからネタが出たか、ペラペラ喋るような記者は信頼されないから」

「そうですか……取り敢えず、リリースを配ってきます」

「グラウンドに出てる連中には、俺が渡してくるよ」

三上は長泉にリリースの半分を渡した。階段を必死で上がり、記者席にたどり着いて呼吸を整える。通路に一番近い席に座っている衣川に、まずリリースを渡した。何か言ってやりたいと思ったが、上手い言葉が浮かばない。他の記者とも会話は交わさず、そのままグラウンドに出た。

記者たちはダグアウト前に固まり、リリースを確認していた。そこへ、石岡が通りかかる。記者たちが一斉に石岡を囲み、質問をぶつけ始めた。

「石岡さん、移籍の関係、どうなってるんですか？」

「復帰を見越して一年契約だったんですか？」

「コメントだけじゃ、分かりません」

石岡は迷惑そうな表情を浮かべ、何とか外野の方へ向かおうとしていた。しかし記者連中もしつこく、簡単には彼を放そうとしない。

「すみません！」三上は思わず声を張り上げた。記者たちが一斉に振り向く。

「試合前の取材は、広報を通して下さい」

「ただの雑談だよ」東テレの記者、宇野《うの》が険しい表情で言った。

「そんなに取り囲んで話を聞いていたら、取材になってしまいます」

「石岡さんは、試合前の取材なんか受けないじゃないか」宇野が記者たちの輪から離れ、近づいてきた。

「取材は受けないけど毎試合コメントを出す、ということで約束ができているじゃないですか」

三上は指摘した。

「それは試合についてだけでしょう。これは試合とは関係ない」宇野も引かなかった。

「取材は必ず広報を通して下さい」三上も公式のやり方にこだわった。

「取材を申しこんでも、どうせ受けないじゃないですか」宇野が繰り返す。

「それはケースバイケースです」

「だいたい、パイレーツの広報はおかしいですよ。どうして石岡さんを特別扱いするんですか」

日新スポーツの女性記者、安里真美《あさとまさみ》が抗議に加わった。

「特別扱いはしていません」

「でも、取材を受けてくれないのは石岡さんだけですよ」

それは石岡の責任――と思ったが口には出せない。石岡を守るのも広報の仕事なのだが、それがひどく馬鹿馬鹿しく思えてきた。

「とにかく、石岡さんには試合に集中する必要があります。広報部は選手を守ります」三上は宣言した。

「マスコミは選手を攻撃してるわけじゃない」宇野が血相を変える。

「構いません。石岡さん、ロッカールームへ」三上はその場に立ち止まって戸惑った表情を浮かべている石岡に声をかけた。「ここで取材を受ける必要はありません」

石岡が素早くうなずき、大股で去って行った。番記者たちは石岡に呼びかけたが、石岡は歩調を緩めようとしない。それで、怒りの矛先は三上一人に向いた。

「取材妨害だ。こういうことをいつまでも続けるなら、パイレーツ担当として正式に抗議しますよ」と宇野。「あなたは、対応がひど過ぎる」

「抗議を受けるようなことはありません」

「それはそっちの判断で、我々はそうは思わない」

「とにかく、試合前の取材はお断りします」

「勝手なこと、言わないでくれ。だったら、いつならいいんだよ」宇野の口調は次第に乱暴になってきた。

「それは、話し合いをして——」

「話し合い？　そっちの方針を一方的に押しつけるだけでしょう」

「そんなことはありません」

「だいたいあんたも、ちゃんと仕事をしてないじゃないか。石岡選手専属広報とか言いながら、ろくに取材のつなぎもしてくれない。とにかく今回の件については、抗議しますよ」宇野が先ほどのリリース文を振り回した。「これだけ重大な問題で、リリース一枚で終わらせるなんてあり得ない。非常識過ぎる」

「こちらとしては、可能な限り情報は提供しています」

「こんなのは、情報とは言わない！」

ピリピリした空気に、三上は軽い胃痛を覚え始めた。売り言葉に買い言葉とはいえ、これはまずい——そこへ長泉が割って入った。

「まあ、これぐらいで……抗議なら、きちんと聞きますから」

「しっかりして下さいよ、長泉さん」宇野の口調が少しだけ和らぐ。つき合いの長い長泉には、強いことは言えないのだろう。「パイレーツ担当の総意として抗議しますから、しっかり受けてもらいますよ。それと、広報の対応にも納得いかない。三上さんは、強権的過ぎるんじゃないですか」

「強権的って……」三上は反論しようとしたが、長泉はさっと腕を上げて止めた。納得いかなかったが、振り向いた長泉が素早く首を横に振ったので、何とか言葉を呑みこむ。

「とにかく、試合前なので」

長泉が話をまとめにかかる。それでようやく、番記者たちは解散した。

「まずいな」長泉が舌打ちした。「下手に刺激するなよ。あの連中を本気で怒らせると面倒だぞ」

「だけど、ルール違反ですよ。うちを飛ばして、石岡さんに直接話を聞こうとしたんですから」

「それは分かるけど、言い方ってものがあるだろう。ああいう時は、のらりくらりでいいんだよ。連中も、今日は抜かれてかっかしているだけだから、どうせすぐに忘れる」

「あんなこと言われて我慢しなくちゃいけないんですか」

「広報が怒ってどうするんだよ。一応、球団の顔なんだぜ？　マスコミと喧嘩したら、マスコミ対球団の戦いになっちまう」

「……やっぱり、石岡さんの担当を外して下さい」三上は、しばらく前に言ったことをまた持ち出した。「俺と石岡さんは、相性が悪いんだと思います。長泉さんの方が、よほど上手くできるんじゃないですか」

「俺だって自信ないよ。それに今、そんなことを言われても判断できない」

「しかし……」

「この件は、これで収まるだろう」長泉があっさり言った。

「でも、正式な抗議文って言ってるんですよ？　そんなもの出されたら、ただでは済まないでしょう」

ＪＰミールだったら、と考えた。広報部に抗議が来ることなど、考えられない。それこそマスコミが会社の顔に文句を言うようなものだ。三上も「マスコミとは絶対に喧嘩しないこと」と徹底的に叩きこまれていた。そんなことは頭に染みついているはずなのに、どうして今、喧嘩腰になってしまったのか……経済系の記者と運動系の記者ではメンタリティが違うからかもしれない。

そもそもルール破りをしたのは向こうなのに。

大したことにはならないだろうという長泉の言葉を信用しようとした。

しかし、胸のざわつきは収まらない。


事態は、翌日の試合前に大きく動いた。例によって新太の夜泣き、それに加えてもやもやとした気分を抱えてろくに眠れないまま球場に来た三上は、すぐに沢木部長に呼ばれた。表情はいつになく硬い。

「さっき、パイレーツ担当の各社連名で、正式に抗議文がきたわ」

「そうですか……」宣言されてはいたが、本当に抗議文を出されるとは思ってもいなかったので、三上は動転した。「広報に謝れと？」

「そうじゃなくて」沢木部長が三上の顔を真っ直ぐ見た。「あなた個人に謝罪を求めている」

「俺に、ですか？」そんなことがあるのだろうか。「理由は何ですか」

「昨日の石岡さんへの取材を邪魔したこと、石岡さんに対する取材をきちんとアテンドしなかったこと……そういう事例を挙げて、あなたの謝罪を要求している」

「昨日の一件は、明らかに向こうのルール違反ですよ。試合前に、グラウンドで勝手に取材しようとしたんだから。あんなことを許していたら、選手は集中できません」

「それはそれとして……」

「土下座でもしないといけないんですか」三上はついむきになって言ってしまった。

「それはないけど、取り敢えずあなたは、マスコミとの接触から外します」

「それじゃ、広報としての仕事がなくなるじゃないですか」実質謹慎か、と三上は蒼褪《あおざ》めた。これは致命的だ。渡米研修どころか、本社復帰も危なくなってくるのではないか……。

「広報の仕事は、マスコミの相手だけじゃないわよ」

「部長も、俺の対応が間違っていたと思うんですか」三上は沢木部長に詰め寄った。

「そうじゃないけど……昨日の現場は長泉さんも見ていた。彼によると、あれは売り言葉に買い言葉で、どちらが悪いということはない。ただ、私たちは広報だから、どんなにクレームをつけられても、言い返してはいけないの。反論する場合は、向こうの言い分をきちんと検討して、冷静に、論理的にやらないと」

「そんな高レベルの話じゃないですよ。単なるマスコミ側の言いがかりだ。そもそもルール破りをしたのは向こうなんですから」

「そこまで頑なにならないで。とにかく番記者たちに謝って、しばらくマスコミ対応の仕事から外れていれば、ほとぼりは冷めるから」

「納得できません」三上は次第に意地になってきた。自分は絶対に悪くない。単に石岡を守ろうとしただけだし、そもそも挑発してきたのは番記者たちではないか。

「そう言わないで。頭を下げても、何か減るわけじゃないんだから」

「その後、マスコミの連中に対して頭が上がらなくなりますよ。だいたい、こんな抗議、前例はあるんですか？」

「異例。だから困ってるんじゃない」沢木部長の顔に苦悩の表情が浮かぶ。それを見ると申し訳なくなるが、こちらも引くわけにはいかない。自分の対応は間違っていなかったという自負がある。

「どうしても謝れというなら、広報部から外して下さい」

「何言ってるの」沢木部長の顔からさっと血の気が引いた。

「他の部署へ回すか、本社へ帰して下さい。俺はやるべき仕事をしただけなんですから」

「彼が頭を下げるなら、俺は辞めるよ」

馴染みの声に振り向くと、石岡が立っていた。既にユニフォーム姿……しかしこれも異例だ。選手は、呼ばれでもしない限り広報部に来ることはない。

「石岡さん……」沢木部長が溜息をついて立ち上がる。「これは広報の問題ですよ。石岡さんには関係ありません」

「昨日は、鬱陶《うっとう》しい連中から解放してもらった。それに俺が言うのも何だけど、あれはマスコミの連中が悪い」

「だけど、抗議が来てるんですよ。放っておくわけにはいきません」

「彼が謝ることじゃない。むしろ向こうが、ルール違反を謝るべきだ。決めたことを守れないなら、取材拒否するぐらいでいいんじゃないか」

「一社じゃなくて、担当全社の共同抗議なんですよ」沢木部長が説明した。「全社取材拒否したら、明日からパイレーツのニュースはどこにも流れません」

「流れないと、誰か困るんですか」

石岡の質問に虚を突かれたように、沢木部長が黙りこむ。しかしすぐに気を取り直して口を開いた。

「それは、ファンの人が困りますよ。試合結果も見られないでしょう」

「試合結果なら、球団のオフィシャルサイトでも見ればいい。アクセスを増やすいい機会じゃないですか」

「そういうことじゃないんです！」沢木部長が声を張り上げたが、目は泳いでいる。石岡の思わぬ「援軍」に戸惑っているのは明らかだった。

「彼が謝罪するなら俺は辞める。それだけです」

石岡がさっと頭を下げ、広報部を出て行く。三上は慌てて彼を追った。

「石岡さん」

声をかけると、石岡が立ち止まって振り返った。無表情。「辞める」と言ったばかりの人間の顔とは思えない。

「何で庇《かば》ってくれたんですか」

「あの抗議は、マスコミの不当な圧力だ。戦うのが当然だ」

「それはそうだと思いますけど、俺に助け船を出してくれなくてもいいじゃないですか」

「これでイーブンだ」

「イーブン？」

「昨日は、面倒な連中から助けてもらったから、そのお返しだ。君は『広報部は選手を守ります』と言った。逆があってもいいんじゃないか？　同じチームの人間同士なんだし」

「助けたなんてレベルの話じゃないですよ。それにこういうのって、石岡さんらしくない」

「らしくないって？」

「人情派というか……」三上は言葉に詰まった。確かに石岡らしくないのだが、人情派的なやり方かというと、そういう感じでもない。

「プラスマイナスで常にゼロになってないと落ち着かないだけだ。借りは早いうちに返しておかないと、気分が悪い」

「それも合理的な考えということですか？　大リーグ流の？」

「そういうことは説明しにくい。そもそも自分の気持ちは自分で分析できないから」

三上は深呼吸した。考えると分からなくなる。こういうのは深く追及しない方がいいのだろう。

「一つだけ言っておきます。そもそも大リーグへ戻る件は、俺が話して記事になったわけじゃないですからね」

「それは分かった」

代理人から漏れた情報らしい——この件を持ち出すべきかどうかは分からない。代理人は基本的に、球団とは直接関係なく、契約時にビジネスとしてつき合うだけなのだ。石岡にとっては、身内に裏切られたようなものかもしれないが、それは彼の問題であってチームには——そして自分には一切関係がない。

「石岡さん、俺は石岡さんの専属広報を続けたいんです」

「それはチームが決めることで、俺には何とも言えない」

「石岡さんが一言言ってくれれば、それで何とか――」

「今、プラマイゼロのはずだ。これ以上、俺に何かを期待しないでくれ」

さすがに虫が良過ぎるお願いだったか……しかし石岡は、意外なことを言い出した。

「ここでまた担当が代わると、面倒だな」

「え？」

「俺はただ、なるべく静かにプレーに集中したいんだ」

「じゃあ――」

石岡がうなずき、去って行った。これは彼からの歩み寄りなのだろうか？


しかし事態は、さらに悪化した。どういうわけか編成部長の岩村まで出てきて、広報部と話し合いを持った結果、「広報部として謝罪する」ということになってしまったのである。その話し合いの席には、居心地の悪さを我慢して三上も同席したのだが、最終的に解決策を示したのは岩村だった。

「だいたい、選手ならともかく、職員個人を名指しで謝罪しろっていうのは、あまりにも乱暴だ。過去にパイレーツでは――プロ野球全体でも、そんなことは一度も起きていない。悪《あ》しき前例を作ることはないんじゃないかな」

「大丈夫でしょうか」沢木部長は心配そうだった。

「平気だって」岩村が笑い飛ばした。「スポーツ紙の連中なんて、ちょっと圧力をかければすぐに引っこむよ。広報部の名前で謝罪しておけば、それで終わりだ。それに、個人より組織として謝る方が効果的だろう？　向こうも、広報部として謝られたらビビっちまうんじゃないか？　予想もしてないだろうし」

「そうですかねえ」

「それでまだ文句を言う奴がいたら、俺ががつんと言ってやるよ。最近の記者連中は根性がないから、それで一件落着だ」

「じゃあ、取り敢えずその方針で行ってみます」

「謝るっていっても、頭を下げる必要はないぞ。広報部として謝罪文を出せばいい」

「それ自体が記事になるようなことはないでしょうね」

「まさか」岩村が、また声を上げて笑う。「こんなことを記事にするような余裕は、どこの社にもないよ。書いてきたら、干しちまえ。奴らは、ネタがもらえなくなったら失業だからな」

結局沢木部長が折れた。広報部長としては、忸怩《じくじ》たる思いがあるだろう。広報部として謝罪することになるとは、思ってもいなかったはずだ。そして、岩村の説得に負けたことが、澱《おり》のように心に残るかもしれない。岩村はパイレーツの監督も務め、今は選手の問題に関する全権を掌握するチームの最高責任者なのだが、沢木部長としては、自分は親会社の人間だという意識が強いだろう。以前「パイレーツの赤字を補塡《ほてん》するだけで、本社の宣伝費がかなり飛ぶ」と愚痴をこぼしていた。パイレーツは決して優良コンテンツではなく、予算面ではどちらかと言えばお荷物である。日本のプロ野球チームは、多かれ少なかれそんな感じだ。本社はあくまで「宣伝材料」と捉え、赤字を補塡するのも宣伝の一環と考えている。その辺が、チームが独立採算制になっている大リーグとの決定的な違いだ。

「その謝罪文は、三上君が書いて。今すぐ」沢木部長が指示した。

「試合前の取材があるんですが」

「それは他の人に任せていいから。あなたも、それぐらいはしないと駄目よ」

これは罰なのだろうか、と訝ったが、どうでもいい。今は一刻も早く謝罪文を書き上げて、この面倒なトラブルから逃れたい。

沢木部長が席を立ったので、三上は思わず溜息を漏らした。

「若いのに景気が悪いな、おい」岩村が三上の背中をどやす。馬鹿でかい手で叩かれ、息が詰まってしまった。

「でも……ありがとうございました」

「謝らずに済んで、かい？」

「そもそも俺は、間違ってません。あれはマスコミの連中が悪いんです」

「その意気、その意気」岩村が笑った。「マスコミは利用するぐらいの気持ちでいないとな。とにかくさっさと謝罪文を書いて、この件は終わらせろ。君には、もっと重要な仕事があるんだから」

「……なんですか」編成部からも仕事を押しつけられたら厄介なことになる。

「ジャスティスなんだけどな、あいつと石岡の関係、どうだ？」

「聞いても答えてくれません」

「だよな？　でもそこに、石岡の行動のポイントがあると思うんだ。あの二人、過去に何か接点があったのは間違いない。それが分かれば、石岡引き止めの役にも立つんじゃないかな」

「でも、ジャスティスにも話が聞けませんでした」

「俺は、遠藤さんから話を聞いたよ。ジャスティスの指導を言い出したのは、石岡の方らしい」

「そうなんですか？」

「それで、夜に球場の鍵を開けてくれと……遠藤さん、基本的に面倒見がいいからな。練習をしたいっていう選手の意思は最大限尊重するんだ。今はもうやらないけど、若い頃は二軍の選手の練習にもつき合っていた」

「遠藤さん、いつから寮長をやってるんですか？」

「かれこれ二十五年かな？　四十歳ぐらいの時から、ずっと常勝寮に住みこんでる」

「それでご家族は、よく平気ですね」

「いや……現役を引退してから離婚したんだよ。それですぐに寮長を引き受けた。寮の近くに家も建てたんだけど、そっちにはほとんど帰っていないそうだ」

「そうですか……パイレーツに捧《ささ》げた人生だったんですね」

「そんな感じだ」岩村がうなずく。「遠藤さん、まだ何か隠してる感じなんだよな。当たってみたらどうだ？」

「俺が当たっていいんですか？」情報を引き出せる自信はなかったが。

「プロジェクトIは、まだ進行中だ。あれは君の仕事だよ」

そうだった……これだけトラブル続きでも、当初の目的が終わったわけではないのだ。

そこへ沙奈江がやって来た。ノートパソコンの画面を示し、「アベックホームラン弁当を企画したんですけど」と唐突に言い出す。

「アベックホームラン弁当？」今そんな話をしなくても……何でこの人は空気が読めないんだ、とうんざりした。

「石岡さんとジャスティスがモチーフの弁当です。あの二人、一軍に上がってきてから、もう三回もアベックホームランを打ってるんですよ。それも全部、同じ回に出てます。これって、すごいハイペースらしいです」

「そうなんですか……」大リーグでは、そもそもアベックホームランという考え方がないはずだ。日本独自のものだろう。それはそれで面白いと思うが。

「プロ野球のシーズン記録って、十六回なんです」

「へえ」何だかトリビアじみてきた。そして自分が知らないことが悔しい。

「もしかしたらそれを更新するかもしれない——だから盛り上げていきたいんですよ。それで、このデザインなんですけど」

パソコンの画面を見ると、パッケージ全体の色はチームカラーの青で、右に石岡、左にジャスティスを配し、なかなか迫力あるデザインになっている。

「それで中身は、ダブルハンバーグにしました。トマトソース味と和風醬油《しょうゆ》味で、合わせて三百グラム。弁当としてはかなりのボリュームですよ」

「はあ」冷めたハンバーグを三百グラムも食べるのは、なかなか厳しそうだが。

「石岡さんのコメント、お願いしますよ」

「またですか」うんざりだ。「一度、石岡弁当で失敗してるでしょう。石岡さんはこっちの話なんか聞きませんよ」

「そこを何とか。今、プリントアウトしたものを渡しますから。ついでにジャスティスにも交渉、お願いします」

「ジャスティスだったら、カレー弁当の方が喜びますよ」

「そうなんですか？」

「カレーが大好きで、食べ歩きしてるみたいだから」

「本当ですか？　何で早く教えてくれなかったんですか」

そっちの方がジャスティスとのつき合いは長いはず……どうしてこう、ちぐはぐなことばかり起きるのかと、三上は心底疲れきっていた。


事態は何とか収束した。

広報部長名でマスコミに対する謝罪文を出し、パイレーツ担当記者もこれをあっさり受け入れたのだ。結局面子《メンツ》の問題ということだったのか……三上はすぐに石岡担当としての仕事を再開し、これまで通りに試合後のコメントを届け続けた。

とはいえ、自分の評判がガタ落ちになってしまったことは意識せざるを得ない。沢木部長にもちくちく言われた。

「本社にも報告しないといけなかったから、マイナスポイントになっちゃったわ」

ということは、自分のミスも本社に届いているわけだ。これが将来にどんな影響を与えるかは分からないが、馘《くび》になるまでのことはないだろう。

ばたばたしているうちに、オールスター休みになる。パイレーツからは監督推薦で三人の選手が出場することになったが、石岡は外れた。打診はあったものの、「休養したい」との意向をチーム経由で伝えたのだ。それ故、専属広報としての三上の仕事も中断し、実質的に夏休みを取っていい、と言われた。とはいえ、オールスターの二試合がある日を含めて四日間だけである。もっとも三上には、これで十分だった。どうせ生まれたばかりの子どもがいるから、どこかへ旅行というわけにもいかない。せいぜい寝溜めして、後は——常勝寮に用がある。

パイレーツは、一軍が何とか四位に踏みとどまっているのに対して、二軍は依然としてリーグ首位である。フレッシュオールスターにも五人が選出されていた。ただし残された選手も、遊んでいるわけではない。夏休みと言いながら、自主トレの毎日なのだ。

久々にたっぷり寝た日の午後、三上は川崎スタジアムに足を運んだ。今日は、二軍のチーム全体としては練習は休みだが、自主トレをしている選手はいる。球場から聞こえる打撃練習の音を聞きながら、三上は常勝寮に顔を出した。

「寮長室」の看板がかかった部屋をノックしたが、反応がない。球場へ行っているのだろうか……通りかかった選手が「オス」と挨拶してきたので、「寮長はいますか?」と訊ねた。

「ああ……今日は家だと思います」

そうか、実質二軍も夏休みだから、さすがの遠藤もそれに合わせて休んでいるのだろう。家は寮の近くだというし。

長泉に電話して、遠藤の自宅を教えてもらう。スマートフォンの地図アプリで確認すると、確かに近い。歩いて十分ほどだろう。歩き出したが、さすがに今日は暑い……梅雨は明け、最高気温は三十二度の予想だった。ジーンズにポロシャツの軽装なのに、下半身が特に暑く、汗をかいた肌にジーンズが張りつく。陽射しも凶暴で、頭がくらくらしてくるぐらいだった。

実際には十分ではなく二十分ほどもかかった。JR南武《なんぶ》線の小田栄《おださかえ》駅近く。二十分歩いただけで体重が減ったような気さえしたので、近くにあるコンビニエンスストアに飛びこみ、ボトルコーヒーを買う。他の品物を物色するふりをして、しばらく店の冷房で体を冷やした。外へ出ると、建物の日陰から出ないように気をつけながら、コーヒーをがぶ飲みする。ハンカチで額の汗を拭っていると、「あれ」という声が聞こえた。はっと顔を上げると、スーパーの袋をぶら提げた遠藤が、こちらに不審げな目を向けている。

「何だ、こんなところで」

「今、遠藤さんの家を訪ねて行くところでした」

「俺に何か用が？」遠藤が目を細める。

「ちょっとお伺いしたいことがあるんです」

「だったら、寮に来ればいいじゃねえか」

「寮には行ったんですよ。そうしたらこっちだって言われて」

「しょうがねえな。個人情報をペラペラ喋る馬鹿野郎がいるわけか……誰だ？　後でとっちめてやる」

「それは、捜査の秘密なんで言えませんね」

「馬鹿野郎、何言ってやがる」

「今日は、ずっとご自宅ですか？」

「いや、夜には戻るよ。夜こそ、監視の目を光らせておかねえとまずいし、向こうにいれば美味い飯も食えるしな」

「じゃあ、今時間を下さい」

「あんた、図々しいねえ」遠藤が鼻を鳴らした。

「首がかかってるんですよ」三上は右手で首の後ろを叩いた。

「この前のマスコミとの一件かい？」遠藤が声をひそめる。

「結構なマイナスでした。それを取り戻すために、力を貸してくれませんか？」

「まあ……狭い家だけど、来るかい？」

「お邪魔します。手ぶらですけど」

「おっと、それじゃあ話せないな。せめてアイスぐらい奢ってもらおうか」

「……はあ」本気かどうか分からず、三上は曖昧な返事をした。

「最近、すぐ近くに新しいアイス屋ができたんだ。美味そうなんだが、若向きの店なんで、俺みたいなジジイは行き辛いんだよ」

「アイスだったら、女性向けじゃないんですか？　だったら俺でも同じだと思いますけど」

「つべこべいわずに奢れ」

そう言われると仕方がない。遠藤の案内で、駅のすぐ近くにあるアイスクリームの専門店に向かった。間口一間もない狭い店で、テークアウト専門である。メニューを見た限り、それほど変わった感じではないが……ただし、店頭には若い女性が数人群がっていて、遠藤が入りにくい雰囲気だということは分かる。

「どうしますか」

「バニラだな」

「そんな普通のものでいいんですか」

「最初は基本を試すんだよ。ピッチャーだって、まずストレートを磨く。ストレートが駄目なピッチャーは、結局プロでは通用しない」

言われるまま、バニラを二つ買った。一個四百円。コンビニで買うことを考えるとかなり高いが、専門店とはこういうものだろう。

そこから歩いて五分ほどで、遠藤の家に着いた。特に豪華とは言えない一戸建てで、それなりに年季も入っている。中に入ると、ひんやりした空気に体を包まれ、ほっとした。遠藤は冷房を入れたまま、買い物に出かけていたようだ。

「ちょっとそこで待ってな」ダイニングルームに入ると、遠藤がテーブルを指差した。三上はアイスクリームをテーブルに置き、まだ残っていたボトルコーヒーを一口飲んだ。その間、遠藤は買い物を冷蔵庫に片づけている。どうやらほとんどが飲み物らしい。実質的に寮に住んでいて、ここへ来る機会はあまりないはずだから、食材を揃えておいても意味がないのだろう。

「さて、いただこうか」三上の向かいに座った遠藤が、早速アイスクリームを食べ始める。一口舐めて、満足そうな笑みを浮かべた。「これはすごい。こんなに濃いアイスは初めてだ。健康なんか、クソ食らえだな」

「そうですか」

「あんたも食べな。食べないと、俺が食っちまうぞ」

「いただきます」どうしても食べたいわけではなかったが、遠藤に二つ食べさせるわけにはいかない。Tシャツ姿の遠藤の腹はぽっこり出ており、食べ過ぎには要注意という感じなのだ。

確かに美味い。濃厚だし、バニラの風味が際立っている。基本のバニラ味を徹底的に磨いたのか……遠藤の言う、ストレートを鍛え上げたピッチャーのようなものだろう。

「いやあ、生き返った」さっさと食べ終えた遠藤が、満足げな声を上げる。

「遠藤さん、ここへはしょっちゅう帰って来てるんですか？」

「いや、基本的には寮住まいだ。ただ、ろくに使ってない家でも放っておくと汚れるし傷むから、週に一度は掃除してる。後は避難所に使ってるだけだな」

「避難所？」

「今の若い選手はデリケートでさ。精神的にやられちまう奴は少なくないんだ。やばそうな時は、二、三日こっちへ避難させることにしてる」

「そこまでやるのも寮長の仕事なんですか？」

「他のチームのことは知らんけど、俺は昔からそうしてる」

「遠藤さん、チームに時間と力を使い過ぎじゃないですか？」

「だって他に、やることもねえんだから。鹹になるまで、あそこにいるよ」

そこまで入れこむのには、離婚が影響しているのかもしれないが……今はそういう話はしなくてもいいだろう。

「で？　あんたの話は何だ？」遠藤の方から切り出してきた。

「ジャスティスなんですが」

「絶好調でめでたい限りじゃねえか」

「あれ、石岡さんと練習した成果ですよね」

「だろうね」

「どっちが言い出したんですか？」岩村は、遠藤から「石岡主導」だったと聞き出している。

「さあ」

「さあって……夜の練習を許可していたのは遠藤さんでしょう？」

「そういうのは、言わぬが花なんだよ」

「何でですか」

「あんたらに話すと、マスコミにも伝わってしまう。こういう話を喜んで書くところもあるんだよな」

「マスコミが喜びそうな話なんですか？」

「俺なら泣くね。全米が泣いた、とか言ってもいいかもしれない」

「聞かせて下さい」三上は食い下がった。

「どうして」

「石岡さん、いろいろトラブルがあったのはご存じでしょう？　今は、来年大リーグへ戻るかどうかが問題になってます」

「本当のところ、どうなんだ？」逆に遠藤が探りを入れてくる。「東日スポーツには大リーグ復帰の記事が出たけど、その後続報もないし、どうなってるんだい」

「……戻ると思います」

「どうしてそう思う？」

三上はすっと息を呑んだ。遠藤と情報を共有していいものかどうか……しかし意を決して話した。

「石岡さんが、俺に直接言ったんです。来季は大リーグに復帰する、そのためにパイレーツで練習してるって」

「うちは踏み台ってことかい？」遠藤の目つきが険しくなった。

「マイナス的に考えれば、そうなりますよね」

「そいつは許し難いな。今まで散々パイレーツに世話になってきた恩を、仇《あだ》で返すつもりかね。あいつだって常勝寮で飯を食って、川崎スタジアムで必死に練習して、でかくなったんだぜ。今になって踏み台にされても」

「俺もそう思いました。でも、後で考え直したんです。プロってそういうものじゃないかなって……基本的に、まず『自分』じゃないですか。自分がきちんとプレーできてこそ、チームのために役立てる。とにかく石岡さんは、ここで自分を整えようとしているんだと思います」

「分かるけど、やっぱり身勝手過ぎると思うぜ」

「大リーグ復帰のことは聞いても、絶対に認めないと思いますけどね。たまたま俺には漏らしちゃったんじゃないでしょうか……そして、ジャスティスのことについては何も言わない」

「言わないだろうな。プライベートな話だから」

「二人、前から関係あったんですか？」

「いや、ないな。今年初めて会ったんじゃないか」

「それがどうして、師弟関係みたいになってるんですか？　ジャスティスが復活して一軍で活躍できてるのは、石岡さんが指導したからですよね」

「ジャスティスがそれについていけたからだ」遠藤が微妙に論点をすり替えて答えた。

「確かに大変だったと思いますが」昼間は試合をして、夜遅くから石岡と練習——プライドの高い外国人選手には、体力以外の問題もあったはずだ。しかしジャスティスはそれを乗り越え、見事に一軍に復帰した。

「二人は本当に、今まで知り合いじゃなかったんですか？」

「だと思うよ。直接は」

「直接は？」三上は細かい言葉に引っかかった。「間接的には知り合いだったんですか？」

「細かいこと、突っこむなよ」遠藤が嫌そうな顔をした。「俺は言わないことにしてるんだ。チーム内のことだからって、何でもかんでも情報共有しないといけないってことはないだろう」

「それは分かりますけど……」

「それがそんなに大事なことなのか？」

「石岡さんをパイレーツに引き止めたいんです。その材料になるかもしれません」

「どうかねえ」遠藤が顎を撫でる。「関係ないんじゃないかな」

「関係ないと思えるほど、事情は知ってるんですね？」

「ジャスティスはパイレーツを気に入ってる」

「ええ……」話がどこへ流れていくか、予想もつかない。「確かに、一軍に戻って楽しそうにしてます」

「ジャスティスは、結局大リーグでは芽が出なかった。しかし日本でなら、何とかやれそうだっていう感触を得ているんだよ。だから、去年の後半からの不調は応えている。それで必死になってるんだ。今年で三年契約が切れるけど、何とか来年以降も残りたいと思ってるんだよ」

「日本の他のチームでやれるかもしれないじゃないですか」

「外国人選手が、日本のあるチームから他のチームへの移籍ケースはまだ少ないぞ」

「確かに……そうですね」三上はうなずいた。

「だからあいつは、パイレーツにしがみつきたい。そのために必死になってたんだ。まあ、元々素質はある選手だから、弱点を矯正できれば何とかなるんだよ」

「ジャスティスの弱点は何なんですか？」

「外角低めの変化球」遠藤がうなずいた。「内角には滅法強いんだが、困ったら外にスライダーを投げておけば打ち取れる——去年、他のチームはそれに気づいたんだ。確か、そこの打率は一割を切ってる」

　今は、ストライクゾーンを九つに分けて、ゾーン別の打率を出すのが普通だ。その中で一割を切るというのは、あまりにも低い……プロのピッチャーなら、「そこに投げておけば安心」な弱点のあるバッターに対するのは、赤子の手を捻るようなものだろう。

「プロのバッターは、穴が一つでもあると、もうおしまいだからな。何とか外角低めの変化球を克服する——それが二人のテーマだった。石岡は外角低めに強いからな」

「じゃあ、ジャスティスの弱点を克服するために、石岡さんが指導したわけですか。でもそういうのは、コーチの役目でしょう」

「二軍のコーチが、何人の選手を見てると思う？　外国人選手一人につきっきりになるわけにはいかないんだよ」

「費用が発生してるとか？」

「石岡はそんなことで金を取るような男じゃねえよ」遠藤は本気で怒っているようだった。

「すみません……じゃあ、ジャスティスが頼んだんですか」どうしても遠藤に「石岡が呼びかけた」と認めさせたかった。

「だから、それは言えねえんだよ。二人と約束したから」

「俺が実情を知った方が、チームのためになるとしてもですか」

「個人的な問題だ。分かっても、石岡を引き止められる保証はない」

「そうですか……」

「情けない顔するなよ」

「俺もマイナスポイントを稼いじゃいましたし、何とかチームに貢献したいんです」

「そんなにパイレーツに愛着があるのかい？　本社からの異動なんだから、何もしなくても二年ぐらいすれば戻るんだろう？」

確かに……言われてみると、どうしてこんなにむきになっているのか、自分でも分からない。そもそも大リーグ好きで、日本のプロ野球にはほとんど興味もなかったのだ。実際に仕事してみても、石岡には悩まされ、プロジェクトIもまったく上手く進んでいない。苛立つことも多いのだが……JPミールにいたのでは味わえない興奮を頻繁に経験しているのも間違いない。いったい何なのだろう、この仕事は？

「あんたも、オールスター休みなのに大変だな。夏休みでも取ればいいのに」

「一応、今は夏休みなんですよ」

「休みなのに働くなんて、今時流行らないいんじゃないか」

「疲れてるのは、仕事のせいじゃないですよ」三上はつい打ち明けた。

「ほう」

「子どもが生まれたばかりなんです。夜泣きがなかなかすごくて、寝不足なんです」

「そいつはしょうがねえな。子どもは可愛いかい？」

「そりゃあ……」言いかけ、三上は言葉を呑んだ。遠藤は離婚している。子どももいないそうだ。離婚した後は、ひたすらチームに身も心も捧げてきたのだろう。昭和の野球人とはそういうものかもしれないが、侘しく感じないのだろうか。

「子どもか……家族はいろいろだよな」

「そうでしょうね」

「ジャスティスの家族のことは知ってるか？」

「いえ」

「そうか」遠藤が深々と溜息をついた。「アメリカの話だから、調べるのは難しいかね」

「それは、ジャスティスに直接聞けば……」

「そいつは、自分から地雷を踏みに行くようなもんだよ」

「遠藤さんは知ってるんですか」

「俺は本人から聞いたからね。でも、喋らねえぞ。喋るようなことじゃない」

「遠藤さん、ここで喋ってもらえば、後が楽なんですけど」

「楽しようとすると、ろくなことにならないぜ。少しは自分で調べてみろよ」

そんな適当なことを言われても……だいたい、アメリカ生まれの選手のことをどう調べるんだ？　遠藤に振り回されているだけのような気がしてならない。

第七章　消えた絆

親子関係って言ってもなあ……三上は頭を抱えながら自宅へ戻った。美咲は新太を連れて実家へ行っている。こんなに暑いのに乳児を外へ連れ出して大丈夫なのかと心配になったが、しっかりした彼女のことだから、ちゃんと対策を取っているだろう。

シャワーを浴びて汗を洗い流した。ほっとして、ビールでも呑もうかと冷蔵庫を開けてから躊躇《ため》らう。これから息子の教育費で金がかかるし、どこかで節約していかなければならない。それならまず、酒か……少なくとも家では呑まない、というルールを作ろうか。

代わりにペットボトルの水を持ってきて、ソファに腰かけてゆっくりと飲む。今日は野球なしの日か……明日から二日連続でオールスターゲームで、今日はプロ野球の試合はない。午後遅いこの時間だと、大リーグの試合中継もない——今年は一度も大リーグの試合を観ていないと気づく。去年までは、録画しておいた試合を夜に観たり、週末は試合に合わせて起きたりしていたのだが。時間がないせいもあるし、プロ野球の試合をずっと生で観ていて、お腹一杯という感じもある。パイレーツへ来る前にはなかった感覚だ。

手持ち無沙汰の状態に陥ると、どうしてもジャスティスのことが気になってくる。遠藤を説得して喋らせられなかったのは痛いが、何かヒントを摑んで彼にぶつければ、秘密を打ち明けてくれるかもしれない。

スマートフォンが鳴った。美咲か……そろそろ夕方だから、食事の話かもしれない。

「こっちへ夕飯食べに来ない？」

「そうだな……」歩いて二十分、自転車で十分。大した距離ではないが、外はまだ炎天下である。せっかくシャワーを浴びたのに、また汗をかくのも嫌だったが、家で一人、素麵《そうめん》を啜るのも味気ない。「ちょっと遅くなってもいいかな。もう少し涼しくなってからじゃないと、出る気になれない」

「じゃあ、八時ぐらいにする？　私たちは先に食べてるかもしれないけど」

「いいよ——新太、大丈夫だったか？　暑くて大変だっただろう」

「ごめん、タクシー使っちゃった」

「ああ……」今の自分たちにはタクシーは贅沢《ぜいたく》だが、母子揃って熱中症になるよりはましだ。

「じゃあ、八時ぐらいに行くよ。それまで、家で調べ物してるから」

「分かった」

電話を切って、そう言えば夕飯のメニューを聞かなかったな、と思い出す。まあ、いい。美咲の実家の飯は美味いから……夕飯の時に呑むビールの喉越しを想像しながら、三上はノートパソコンを取ってきた。どこまで調べられるか分からないが、やってみよう。

ジャスティスに関するニュースは、それほど多くなかった。ドラフト二十九巡目指名の選手は、さほど注目されるものではないのだろう。指名された時、入団が決まった時には、フロリダの地元紙はキャリアなどを詳細に書いていたが、それはあくまで成績中心……ただ、ふと気になった。家族の話は「地元で高校教師をしている母・カタリナに育てられ」としかない。ひとり親っぽい書き方だ。アメリカでは、さほど珍しいことではないだろうが。そう言えば、以前父親のことを聞いた時に、話をはぐらかされたのを思い出す。

カタリナ・ジャスティスという名前で検索を試みる。フェイスブックのページが見つかり、彼女が今でもフロリダの高校で教師をしているのが分かった。メッセージを送ってみたら、何か手がかりは摑めるだろうか？　いや、怪しまれる可能性が高い。

卒業した高校のことを調べ、ジャスティスを教えたコーチが今もいることを確認する。彼に関係した人の名前は少しずつ分かってきたが、直接会って話が聞けない以上、どうしようもない。もどかしい……と思った時に、いいアイディアを思いついた。しかし向こう——ニューヨークはサマータイム実施中で、まだ朝の四時ぐらいのはずである。いくら何でも電話はできない。とはいえ気になるから、できるだけ早く連絡を取りたかった。

こちらの夜十一時が、向こうの朝十時ぐらいだ。それぐらいの時間に連絡を取れば、話はできるだろう。できれば顔を見て……と思って、三上はメールを送った。Ｚｏｏｍででも話せれば一番いいのだが、仕事の途中では難しいかもしれない。

取り敢えず手は打った。後は連絡を待ちながら、さらに調査——三上は再度ネットの海に潜った。


食べ過ぎた……夏バテ防止にはいいかもしれないが、コロッケ、エビフライ、野菜のフライと揚げ物攻勢で、胃が悲鳴を上げている。後で胃薬を呑んでおいた方がいいかもしれない。その前に食後の腹ごなしをしようと、家へ帰る道すがら、三上は新太をずっと抱いていった。九時を過ぎてさすがに暑さは落ち着いてきていたが、新太の体温を胸に感じているのでやはり暑い。これでまた汗をかくなと思いながら、ようやく自宅へ戻った。美咲がドアを開ける瞬間、スマートフォンのメール着信音が鳴る。おっと、もう反応してくれたのか——しかし両手が塞《ふさ》がっているので、ジーンズの尻ポケットに入れたスマートフォンが取り出せない。

家に入って美咲に新太を預け、着信を確認する。予想通り、ＪＰミールの同期、松崎《まつざき》だった。三上と同様の野球好きで、一度など夏休みを合わせて、二人でアメリカへ観戦ツアーに行ったことさえある。そして松崎は入社当時の希望通り、去年の春にニューヨーク支社に赴任していた。営業畑の人間には、海外赴任のチャンスがある……。

メールには、Ｚｏｏｍのリンクが貼ってあった。急いでパソコンを立ち上げ、さらにスマートフォンで「十分後にミーティングＯＫ」のメッセージを送る。

「大丈夫？　まだ仕事？」美咲が心配そうに聞いてくる。

「ちょっとね。松崎だ」

「あら、松崎君？　まだアメリカでしょう？」

「ああ。Ｚｏｏｍで打ち合わせをするけど、リビングでいいかな」

「いいわよ。新太を寝かしておくから」家に帰って新太は目覚めてしまい、またぐずっていた。

美咲は寝室のドアを閉めてくれた。新太の泣き声が漏れてくるが、ヘッドセットを使うから問題ないだろう。時間になったのでＺｏｏｍを立ち上げる。すぐに松崎も入ってきたが、スマートフォンを使っているらしく、彼の動きはカクカクしていた。

「大丈夫か？　仕事は？」

「もう一仕事したよ」松崎はだいぶ日焼けして、顔が少し丸くなっていた。一年間のニューヨーク生活で太った感じである。独身だから、アメリカのジャンクフードばかりを食べ続けているのかもしれない。

「こんな早く？」

「最近、朝七時に出勤してるんだ」

「七時？」それでは「早番」のようなものではないか。

「それで夜は残業しない——残業の前倒しみたいな感じかな」

欧米のサラリーマンは、朝早く出社するのを好むと聞いたことがある。その代わり、午後四時ぐらいには仕事を終え、あとは家族との時間を大事にする。パイレーツの広報にいる限り、あり得ない勤務だ。

「で、何かあったか？」

「ちょっと頼みがあるんだけど」

「グッズか？」

そうくるか、と思わず苦笑してしまう。実際には、現地にいる松崎に「グッズを仕入れてくれ」と頼んだことは一度もないのだが。

「いや、そうじゃないんだ」

「夏休みでこっちへ来るのか？　チケットの手配ぐらいなら、そっちでもできるだろう」

「無理だよ。今、こっちはオールスターで短い休みを取ってるだけなんだ」

「さすがに、パイレーツの広報だと長い休みは取れないか」

「ああ……それで、ちょっと調べていることがあるんだけど、こっちではよく分からないんだよ。現地なら調べられるんじゃないかと思ってさ」

「野球関係か？　俺、そっち方面は好きなだけで特別な伝手《つて》はないけど」松崎が少し不安そうに言った。

「うちに、ジャスティスっていう若手がいるんだけどさ」

「ああ、最近、いいみたいじゃない。復活かな」

「そんなことまで把握してるのか？」

「成績ぐらいはね」

松崎は大リーグファンというより、重度の野球マニアだ。高校野球からプロ野球、大リーグまで情報網を広げて楽しんでいる。アメリカにいても、日本のプロ野球のデータは収集しているのだろう。

「ジャスティスがどうかしたのか？」

「彼がアメリカでどんな育ち方をしたのか、知りたいんだ。家族の関係とか……」

「いやいや、ちょっと待てよ」松崎が一瞬絶句した。「分かるわけないだろう。俺に探偵みたいな真似《まね》をしろっていうのか？」

「探偵というか、新聞記者だな」

「いや、しかし……」

「こっちでも新聞記事なんかは漁《あさ》ってみたんだけど、はっきりしたことが分からないんだ」

「彼、出身は？」

「フロリダ。例えば、フロリダに出張に行くこと、ないか？」

「急に言われても、ないよ」

「これは、来年以降ジャスティスと石岡さんがパイレーツに残るかどうか、重要な問題なんだ」

「石岡が？」

「石岡、さん」

訂正すると、松崎が鼻を鳴らして、白けたように言った。

「お前は内輪の人間だから敬称つきかもしれないけど、俺はただのファンだから」

「親会社の人間だから、関係者じゃないか」

「面倒臭いこと言うなよ」

三上は、これまでの石岡の状況を説明した。話が進むうちに、松崎は急に興味を惹《ひ》かれたようだった。

「石岡、来年こっちへ戻らないのか？　俺はメジャーで観たいけどなあ」

「パイレーツとしては、来季以降もプレーしてもらいたいんだ」

「パイレーツで引退して、そのまま監督か……まあ、今のパイレーツには、石岡以外にスターがいないし、そういう流れは自然だよな」

「社運がかかってるんだ。プロジェクトⅠ」

「その名前はダサくねえか？」

「俺が決めたわけじゃないから」

「フロリダか……あのさ、家族に話を聞くのは難しいと思うんだ。俺がどういう立場で会いに行っても、向こうは変だと思うだろう」

「確かにな」変ぐらいならいいが、怪しまれたらまずい。

「……例えば、高校のコーチなんかどうかな」

「ジャスティスを教えていたコーチは、今も母校にいるそうだよ」

「そいつはいいな」松崎の表情が少しだけ明るくなった。「そういう時、パイレーツの名前を出していいかな」

「構わないけど、それでピンとくるかなあ」松崎はあくまでJPミールの社員……日本なら「球団の親会社のものです」と言えば誰でも分かってくれるだろうが、球団が独立採算のアメリカで通じるとは思えない。

「資本参加している会社とか言えば、納得してもらえるだろう。あるいは、友人のパイレーツの職員に頼まれたって、正直に言ってもいい。その辺、俺の交渉能力を信じろよ」

松崎は、同期の中では「営業のエース」と呼ばれていた。相手の懐に入りこむのが上手く、しかも数字に強い——野球のデータを分析する中で育った能力かもしれない——ので、いざ商談になったら相手を上手く説得できるのだろう。そういう能力を、聞き込みでも発揮してくれるだろうか。

「やってくれるか？」

「すぐには無理だぜ。フロリダで商談があるわけじゃないから、夏休みを使うよ」

「フロリダなら、二チームか」レイズとマーリンズ。ジャスティスの出身高校は、レイズの本拠地に近いクリアウォーターにある。

「じゃあ、観戦ついでにちょっと話を聞いてくるよ。ただ、アメリカの高校は夏休み中だし、相手が摑まるかどうかは分からないけど」

「頼む。何かで必ずお礼するからさ」

「どうせまたそのうち、こっちへ来るんだろう？　その時に、でかいステーキでも奢ってくれればいいよ」

「いや、しばらくアメリカには行けないよ」

「そんなに忙しいのか？」

「それもあるけど、子どもが生まれたんだ」

「初耳だ。何で言ってくれなかったんだ？」

「今時、そんなことをわざわざ言う奴はいないだろう」三上は苦笑した。

「そっか」

「でも、いずれはピッツバーグで仕事がしたい。それは諦めてないんだ」松崎には以前から語っていた夢だった。

「その時は、チケットで便宜を図ってくれよ」

「お安い御用だけど、実際に行けるかどうかは分からないな」

「頑張れよ。夢を諦める年齢じゃないぜ」

こいつはどうしてこんなに前向きなのだろう。海外で営業をやっていれば、巨額の金が動くシビアな取り引きもあるだろう。その商談が決裂して、目の前から金が逃げていくような場面にも遭遇しているはずだ。しかしめげない。持ち前の明るさで乗り越えているのか、何度もそういうことを経験して慣れてしまったのか。

お互いに、歩む道はずいぶん変わってしまったと思う。野球好きという共通点は今でも変わらないが、いつまでこういう話をできることか。

「しかし、お前が羨《うらや》ましいよ」溜息をつきながら松崎が言った。

「どうして」

「野球を仕事にできてさ。やりがいがあるんじゃないか」

「好きなことを仕事にしていいかどうか、分からないな。趣味は趣味のままの方がいいのかもしれない」だから最近は、大リーグ行きもどうだろうと躊躇うことがある。プロ野球は仕事になった。しかし大リーグは趣味のまま、夢のままの存在として残しておくべきではないか。

「俺にすれば、羨ましい限りだけどなあ。趣味を仕事にできる人なんて、滅多にいないいんだから」

実際は人間関係で揉まれ、面倒なことばかりだ。巨大企業のＪＰミールには様々な人がいるが、「この人だけは絶対に合わない」という人はいなかった。対外的には……マスコミの人間はいかにも傲慢《ごうまん》そうだが、経済関係の記者には常識的な人が多かったと思う。今は、それとはまったく違う世界で困っている。自分に合っているか合っていないか、自分でも分からない。


オールスター明け、厳しい後半戦が始まった。オールスター前、パイレーツは四位——Ｂクラスで前半戦を終えていたが、首位のスターズとは六ゲーム差。まだまだ諦める感じではない差である。ただしパイレーツは、戦力不足が否めない……オールスターを契機に、編成部は一、二軍の選手をかなり入れ替えた。ペナント争いを諦め、若手に経験を積ませようというわけではなく、若手の力を刺激にしてチームに活を入れようという狙いのようだ。

そして三上には、また新たな使命が課された。「アベックホームラン弁当」の企画が本格化し、石岡にコメントを取るように指示されたのだ。

見本の弁当を持って、恐る恐る試合前の食堂で石岡を摑まえる。珍しく弁当を持ってきていなかったのは幸いだったが、果たしてこれを食べてくれるか……。

「いいよ」石岡があっさりＯＫしたので、三上は気が抜けてしまった。石岡弁当の時は、あんなに嫌がっていたのに。

「本当にいいんですか」

「どうせ飯は食べないといけないから」

石岡が、本当に弁当を食べ始めた。三上は彼の前に座り、緊張しながらその様子を見守る。まったく無言、表情も変わらない。そもそも「味」にはこだわりがないのかもしれない。栄養バランスだけを考え、体を作るためにとにかく食べておかなければいけないもの、ぐらいに思っている人は案外多い。

「どう……ですか」恐る恐る訊ねる。

「これでいくら？」

「千八百円です」

「高くないか？」

まさか石岡が値段を批判するとは。驚いたが、三上は急いで話を合わせた。

「ハンバーグが二つで三百グラムですから、それぐらいにはなります。そうでなくても、球場の食べ物や飲み物は高めの設定なんですよ」

「まあ、メジャーの球場でもそうだよな」

「ホットドッグが十ドルして、びっくりしました。大して美味くもないのに」

「それは否定できないな」

「石岡さんも球場のホットドッグ、食べたりするんですか？」

「どんな味かと思って試したことがあるけど、基本的にしょっぱいだけだな」

「それに比べたら、うちの弁当は上等だと思いますけど……このアベック弁当は、ＪＰの子会社が調理と販売を担当してます」

「そうか」結局石岡は、綺麗に平らげてしまった。

「値段については、検討の余地はあると思います。味はどうでしたか」

「悪くないけど、子ども向きだな」

「こういうのは、子どもさんに食べてもらわないと……」

「こいつを食べて体が大きくなれば、いい野球選手になれるかもしれない」

「それ、いただいていいですか」三上はすかさずメモ帳を取り出した。

「ああ？」

「石岡さんのコメント。売り文句として使いたいんです」

「前にもそんなこと、言ったな」

「石岡弁当の時は、コメント拒否でしたね」三上はつい皮肉を吐いてしまった。そのせいもあって、結局石岡弁当は実現しなかった。

「それで？　このアベック弁当のコメントはどうするんだ？」

「これを食べてパワーアップ、とか。あるいは君もプロになれる、とか」

石岡がかすかに笑った……ようだった。こんなことで調子に乗るなよ、と三上は自分を戒める。この人が、そんなに急に気を許すわけがない。

「君も、コピーを作る才能はないな」

「すみません、広報は事実を伝えるだけなので……商品開発の方と相談して決めたら、また見てもらえますか」

「時間があれば、な」

石岡は席を立ち、さっさと食堂を出て行った。入れ替わりにジャスティスが入って来る。二人は二言三言言葉を交わしたが、特に親しげな様子は感じさせない。

三上はジャスティスに声をかけ、同じように弁当を試食してもらった。普段、ジャスティスはホームゲームの試合前にはよくうどんを食べているのだが、弁当を見ると嬉しそうに食べ始めた。箸の使い方も様になっている。

「美味いよ」顔を上げると、本当に美味そうに笑みを浮かべる。

「よかった……それで、こういうデザインのパッケージにして売り出そうと思ってるんだ」

三上は、沙奈江にもらったデザインの見本を取り出して見せた。

「これ、俺かい？　クールだね」

「そう。君とミスタ・イシオカの二人。ベーブ・ルースとルー・ゲーリッグみたいなものだね」

「それは言い過ぎだと思う」ジャスティスが苦笑する。

「ウィリー・メイズとウィリー・マッコビーとか。マニー・ラミレスとディヴィッド・オルティスのコンビもいる。今ならトラウトとオオタニかな」

「まあ、そういう風に言ってもらうのは嬉しいけどね」

「それで、味についてのコメントをもらえないかな。それを宣伝文句にして売り出したいんだ」

「コメントか……味のコメントは難しいね」

「こういうハンバーグって、アメリカでは食べないだろう？　ハンバーガーの中身ぐらいで」

「確かにね。日本で食べて驚いたよ。これだけでも美味いもんだね。カレーのトッピングにも最高だけど」

屈託のない笑顔……ここでもカレーか。ある意味徹底していると三上は苦笑した。

二人はしばらく話し合い、ジャスティスのコメントを作り上げた。「メジャー級のボリューム」という陳腐なものだが、これも仕方がない。自分もジャスティスも、コピー作りのプロではないのだ。

「高校時代って、どんな感じだった？」三上は話題を変えた。

「どんなって言っても。大昔の話だから」ジャスティスが肩をすくめる。

「コーチが、すごい人なんだろう？　大リーガーを三人も育てて る」

「よく知ってるね。だから俺は、落ちこぼれなんだ。メジャーには行けなかった」

「でも、日本で成績を残している」

「まだまだ」ジャスティスが首を横に振った。

「将来は大リーグに行きたいと思ってる？」

「今いる場所で全力を尽くすだけだよ」

とはいえ、ここで満足しているわけではあるまい。ジャスティスはまだ若い。これから「再上陸」や「逆輸入」のような形での大リーグ挑戦を狙っていてもおかしくないだろう。

少し前に気づいたのだが、ジャスティスの代理人も藍川である。藍川はアメリカ国内の四大スポーツ——野球、バスケット、アメフト、アイスホッケーに加え、ゴルフやテニスの選手も顧客に抱えているのだが、自身が日本人という出自を活かし、日本人選手のアメリカ移籍、アメリカで活躍するアスリートの日本への紹介で真価を発揮すると言われている。ジャスティスも、トリプルAから日本への移籍の時に、藍川と契約を結んだようだ。

代理人が同じということは、何らかの形で以前から石岡と知り合いだった可能性もある。しかし知り合いというだけで、石岡がコーチ役を買って出るとは思えなかった。

「じゃあ、準備があるから」ジャスティスが立ち上がった。弁当がらを丁寧に取り上げ、ゴミ箱に捨てる。そう言えば石岡はそのままテーブルに残して行った——ジャスティスの方が、よほど礼儀正しい。

何とかアベック弁当の一件が上手くいきそうなので、ほっとして三上も食事を済ませておくことにした。選手用のこの食堂は、メニューは少ないものの味は上々で、工夫を凝らした料理も出る。今日の日替わりうどんは「辛子《からし》肉味噌《にくみそ》冷やし」。ジャージャー麺のようなもので、三上は何度か食べて気に入っていた。それに握り飯を一つ……普通の勤め人と時間がずれた食事にも、すっかり慣れてしまった。

わずかに辛味を感じる冷やしうどんを食べていると、鹿島が前に腰かけた。食事ではないようだ……三上はやけに緊張した。

「石岡さん、最近ちょっと様子が変わったんですけど、何かあったんですか？」不思議そうな表情で鹿島が訊ねる。

「いや……別に聞いてないけど。変わったって、どういうこと？」

「他の選手と普通に話してる。前はそんなこと、全然なかったのに」

「確かに」

「俺は相変わらず無視されてるんですけどね。それはそれで嫌な感じ……でも、気持ち悪くないすか？　あんなに無愛想で、他の選手なんか存在しないように振る舞ってた人が、何で急に変わったのかな」

「それは分からないけど……調子がよければ機嫌もよくなるんじゃないかな」

原因の一つは、家族の問題ではないかと三上は想像していた。子どもがアメリカでも夏休みに入ったので、家族が横浜に来ているのだ。何だかんだで、単身赴任では無理を強いられただろうし、家族が近くにいれば心強いはずだ。食生活だってだいぶ改善されただろうし、好調の原因はその辺りにあるのではないだろうか。

「まあ……何か気味悪いですけどね」鹿島が居心地悪そうに言った。

「そう言うなよ。何だったら、君の方から話しかけてみればいいじゃないか。今だったら受け入れてくれるかもしれないよ」

「それも怖いですけどねえ。やっぱりあの人、苦手ですよ」

「同じチームなんだから、そんなことも言ってられないだろう」

「まあねえ」

曖昧に返事して、鹿島が食堂を出て行った。三上はそそくさと食事を終えたが、どうも釈然としない。石岡は確かに変わった。自分との関係の変化は、マスコミとの本格的な衝突がきっかけだったわけだが、あの件は他の選手とは関係ないだろう。となると……もしかしたら本当に大リーグ復帰が有力になってきたのかもしれない。そうなっても、三上としては引き止める上手い方法を思いつかない。石岡は、どうしても大リーグの方に惹かれるのではないだろうか。年俸は向こうの方がはるかに高額だろうし、何よりアメリカには家族もいる。こちらで、現役引退後の監督就任を密約として持ち出しても、石岡自身が興味を持っているかどうか。

そんなことを考えていると、長泉と編成部長の岩村が連れ立ってやって来た。二人とも表情は渋い。三上を見つけると、すぐに前に座った。先輩と大先輩を前にして、さすがに緊張してしまう。

「最近、石岡とは上手くやれてるみたいだな」岩村が切り出す。

「何とか話はできてます」

「シビアな話はできそうか？　というか、シビアな話を軽い話題にできるか？」

「何の話ですか」

岩村が周囲を見回した。既に選手たちの姿はない。今は球団スタッフが数人、食事をしているだけだった。しかし他人に聞かれるのが嫌なようで、岩村はぐっと身を乗り出してきた。

「大リーグ復帰の話、やっぱり本当らしい」

「この時期に、もうそういう交渉話が出るものなんですか？」嫌な緊張感を覚える。

「それはあるさ」岩村が認めた。「大リーグのスカウト網は常に動いているし、一年先、二年先を見据えて戦力の整備を計画している。さすがにシーズン途中の移籍はないだろうけど、来季は本当にまずいかもしれない」岩村の表情は深刻だった。「それで、ちょっと石岡に探りを入れてくれ」

「何でですか」今日はまともに話ができたのだが、難しい話になると会話が成立するかどうか、自信がない。

「あいつは本当に、監督をやる気はないんだろうか」

「ああ……」そもそもそれが、プロジェクトⅠの最終目的である。「考えてない、と言ってましたよね」

「そこをさりげなくプッシュしてくれないか」

「それは、岩村さんがやった方が上手くいくんじゃないですか」三上はさすがに及び腰になった。そんな重要な話を、自分が聞き出せるだろうか。

「雑談ベースでいいんだよ。あいつだって、今の段階では具体的に監督をやりたいなんて言わないだろうし。ただ、将来的に興味を持っているかどうかぐらいは、分かるんじゃないかな。その気があるなら、俺の方からもう少し具体的に話してみる」

「ご家族の問題もあるんじゃないかと思います」三上は言ってみた。「石岡さんが調子を上げてきたのは、夏休みでご家族がこっちに来ているからじゃないかと思うんです。それだけ家族が大切なものじゃないかと……ご家族がこれからもアメリカで暮らすとしたら、向こうで一緒にいたいと考えるのが普通じゃないでしょうか」

「しかし、プライベートなことは絶対に言わない男だからな」岩村が渋い表情を浮かべる。「俺の想像だが、敢えてチームに溶けこもうとしてないんじゃないかと思う。人間だから、情が生まれれば別れにくくなる。チームメートと一定の距離を保っておけば、アメリカへ戻る時も気は楽だろう」

「でも最近、若い選手とも話すようになってきたみたいです」

「らしいな」岩村がうなずく。「その辺は、北野監督やコーチから聞いてる。でも、本人に直接確認してみたいところだ。そろそろ君も、突っこんだ話をしてみてもいいだろう」

「分かりました」

「あいつは、日本のプロ野球でならまだまだやれると思うんだ。日本でやれば、これからもいい成績を残せると思う。そういう風に考えて欲しいんだよな」

果たしてそう上手くいくだろうか。日本から大リーグへ挑戦する選手も増えた。数年で日本に戻って、引退するまで日本の球団でプレーする選手、大リーグで数球団を渡り歩いて、最終的に向こうで現役生活を全うする選手――野球人生は様々だ。石岡はどうだろう。三上自身には、大リーグで野球人生を終えて欲しいという気持ちがないでもない。パイレーツの職員という立場では言ってはいけないことだが、根っからの大リーグファンとしては、やはり日本のプロ野球よりも大リーグを上に見てしまう。

オールスター明け、後半戦の開幕ゲームは荒れた。序盤から両チームが点を取り合う展開になり、八回終了時で、スターズが10対9で1点リード。監督の北野は、まだチャンスありと見て抑えの川端を投入し、九回表のスターズの攻撃を0点に抑えた。そして九回裏、パイレーツ最後の攻撃……九番からだったので、川端には代打が送られる。故障明けでこの試合から一軍に合流してきたフェルナンデスが慎重に選んで四球で出塁。すぐに代走が送られ、一番の本島《もとじま》が送りバントを決めてワンアウト二塁となった。スターズの守護神・舟橋《ふなばし》の調子は、今日はイマイチ――打席に入った二番のジャスティスは、初球攻撃に出た。外角低め、本来弱点だったコースに投じられた変化球にバットを合わせ、綺麗な流し打ちで一、二塁間を抜く。二塁走者が一気にホームインし、同点。

首位チームを窮地に追いこむ試合展開に、ベイサイド・スタジアムのスタンドを埋めた観客が大声援を送り始めた。打席には三番の石岡――大「石岡」コールが鳴り響く中、石岡はまったく冷静で普段と変わらない様子に見えた。一塁ベース上でジャスティスが両手を何度も叩き合わせる。同点打を打って、明らかに興奮していた。

石岡はじっくりと舟橋と対峙《たいじ》した。初球、外角低めのストレートを見送り。二球目、三球目は外角への変化球だったが、簡単にカットした。

そこからの粘りが石岡の真骨頂と言えるだろう。内角ぎりぎりの落ちるボールを見極めて見送り、五球目の外角への変化球にもバットを出さない。ツーボールツーストライクの平行カウントになった後、三球続けてファウルにした。

そこで一度打席を外し、頬を大きく膨らませてバットを見つめる。「頼むぞ」と祈りを捧げているようでもあり、単にグリップを確認しているだけのようでもあった。

　マウンド上の舟橋は追いこまれている。右腕からの豪球とカットボールを武器に、不動の守護神として今シーズンもここまで二十セーブを上げているのだが、今日は明らかに石岡の「気」に呑みこまれていた。これがベテランならではのすごみというものかもしれない。舟橋はしきりに汗を拭いながらマウンドをスパイクで均《なら》しているが、逃げ場を探しているようにしか見えなかった。

　石岡が打席に戻る。腕組みしながらモニターを凝視していた長泉が「終わったな」とぽつりとつぶやく。

「え？」

「勝ったよ。さすがに今日は、石岡にお立ち台に立ってもらわないとまずいぞ」

「何でそんなことが――」

　長泉の「予言」は当たった。舟橋の九球目、勝負をかけたストレートは、内角膝元をえぐる。石岡はコンパクトなスウィングでボールを捉えて引っ張った。打球はレフトスタンドへ――小さなモニターでは打球の行方はすぐには確認できなかったが、ダグアウトの方から波のような歓声、そして選手たちの雄叫びが聞こえてきて、サヨナラホームランになったと分かった。モニターにもう一度視線を向けると、ちょうどレフトスタンドが映っている。スターズファンが大挙して陣取っているところなので、球場に溢れる大歓声とは裏腹にお通夜のような様子だ。しかしダイレクトに打球をキャッチしたファンがいたようで、カメラがぐっとズームインしてそこを抜く。小学生らしい男の子……スターズのキャップを被ってはいるが、ホームランボールをキャッチするのはなかなかできることではないから、興奮してぴょんぴょん飛び跳ねている。周りの大人たちは、苦笑しながら嫌そうに拍手をしていた。

「お立ち台、ちゃんと説得しろよ」言い残して、長泉がダグアウトに入る。石岡は受け入れてくれるだろうか……不安を抱きながら、三上もダグアウトに入った。

ダグアウトの中は大騒ぎになっている。これで首位のスターズまでは五ゲーム差。背中が見えてきた感じで、この試合が上位進出への足がかりになるかもしれない。選手たちは全員グラウンドへ飛び出して、ホームインするジャスティスと石岡を出迎えている。監督の北野はまだベンチに座ったまま……キャップを目深に被り、腹の上で手を組み、居眠りしているようにも見えた。コーチに促されるとようやく立ち上がり、拳で腰を三度叩く。まるで負け試合のような雰囲気——ピッチャーを大勢使ってしまった打撃戦は、疲れるものだろう。明日以降のピッチャーのやりくりで、既に悩んでいるのかもしれない。

石岡とジャスティスが、並んで戻って来た。三上はすぐに二人に「お立ち台、お願いします」と声をかけた。石岡は一瞬嫌そうな表情を浮かべたが、すぐにうなずく。一方ジャスティスは満面の笑みで、いきなり甲高い声を発した。興奮マックス、というところだろう。

二人をお立ち台に誘導する。すぐにヒーローインタビューが始まった。石岡がお立ち台いに立つのは久しぶり……彼がなかなかここに出てこないことが分かっているアナウンサーも緊張していた。

「パイレーツ、見事な逆転サヨナラでした！」それでもプロらしく声を張り上げ、スタンドの歓声を呼びこむ。「それではまず、同点打を放ったジャスティス選手からです。おめでとうございます！」

「アリガトウゴザイマス」日本語で言って、ジャスティスが右手を高々と突き上げる。そこから先は、通訳が入った。

「ワンアウト二塁、狙っていましたか？」

「力まないように、最悪ランナーを進められるように意識しました。いいところに飛んでくれました」

「今日は三回にもスリーランホームランを放っています。絶好調ですね」

「チームがいい波に乗っているので、乗り遅れないように」

当たり障りがない質問と答え――もっとも、外国人選手の場合はこんなものだ。もっと複雑なことを言っている時もあるのだが、通訳が上手くカットしたり意訳したりして伝えてしまう場合も多い。

「続いて、サヨナラホームランの石岡選手です」

ごうっと渦巻くような歓声と拍手。アナウンサーも、それが収まるまでしばらく待たねばならなかった。

「打ったボールは？」

「内角の落ちる球でしたね」

三上にはストレートに見えたが……石岡はなおも、三味線を弾くつもりなのだろう。上手く打ったボールは全てスプリットなどの落ちるボール。だから俺に、落ちるボールは通用しないぞ――そうやって、苦手な球種を排除しようとしている。

「同点になって、サヨナラのチャンスでした。あの場面では、どんなことを考えて打席に入りましたか？」

「取り敢えずランナーを溜めてプレッシャーをかける――それだけですね」

「粘りました」

「球数を投げさせるのも狙いでした。今日はちょっとコントロールに苦しんでいたようなので」

「結果的に、狙い澄ました一撃になりました」

「取り敢えず、勝ってよかったです。今日は疲れました」

そこで笑いが湧き上がる。インタビューは無事終了――シーズン初めの頃に比べると、別人のような愛想のよさだった。いや、愛想がいいわけではないが、普通にインタビューが成立しているだけで驚きだ。最後に写真撮影に応じる時も、笑顔さえ浮かべてみせる。ジャスティスと二人で万歳――こんな場面がスポーツ紙に載るのは、今年初めてだろう。

無事にヒーローインタビューが終わり、三上はロッカールームに戻った石岡を摑まえた。

「お疲れ様です」

石岡は何も言わず、うなずくだけだった。実際疲れているようにも見える。今日は四時間近い長丁場だったから、実際に疲労困憊《こんぱい》だろう。

「ヒーローインタビューは終わりましたけど、いつものコメントもお願いします」

またうなずき、石岡がユニフォームを脱いだ。アンダーシャツ一枚の格好で自分の椅子に腰を下ろし、ミネラルウォーターをぐっと飲む。大きく息を吐いて、「さっき、お立ち台で全部喋ったよ」と言った。エネルギーを完全に使い果たしてしまったようにも見える。

「そう言わずに……ペナントレースでも、転換点になる試合があるじゃないですか。これがそうなるんじゃないですか」

「それは後で分かる――結果論だろう」

「石岡さん、メッツ時代にもこういう試合があったじゃないですか。フィリーズ戦で、12対10の乱打戦。最後は石岡さんが逆転3ランを打って勝負が決まった」三上はその試合をテレビ観戦していた。

「そんなこともあったな」

あれは石岡の大リーグ一年目――七月の試合だった。それまで下位に低迷していたメッツはその試合をきっかけに勢いづいた。石岡が大リーグに受け入れられるきっかけになる試合だったと言ってもいいだろう。結局メッツはその年、プレーオフまで進出した。

「今日の打席と試合を総括して下さい」

「ジャスティスとのアベックホームラン、何回目だ？」

「四回目」

「ジャスティスが打ってよかったよ。一時は逆転するスリーランだったし、最終回は同点打だ。今日のヒーローはあいつだよ。ジャスティスに同点打を打たれて、舟橋は明らかに動転していた。何だかんだ言って、まだルーキーだからな。これであいつは、潰れるかもしれない。うちにもチャンスが出てくるよ」

「それ、コメントにしちゃっていいですか」

「馬鹿言うな」石岡が急に真顔になった。「相手を変に刺激するようなコメントは駄目だ」

「じゃあ、どうします？」

「打ったのは内角低めのスプリット。落ちが甘かったと思う」

「ストレートでしたよね」三上は指摘した。「スプリット対策、もういいんじゃないですか？そういうのって、どこまで効果があるんですか？」

現在はプロ野球チームの本拠地では、どこでも動作解析システムの「ホークアイ」が導入されており、投球、打球それぞれの細かい分析が行われている。さらにスコアラーが、人間の目で情報を補正する。いくらバッターが「打ったのは落ち損ないのスプリット」と主張しても、実際には棒球になったストレートだとすぐに分かってしまう。

「いいんだよ。言うのはこっちの勝手だから」

「あまり効果があるとは思えません」

「いいんだ」石岡がむきになって繰り返す。

「まあ……いいですけど」三上は譲った。「他には？」

「疲れていたから、早く試合を決めたかった」

「それ、いいんですか」

「構わないよ。年寄りの戯言《ざれごと》だ。正直、こんな滅茶苦茶な試合を総括しろって言われても困る」

「確かに、そういう試合でしたね。監督は大変だったと思います」

石岡がちらりと監督室のドアを見た。肩をすくめたが、何も言わない。

「こういう試合のピッチャーのやりくりとか、地獄でしょうね」

「それは投手コーチの仕事だよ」

「でも、責任者は監督ですから」

「そりゃそうだ」

「大変だけど、プロ野球の監督って、やっぱり男の夢ですよね。監督、オーケストラの指揮者
……あと一つあったと思うけど、何でしたっけ？」

「知らないよ」石岡が鼻を鳴らした。

「石岡さん、監督に興味ないですか」

「ないね」一瞬の迷いもない言い切り方だった。

「そうですか？　若い選手を自在に動かして試合を組み立ててみたいとか、思うようになりませ
ん？　俺だったらやってみたいですね」

「素人さんこそ、そんな風に言うもんじゃないかな。実際に近くで見てると、監督なんかやるも
んじゃないと思うよ」

「そうですか？」

「大リーグのヘッドコーチの仕事って、何だと思う？」

「それは、監督をサポートして作戦を組み立てて――」

「違う、違う」石岡が首を横に振った。「試合終盤に胃薬と水をさっと監督に差し出して、試合
後には酒を呑みながら愚痴を聞くことだ。俺は胃薬のお世話になりたくないし、自棄酒《やけざけ》も呑みた
くない。そもそも酒は呑まないし」

「……ですね。でも、監督をやってくれって言われたらどうします？」

「断るだろうな――今は」

「今は？」

「つまらない話、するなよ」石岡が立ち上がり、アンダーシャツを脱いだ。「さっさと記者連中
に話してこいよ」

「そろそろ、試合後の直接取材にも応じたらどうですか」

「それはできない」

「今日もジャスティスと練習ですか」

二人が一軍に上がって以来、ホームゲームの試合終了後に室内練習場に籠っていることは確認

されていた。他の選手が使えないと文句を言っているぐらいである。

「その件については、言うことはない」石岡の顔が急に強張《こわば》った。

「石岡さんとジャスティス、代理人が同じですよね？　藍川さん。その関係で知り合いになったんですか」

「言うことはない。余計な詮索《せんさく》をするな」

「してませんよ」

「話せることと話せないことがある。君もいい大人なんだから、それぐらい理解しろよ」

石岡は立ち上がり、シャワーを浴びに行ってしまった。今のは失敗か……人から本音を聞き出すのは難しい。改めて、記者の大変さが分かってきた。

石岡のコメントを番記者たちに伝え、今日の仕事は終了。試合時間が長引いたので、報道陣も焦っている。大変な試合だったにもかかわらず、素っ気ないコメントだったのだが、それに文句を言う時間さえないようだった。

三上は広報部に戻って、一息ついた。夕方食べたうどんと握り飯はすっかり胃から消え、腹が減っている。さっさと家に帰って夕飯を食べたかった。帰るか——しかしふと気になり、室内練習場へ行ってみた。近づくと、鋭い打球音が耳に飛びこんでくる。そっと覗きこんでみると、今夜は石岡がマシンの打球を打ちこんでいた。マシンを操作しながら、ジャスティスがその様子を凝視している。石岡が手本を見せている感じだろうか。

「ＯＫ、交代だ」

石岡が英語で呼びかける。ジャスティスがバットを担いで打席に向かった。

これだけエキサイトした長い試合、しかも二人ともバットで結果を出したのに、なおも練習を重ねるのだろうか。練習よりも、疲れを取るために休んだ方がいいのでは……石岡だって、今日は疲れたと言っていたのだから。

「どうだった」

背後からいきなり声をかけられ、びくりとしてしまう。恐る恐る振り向くと、岩村だった。

「ああ……ちょっと離れます？　二人に見つかると面倒臭そうです」

室内練習場を離れ、カーブした長い廊下を歩いて行く。打球音が小さくなったところで、三上は切り出した。

「石岡さんの本音は簡単には読めません。でも、脈がないわけじゃないと思います」

「どっちなんだよ」岩村が不機嫌な表情で言った。一かゼロかではっきりしないと、納得できないタイプなのだろう。

「やる気はないと断言しましたけど、『今は』とつけ加えました。状況によっては受ける、というニュアンスにも聞こえましたよ」

「確かにな……」岩村ががっしりした顎を撫でた。

「でも、大リーグの監督のストレスは大変だ、みたいなことも言ってました」

「大リーグの監督とプロ野球の監督は違うよ。プロ野球の監督の方が、独裁者になれる。一つのチームを、自由に動かせるんだぜ」

果たしてそうだろうか……球団の組織において、監督は中間管理職のようなものである。長く続けて、しかも勝ち続けて実績を残した監督は組織の中で出世して、球団役員を兼務するようになることさえあるが、たいていは普通の会社で言えば課長、よくて部長ぐらいのポジションである。パイレーツの場合、編成部長の岩村が絶対的な権力者だから、監督の権限は限定されているだろう。それに、今日の北野を見ていると、プロ野球の監督もやはり大変な職業だと思う。楽に勝てる試合もあるだろうし、早々と勝負を投げざるを得ない試合もあるだろうが、たいていは緊迫した展開になるし、本当に気の休まることはないと思う。オフシーズンもチームの強化に腐心しなければならないし、それが半年も続く。石岡は当然そういうことも知っているから、監督をやりたがらないのも理解できる。しかし将来は——引退した瞬間に生きがいを失い、心にぽっかり穴が空いたまま生きていけるだろうか。石岡はこれまでたっぷり稼いできたから、引退したら早い老後に入ることもできるだろうが、それではあまりにも寂しい。

「コーチの線はないんですか？」

「それもありだけどな」

「ジャスティスを再生させたのは、石岡さんじゃないですか。コーチの素質があるんじゃないでしょうか」

「その辺は、検討課題だな。しかし、監督についても脈なしではない、ということか」

「条件によるかと思いますが」

「金、じゃないだろうな」岩村がＯＫサインを見せた。「あいつはもうたっぷり稼いでる。金じゃ動かないだろう。だから難しいんだよな」

「パイレーツ愛……あるんですかね」

「あると信じたいな」岩村が渋い表情を浮かべる。「最初に入った球団で、大リーグ移籍も容認した。日本へ戻って来る時も受け入れた。恩義は感じてると思う」

「恩義を感じてれば、愛もあると思いますけど……そこを押していけば、監督だって引き受けてくれるんじゃないですか」

「契約内容か、チーム愛か——どっちでもないというか、むしろどっちも、なのかな。綺麗に割り切れるようなものじゃないんだよ。プロの世界っていうのは、金だけでも人情だけでも動かない。人情に金が絡んで、という感じもあるんだぜ」

「そんなに複雑なんですかねえ」

「この世界、筋肉馬鹿ばかりが集まってると思ってるか？　そんな単純なものじゃねえんだよ」

「それはそうでしょうけど……」

「ま、可能性ゼロじゃないということで、何か手を考えるよ。ご苦労さん」岩村が馬鹿でかい手で三上の肩を叩き、去っていった。

結局何も分からない、決まらないということか。普通の仕事だったら、もっと即断即決で進むと思う。大きな契約を狙う時でも、まずは「やれるかやれないか」の判断は双方が迅速に行うものだ。愚図愚図と先延ばしにして答えが出ないようでは、話にならない。しかしプロ野球の世界は、そんなに単純ではない。代えが利かない人が相手になることも多いから、どうしても相手の気持ちに寄り添って、時間をかけてやっていくしかないだろう。

もっとも自分は、そういうことを決めたり交渉したりする立場ではない。たかが広報の平部員なのに……とも思うが、本社にいたらできない経験だ。

自分は今、野球にずっぷりとはまっている——悪くない。

チームは一進一退——四位と三位を行ったり来たりで、依然として首位を走るスターズとのゲーム差は「五」からなかなか縮まらなかった。しかし石岡とジャスティスは絶好調。特にジャスティスは来日以来最高の調子で、八月に入ってからは五試合連続ホームランを記録した。石岡も打ちまくって打点を稼いでいる。逆に言えば、この二人がいなければパイレーツは未だに最下位争いをしていたかもしれない。

八月半ば、リーグの順位は何となく落ち着いてきた。五位のセネターズと六位のクリッパーズには浮上できる要素がなく、ペナントレースからは脱落したと言っていい。一方、首位のスターズから四位のパイレーツまではゲーム差五の接戦が続いたまま、シーズンは終盤に入りつつある。パイレーツは大阪遠征に来ていた。最下位チーム相手に勝ち星を稼ぎたいところだが、ここでクリッパーズが意外な抵抗を見せる。三連戦の初戦、第二戦と1点差で勝ちきり、パイレーツとスターズのゲーム差は「六」まで広がった。

「クソ！」

三上が試合後にロッカールームに入ると、ジャスティスが椅子を蹴り上げたところだった。鈍い音がして、椅子が床に転がる……相手チームのホーム球場の備品を壊したら問題なのだが、ジャスティスが怒るのも分かる。今日はクリッパーズの投手陣に完璧《かんぺき》に抑えられ、手も足も出ないままノーヒット。しかも初回から三連続で空振り三振を喫していた。守備では、同点で迎えた九回裏、左中間の打球に飛びこみ、一度はボールをキャッチしたと思ったもののこぼしてしまい、このプレーがきっかけでクリッパーズはサヨナラ勝ちを収めた。彼にすれば、一人で試合をぶち壊してしまったような後悔が残るだろう。

「勝とう！」突然ジャスティスが声を張り上げた。「まだやれる！　俺たちはまだ勝てる！」

しかし反応はない。この二連敗のショックが、ロッカールームに靄《もや》のように漂っていた。ジャスティスは全員に呼びかけるのを諦めたのか、隣に座る石岡に低い声で話しかけ始めた。石岡はショックを受けている様子もなく淡々としていたが、やがてゆっくりと首を横に振った。

ジャスティスが立ち上がり、石岡に突然罵声《ばせい》を浴びせてシャワールームに消えていく。早口だったので三上には聞き取れなかったが、相当ひどいことを言ったようで、石岡の顔は引《ひ》き攣《つ》っていた。通訳の梅木が慌てて後を追う。

まずい雰囲気だ……しかし石岡のコメントは取らなくてはいけない。三上が近づくのに気づいた石岡が顔を上げたが、力無く首を横に振るだけだった。

「石岡さん……」

「今日はなし」石岡が顔の前で両手を交差させ、バツ印を作った。「話せる材料がない」

「そうですか」一軍に復帰してから、石岡はノーヒットの試合でも何らかのコメントは出してきた。しかしさすがに今日はダメージが大きかったか。

「こういう試合もある——ジャスティスはそれを分かってない。全部の試合を、自分の力で勝たないといけないと思っているんだ」

「それは無理ですよね」

「焦ってるな」

「今、何か言われたんですか？」

「まあ……クソ野郎、的な」

「ひどくないですか？」石岡は淡々としているが、三上は顔から血の気が引くのを感じた。チーム一のスーパースター、しかも自分にとっての恩人に対して、とんでもない暴言である。

「気にするな。あいつにはあいつの事情があるんだろう」

「それとこれとは別ですよ。ちゃんとしないと」石岡の前で膝を折ってしゃがみこんでいた三上は立ち上がった。ジャスティスが自分の言うことを聞くかどうかは分からないが。

「梅木さんもついてるんだから、放っておけよ」

「そうはいきません。謝らせます」

「それは広報の仕事じゃないだろう」

そう言われて、一気に気持ちが冷めてしまう。カッとなってつい言ってしまったが、ロッカールーム内のことは監督やコーチ、編成部の責任だ。本当は、選手同士のトラブルは選手同士で解決しないといけないのだが。

コメントなしというコメントを持って記者たちのところへ向かおうとロッカールームを出た瞬間、先ほどジャスティスが吐き捨てた言葉の一つがふいに分かった。「selfish《身勝手》」。英語の罵詈雑言《ばりぞうごん》としてはあまり聞かない言葉だし、あの状況でジャスティスの口から出たのはどうも不自然だ。石岡は淡々と自分の役割を果たしているし、それに加えてジャスティスのコーチも引き受けている。何が身勝手なのだ？


2対3で敗れたゲームの試合時間は短かった。午後十時には全ての仕事は終わり、試合後の夜食——夕食の時間になる。三上は、珍しく遠征について来た沢木広報部長、それに長泉と一緒に食事に出た。考えてみれば、沢木部長と食事をするのはこれが初めてである。変に緊張したのは、長泉から、「部長は酒豪だ」と聞かされていたせいもある。酒豪と言ってもいろいろだ。いくら呑んでも酔わない人もいるだろうし、酔いながらも潰れずに延々と呑み続ける人もいる。後者だったらたまらないな、と心配だった。自分の仕事は、百パーセント上手くいっているとは思えない。彼女からすれば、文句の一つや二つ、言いたいだろう。

一度ホテルへ戻り、ロビーに集合。定宿にしているホテルは難波の繁華街からは少し外れているが、さすが大阪だけあって、食事や酒が楽しめる場所には事欠かない。選手たちの動きは様々……明日も試合があるから、ホテルのルームサービスで食事を済ませて早々と休む者もいるし、二連敗の厄落としにと呑みに行く者もいる。

「三上君、大阪の店はたくさん開拓した？」沢木部長が訊ねる。

「そうでもないですね。そんなに頻繁に来るわけでもないですし」

夜、一緒に食事に行く相手がいない時には、たこ焼きで済ませてしまったこともある。元々、食事にはそんなに気を遣わない方だし。

「安くて美味い焼肉屋が近くにあるけど、どうですか」長泉が提案した。彼は広報の仕事を長く続けるうちに、各チームの本拠地に行きつけの店をつくったようだ。

「いいわよ」

「あと、うちの元選手がやってるうどん屋も、十二時ぐらいまでだったな。でもそこは、長居し辛い」

「元選手って、誰？」

「竹内《たけうち》さん——いや、選手って言っても、三十年以上前の在籍ですよ。そろそろ還暦じゃないかな」

「引退してうどん屋さん？」

「真面目な人でしてね。ちゃんと四国の讃岐《さぬき》うどんの店で修業してから、地元の大阪で店を出したんです」

引退後、飲食業に手を出す選手は多い。年俸は高いから、無駄遣いしていなければ、出店資金には事欠かないのだろう。しかし、自分で料理を学んで、ちゃんと厨房《ちゅうぼう》に立つことはあまりない。

あくまで「オーナー」として金勘定をしたり、元ファンの前に顔を出したりするということだ。福岡のイタリア料理店といい、パイレーツ関係者は料理人に向いているのだろうか。

どうやら焼肉でまとまりそうだ。何だか疲れたから、がつんとくる味の焼肉でスタミナ回復は悪くない――と思った瞬間、視界の片隅にジャスティスの姿が映った。パーカーのポケットに両手を突っこんで背中を丸めているが、長身なのでどうしても目立ってしまう。道行く人が振り返り、中には指差す人もいる。

「まずいな」三上はついつぶやいた。

「どうした？」長泉がちらりとこちらを見た。

「ジャスティスが一人で歩いてます」実際には、通訳の梅木と一緒だった。しかし二人は何か言い合いをしていて、ジャスティスが一人で勝手に歩き出してしまったのだ。梅木は困ったように、彼の背中を見ている。

「ああ？」

「あそこ」沢木部長が指差した。

「まずいな」長泉が険しい表情になる。

「ちょっと行ってきます。ホテルに連れ戻すか……つき合います」

「そうしてくれ。何かヤバそうになったら、すぐ連絡しろよ」長泉も心配そうだった。

三上はすぐに駆け出し、まず梅木と話した。

「何かあったんですか？」

「さっきの件で腐ってるんだよ」援軍が来たと思ったのか、梅木がほっとした表情を浮かべる。

「飯でも食って慰めようと思ったんだけど、さっさと行っちまった」

「俺が追います」三上はジャスティスの背中を追った。この時間でも人出は多く、その間を縫うようにダッシュして、何とか追いつく。

「マイク！」

声をかけると、ジャスティスが歩きながらゆっくりと振り返る。

「飯かい？」気さくな調子を心がける。同い年だと分かってからは、できるだけ距離を詰めるように努力してきた。普段から、他のチームメートとはそれほど親しくつき合っていないようだし。しかし、遠征先の夕飯を一人で……というのはあまりにも侘しいし危ない。野球好き——というより、ライバルチームのクリッパーズファンに見つかったら、トラブルの種になりかねない。

「ああ……」

声に元気がない。ロッカールームでの些細なトラブルが尾を引いているのだな、とすぐに分かった。彼にとっては小さなトラブルでは済まないかもしれないが。

「何を食べるつもり？　つき合うよ」

「決めてない」

「カレー？」ジャスティスのカレー話は散々聞いていたが、一緒に食べたことはまだない。そして三上は、ふとこの辺りに美味いカレー屋があるのを思い出した。「いい店があるよ」

「そうか」それまでややぎこちなかったジャスティスの態度が少しだけ和らいだ。

「そこでいいかな。奢るよ」安い給料の自分がプロ野球選手に奢るなど噴飯物だが、話の流れでのことだ。

「じゃあ、カレーにしようか」

オールスター前の大阪遠征の時に、長泉に教えてもらった「本格欧風カレー」を名乗る店だったが、どの辺だったか……記憶に頼って歩き出すと、すぐに道のりを思い出した。結構、大阪にも馴染んでいるのだと実感する。ごちゃごちゃした雑居ビルの三階にある店だった。遅い時間なので客は引いているが、できれば目につかない場所で……「個室がある」と長泉に教わったのを思い出した。選手が目立たず食事できる店を見つけるのも、広報の仕事なのかもしれない。

名乗って店員に事情を説明し、個室に案内してもらう。完全な個室ではなく、ちょっと引っこんだだけのスペースだが、それでも他の席からは見えないだろう。席についてほっとし、メニューを眺める。そうそう……基本はビーフカレーで、それに様々なトッピングを加えるやり方だった。そのカレーは、「辛いビーフシチュー」という感じで、味に奥深さを感じる味わいである。思い出すと、いきなり空腹を覚えた。

この店の「ルール」を説明すると、ジャスティスはすぐに呑みこんだようだった。

「ココイチと同じだね」

「ココイチ、知ってるのか？」

「馬車道《ばしゃみち》の店によく行くよ。家から近いし」

「見つからないか？　ファンの人とかに……」

「サインしたことはあるよ」

「そういうのはあまり……」三上は口籠った。ファンサービスは大事だが、何でもかんでも応じればいいというものではない。善意でサインしたのが、オークションに出されて嫌な思いをすることもあるのだから。

「まずいかな」

「まずくはないけど、そもそもココイチに行くのはどうかと思う」

「どうして」

「あそこは、プロ野球選手が行くような店じゃないよ」

ジャスティスが溜息をついた。首を横に振りながら、「あそこなんか、最高じゃないか」とぽつりと言った。

「最高？」

「ショウタは、マイナーの食事を知らないからな」

「知らないわけじゃないけど……」ハンバーガーリーグと言われるぐらい、食生活が貧困だということは分かっている。

「自分で調達しなくちゃいけないこともあるし、試合後にロッカールームに用意されてるのもハンバーガーやピザばかりだ。腹は膨れるけど、栄養バランスは最悪だよ。日本に来てカレーを食べて、衝撃を受けたんだ。栄養的にも完璧だし、アスリートは全員、カレーを食べるべきだ」

トッピングの要領を完全に把握しているジャスティスは、簡単に注文をこなした。メーンのトッピングは関西らしくビーフカツ。それにアボカドとローストしたオニオンをチョイスした。ビーフカレーにビーフカツは素材のダブりなのだが、そもそもこれは店のミスではないだろうか。普通のポークカツならダブり感はないのだが。他に大きなサラダ。

「俺のチョイスはどうかな」

「ビーフカレーとビーフカツがダブってる」

「何かおかしいか？　牛丼の特盛みたいなものだろう」

「牛丼屋にも行くのか？」三上は目を見開いた。

「問題でも？」居心地悪そうにジャスティスが体を揺らす。

「そういう意味じゃないけど」アメリカ出身のプロ野球選手が、牛丼、カレーと日本のファストフードの代表に馴染んでいるのもどうかと思う。やはり栄養バランス的に問題ありそうだし、何よりそういう店で食べていたら、目立って仕方がないだろう。「一人で食事するのはやめた方がいいな」

「どうして」

「ファンに囲まれたら面倒だよ」

「そういうことはないし、仮にあっても、ちゃんとサインも握手もするよ。そういうの、日本語では……カミタイオウ？」

「無理にやらなくていいって」三上は苦笑した。「他の選手と一緒に食べに行けばいいんだよ。そうすると、ファンも声をかけにくくなるし、チームメートとも仲良くなれる」

「今のままじゃ駄目なんだ」ジャスティスが急に思いついたように吐き捨てる。

「駄目、とは……」

「勝つ気がない。今はチャンスなんだ。まだ逆転優勝の可能性だってある。今日は俺のせいで負けたけど」

「負けは一人の責任じゃないよ」

「いや、俺の責任だ。だから謝って、皆で頑張ろうって言ったのに、どうしてあんなに無反応なんだろう。やる気がないのか？　勝つとまずいことでもあるのか？」

「そんなわけはないけど」ジャスティスの指摘する通りで、負け癖がついているパイレーツの選手には、逆境から盛り返して頑張ろうという意識が薄いのかもしれない。実際、石岡を含め、パイレーツで優勝——優勝争いをした選手さえいないのだ。

「俺は、パイレーツに育ててもらったって感謝してるぐらいだよ。だから、どうしても勝ちたい」

「分かるよ。それで、最終的な目標は大リーグ？」

「そこまでは考えていない。今はとにかくパイレーツを勝たせたい。そして来年もパイレーツと契約できるように頑張るつもりだ」

来季は大丈夫なんだ、とほっとする。今ジャスティスを失ったら、来年以降の「核」がまたいなくなってしまうのだ。七月に一軍に上がってきてから二ヶ月強で、ホームラン十四本、打点三十七を稼いでいる貴重な戦力なのだ。

「イシオカサンは大リーグに戻る。それは間違いないと思う。だから、パイレーツで優勝したいという執念がないんだ。勝っても負けても彼には関係ない」ジャスティスの表情は依然として厳しい。

「そんなことはないと思うけど……さっきロッカールームで揉めてたのは、その話か？」

「彼は、大リーグに戻ることしか考えていない。今年頑張ってるのも、そのためだ。全部自分のためだよ。パイレーツに対する愛がまったくない」

そうかもしれない。やはり石岡はパイレーツを、大リーグ復帰への足がかりとしか考えていないのではないだろうか。既に彼に触手を伸ばしているチームもあるらしいし、引き止めるのは至難の業だろう。パイレーツ愛があれば、もう少し事情が違うだろうが、彼はドライ――いや、必ずしもそうではないだろう。家族の問題が、彼の決断に大きな影響を与えているはずだ。家族を最優先と考えていたら、まさにウェットな話である。

「それで喧嘩したのか」

「喧嘩じゃない」

「だけど、彼は君にとっては恩人——コーチだろう？　早く和解した方がいいんじゃないかな」

「イシオカサンがやる気を見せてくれれば」

「でも、彼のコーチがなければ——」

「俺が頼んだわけじゃない」

だったら「押しかけ」コーチなのか。石岡にもそんな余裕はなかったはずなのに。

「二人の関係、そろそろ教えてくれないか？　代理人が同じっていうだけじゃないよな」

「それは言えない」

「どうして」

「踏みこまないでくれ。俺にもプライバシーはある」

「そういう問題なのか？」二人がプライベートで知り合い？　それこそ、こちらは探りようもない。

「とにかく、言いたくない」

そこへ、料理が運ばれてきた。ジャスティスはすぐに、ビーフカツカレーに逃げた。仕方なく三上も食べ始める。相変わらず奥が深くて味わい深いカレーなのだが、その味を楽しむ余裕もない……試合後の夕食は、途端に味気ないものになってしまった。

第八章　つながる絆

電話の呼び出し音……三上は一瞬で飛び起きて、通話ボタンをタップした。新太は過敏で、ちょっとした物音でも目覚めてしまう。昨夜も夫婦とも寝たり起きたりだったから、せめて美咲は起こさないようにしないと。

　急いでリビングルームに行き、寝室のドアを閉める。誰だか確認せずに電話に出てしまったが、壁の時計が朝六時を指しているのを見て、嫌な予感を抱いた。ちょうど朝刊が届く時間。またおかしなことを書かれて慌てた長泉からの連絡だろうか。

「いいネタ、見つけたぞ」

「……松崎？」

「ちょっと長くなるから、電話では料金がもったいない。またＺｏｏｍで招待してもいいかな」

「いいけど、まだ朝の六時だぜ」

「ああ？　あ、そうか」松崎はようやく気づいたようだった。「どうする？　後にするか？」

「お前がいいなら、やろうよ」三上はあくびを噛み殺した。こんな時間に起きてしまったら、今日は一日フラフラで過ごすことになってしまうが、仕方がない。東京でスターズ戦だから、いつもより一時間早く出なければならないし、ちょうどいいだろう。

「じゃあ、メールを送る。十分後でいいな？」

「ああ」

パソコンをセッティングし、コーヒーマシンで朝の一杯を用意する。パイレーツに来てから、コーヒーを飲む量が増えたな、と思う。そのせいか、最近時々胃が痛む。

コーヒーをカップに注ぎ、パソコンの前に座る。その時、美咲が眠そうな顔でリビングルームに入って来た。

「大丈夫？　仕事？」

「仕事……の関係。松崎が時間を間違えて連絡してきたんだ」

「あ、そうなんだ」

「寝ててくれよ。静かにやるから」

「いいけど、翔太君は平気？」

「どうせ寝不足だし、一時間や二時間早く起きても同じだよ」

「無理しないでね」

「新太は？」

「今は寝てる」美咲が消え入りそうな口調で言った。

「起こさないように気をつけるから」

うなずき、美咲があくびを嚙み殺しながらドアを閉めた。メールを見てＺｏｏｍを起動すると、すぐに松崎の顔が画面に現れる。背景を見た限り、ホテルの部屋かどこかにいるようだ。

「悪いな、時差の計算、間違えた」

「もう起きちゃったよ……それで、どうした？」

「ジャスティスの高校時代のコーチと話ができたぜ」松崎は前のめりになっていた。「ジャスティスの個人的な事情が分かったぞ。大っぴらにしてたわけじゃないけど、コーチはちゃんと知ってた」

「どういうことだ？」

松崎の説明は複雑だったが、聞いているうちに自分の中で構図ができあがってきた。

「どうかね。役にたつかな」

「役にたつかどうかはともかく、何となく事情が分かってきた。でも、話を聞き出すの、大変だったんじゃないか？」

「いや、コーチはペラペラよく喋る人でね。パイレーツの話を出したら、喜んで話してくれた。ジャスティスの日本での成績までチェックしているそうだ」

「ずいぶん熱心だな」

「教え子のことは、いつまで経っても気になるんじゃないかな」

「そうか……この情報、絶対に活かすよ」

「これで一回、貸しな」松崎がニヤリと笑った。

「分かってる。トロピカーナ・フィールド、どうだった？」

「やっぱりドーム球場は味気ないな」

「だよな」大リーグ全球場を制覇した三上は、当然この球場にも足を運んでいるものの、あまりいい印象はない。

「ただ、外は三十五度だったからな。湿気もひどかったし、快適ではあったよ」

「三十五度か。東京と同じぐらいなんだな？」

「確かにな」今は日本の方が暑いぐらいかもしれない。「それで？　お礼はベイサイド・スタジアムのバックネット裏か？」

「いや、スターズ・パークにしてくれ」

「何でスターズなんだよ」

「スターズ・パークにはまだ行ってないんだ。どうせなら新しい球場で観たい」

「分かったよ。じゃあ、今度帰って来た時に必ず」

通話を終え、コーヒーを一口飲む。石岡の動きは意外……しかし人間は、必ずしも合理的な理由のみで動くわけではない。石岡の知らない面を見て、何となく心が温かくなる感じがしたが、この話を彼の引き止めに使えるかどうかは分からない。

いずれにせよ、この件は長泉たちには報告しないでおこう。いずれは話すつもりだったが、今はまだ……個人的な事情も絡む話であり、軽々には打ち明けられない。


スターズ・パークは非常に変わった球場である。地下鉄の駅直結、しかも球場にビルが組みこまれている――というより、ビル群に球場が組みこまれている感じなのだ。新宿一帯の再開発に合わせてオープンしたこの球場は、他に類を見ない造りを売りにしているわけだ。既に今シーズン何度も訪れていたが、未だに違和感がある。外野に目を向けると、スタンドのすぐ後ろがビル。そして左右と中央で高さが違う外野フェンス……レフト、ライトの方が低くなっているのは、ポール際でフェンスを越えそうな打球を外野手がジャンプしてキャッチする場面を多く演出したいという狙いからだそうだが、本末転倒ではないだろうか。

しかしこの球場ができてから、スターズは新しい黄金期に入ったと言われている。新球場は五年目なのだが、優勝二回、二位二回、そして今年も安全な独走とは言えないものの、五月からずっと首位の座を守っている。

八月終わりの三連戦。試合前のスターズとのゲーム差は「五」で、四チームがゲーム差五の中にひしめく展開だ。ジャスティスからすると、パイレーツの選手はやる気がないということだが、それでもずるずる後退せずにこの位置につけているのは、プロとしての矜持からかもしれない。

浪速ドームのロッカールームでの一件以来、ジャスティスの調子は下降気味だ。他の選手とは最低限しか話さず、試合後の石岡との練習もキャンセルしているようだ。おそらく彼の場合、試合で感じた違和感、ミスをすぐに練習で修正することで、好調を保っていたのだろう。しかもそこには、石岡という頼れるコーチ役の「目」があったわけだ。

試合前、石岡への取材が申しこまれた。石岡は何故か珍しく「受ける」と言い出した。

「いいんですか?」三上は驚きながら念押しした。一応、取材の申しこみがあった時は必ず石岡には伝えてきた。毎回断られていたのだが、これは広報としての義務である。

「いいんじゃないかな」

「何か……あったんですか?」

「気分が変わった」

そんなことで——と思ったが、自分の気持ちは、意外に自分では上手く説明できないのかもしれない。

取材は五分に限定された。二社による囲み取材。東日スポーツの衣川がいるのが気になったが「大リーグ復帰」のニュースも、もうずいぶん前のことになってしまった感じがする。最近、この件では動きがないから、彼も持ち出さないだろう。

取材は当たり障りのない感じで進んだ。石岡の受け答えは素っ気ないものの、必要最低限のことは答えている。安心しながら、三上は腕時計で時間を確認し続けた。試合前なので五分、と決めている。

「すみません、この辺で」三上は話が切れたタイミングで割って入った。

「石岡さん、試合後の取材にも応じてもらえませんか」衣川が切り出した。

「それは勘弁して下さい」石岡が頭を下げた。

「そうですか……大リーグ復帰の話はどうですか」

「それは別に、言うことはないです」さっと一礼して、石岡がダグアウトに戻って行った。際どい質問を簡単にスルーしてくれて助かった。ここでまた喧嘩になったら、面倒臭いことになる。

「あ、そうだ」ダグアウトに入る直前、石岡が立ち止まって振り返った。

「忘れ物ですか」三上は彼に歩み寄った。

「来季は大リーグへ戻る」

「本気ですか？　決まったんですか？」馬鹿な質問だ、と反省してしまった。正式に決まるためには、石岡と球団の合意がないと……石岡と球団が直接話すわけではないが、代理人が入って話し合いが始まれば、その時点で三上の耳にも情報が入るだろう。しかし、石岡の口から直接聞いた重みがある。

「決まるタイミングはそのうち来る」

「どこですか？　メッツへ復帰ですか？」

「それはまだ言えない。とにかく内密にしてくれ——特にマスコミの連中に対して」

「それは言いませんけど」三上は振り返った。通路には誰もいない。

「じゃあな」

何でここで俺に喋った？　そもそも、六月の「復帰宣言」も自分に対して言ったのだ。それだけ信頼されていると考えるべきなのだろうか。

必ずしも嬉しいことではない。自分にとってはミッション失敗なのだから。これで、渡米が遠のいてしまう……。


スターズ・パークのバックヤード、ビジターチームのロッカールームに通じる廊下で長泉を摑まえ、すぐに報告した。

「話が早いよ」長泉が顔をしかめた。

「長泉さん、知ってたんですか？」

「非公式にね。編成部から話を聞いた。代理人が話を持ってきて、九月に入ったら水面化で交渉が始まるらしい」

「プロジェクトI、失敗ですね……すみません」

「まあ、仕方ない」長泉が淡々と言った。

「これでもう、決まってしまうんでしょうか」

「石岡は一年契約だった。つまり来季については、最初から白紙だったわけだ。うちと大リーグのチームと、ゼロベースでの交渉になる。そうなると、うちが不利なのは間違いないだろうな」

「年俸ですか」

「それも含めて……まあ、石岡は上手くやったんじゃないかな。パイレーツで調整して、全盛期に近い感じまで盛り返した。大リーグでも実績はあるんだから、当然目をつけられるよ」

「そうですか……」やっぱり踏み台か。馬鹿にされたような感じもするが、プロの世界とはこういうものかもしれない。

「それだけじゃない」長泉の表情がさらに暗くなった。「ジャスティスに関しても、大リーグのチームが調査を始めたそうだ」

「それも代理人からの話ですか？」

「いや、うちの渉外部の情報だ」

渉外部はさまざまな役割を負うが、最近は海外——主にアメリカの選手を獲得するために動いている。情報収集と交渉のために、アメリカに職員を二人常駐させているぐらいだ。

「チームはどこですか？」

「ブレーブスとマーリンズ」

アトランタとマイアミ……ジャスティスにすれば、出身地であるフロリダ州のチーム、マーリンズの方が馴染みやすいだろうか。

「ジャスティス本人は知っているんでしょうか」

「話は聞いてるだろう……参ったな。今年の二枚看板がいきなり消えたら、来季は大変だ」

「ジャスティスと話しますか？」

「それは広報の仕事じゃない。編成部が何とかするだろう」

「そうですか……」

これで一気に気分が暗くなってしまった。選手を引き止めるのは、確かに広報の仕事ではない。しかし自分が役立たずになってしまったような気がしてならなかった。

ジャスティスの孤立が激しくなった。ロッカールームで他の選手と一切話さないのは仕方ないかもしれないが、ダグアウトでも会話がない。これではまずい……そのせいかどうか、スターズとの三連戦で、ジャスティスは三試合連続ノーヒットに終わった。特に第三戦は、エース・有原《ありはら》に対して四打席連続三振。このまま成績が急降下したら、大リーグ行きは消えてしまうのではないだろうか。大リーグのスカウトの目はシビアである。

もしかしたらジャスティスは、わざと打たなかったのでは、と三上は疑い始めた。ここから成績が急落して、大リーグのチームから誘いがなくなれば、来季もパイレーツに残れると考えている——いや、それはあり得ない。単に誘いを断ればいいのだ。それでパイレーツと条件闘争に入ればいい。このままいい成績を残せれば、確実に今年よりもいい条件で、新しい契約を結べる。

移動日なしで、金曜日からは横浜での本拠地三連戦。その初戦の金曜日、三上は元町《もとまち》・中華街《ちゅうかがい》駅までやって来た。実家の両親が、ようやく子どもを見に来ることになったので、帰りに持たせる手土産を買いに、中華街に来たのだった。中華饅頭《まんじゅう》にしようかと思ったが、これだと手土産にするのではなく、発送した方がいいだろう。さて、どうしたものか……こういうのは美咲の方が選ぶのが上手いのだが、今日は実家の方で用事があって一緒に来られない。

しかし、暑いな……中華街は、いつ来ても暑い。店頭で饅頭を蒸す湯気などが、路地に充満しているせいかもしれない。冬はいいのだが、夏は地獄だ。

前方に、石岡を見かける。目立つ……百九十センチあるから当然なのだが、圧倒的なオーラを放っており、気づいたファンから声をかけられていた。取り敢えず丁寧に頭を下げて挨拶しているのだが、一人歩きはまずいな——と思ってガードのために急いで近づいた。近くへ行くと、一人ではないと分かる。同年輩の女性と、小学校高学年ぐらいの男の子が一緒だった。石岡の妻と息子だろうか?

「石岡さん」声をかけると、石岡が微妙な表情でこちらを見る。何でこんなところで声をかけてくるんだ、とでも言いたげである。

「まずいですよ、石岡さん。こんな人の多い場所を歩いてたら」

「別に問題ないよ」

「いや、しかし……」本人だけならともかく、家族連れだとさらに面倒なことになりそうだ。

「ガードします。専属広報ですから」

「それは試合中だけだろう」

「いいから、どこかへ入るか引き上げるかしませんか」

「じゃあ、飯につき合ってくれ。今日はここで食ってから球場へ行く」

「いや、それは申し訳ないです……ご家族が一緒でしょう」

「専属広報だったら、飯ぐらいつき合ってもいいだろう」

そんなに急に距離を詰められても、と戸惑う。しかし、他にチーム関係者がいない状態でじっくり話しておくのも悪くないだろう。家族と顔つなぎをしておくのも大事だ。

「うちの奥さん。それと息子だ」

「いつもお世話になっています」妻の愛莉《あいり》が丁寧に頭を下げた。上品な人、というのが第一印象だった。慣れないアメリカで、大リーガーの夫を支えながら子育てしていたら、常に忙しさに追われて疲れてしまうのではないかと思うが、そんな感じは一切ない。

「こんにちは」息子の方は十歳にしては背が高く、顔だちもしっかりしている。よく陽に焼けて、いかにも健康そうだった。しかも礼儀がしっかりしている。

三上は丁寧に挨拶を返し、さっさと歩き出した石岡の横に並んだ。大股なのでついていくのは大変なのだが、専属広報として、しっかりガードしなければ。もっとも、こういうのは本来、マネージャーの仕事だろう。

石岡はすぐに、五階建てのビル全体が一軒の店になっている巨大中華料理店に足を踏み入れた。何度も来ていて馴染みなのか、「顔」で分かったのか、すぐに最上階の個室に案内される。円卓を囲む部屋で腰を落ち着けると、石岡はおしぼりで顔を拭った。濃紺のポロシャツは、汗で背中が黒くなっている。

「普通にご家族で外食するんですか？　注意してもらわないと」

「うるさいこと言うなよ」石岡が嫌そうに言った。「田舎だったら見つかったら大変かもしれないけど、ここは横浜だぞ。誰が歩いているかなんて、気にする人はいない」

「さっきは声をかけられたじゃないですか」

「気にし過ぎだって」

石岡が、面倒臭そうに顔の前で手を振った。妻の愛莉を見て、「彼はしつこくてね」と文句を言った。

「失礼よ」愛莉がたしなめる。二人の距離感は微妙だな、と感じた。高校の同級生。まだ子どもと言っていい時代の互いを知っている。それが今や、夫はプロ野球選手、妻はアメリカで暮らしている。普段はどんな会話を交わしているのだろう。

しかしこれはチャンスだ、と三上は考えた。ここで何とか石岡に取り入り――何だったら家族に取り入り、本音を聞いてみたい。

石岡は既に予約注文していたようで、次々と料理が出てくる。ランチとはいえ品数は豊富……前菜からスープの段階で、三上はこの店の「格」を思い知った。どれも味に深みがあり、しかも後味がすっきりしている。安い中華だと、脂で胃がもたれてしまうのだが、ここではそんな心配をしなくて済みそうだ。息子の孝義《たかよし》はずっと笑みを浮かべたまま、旺盛な食欲を発揮している。これだけ食べれば、体が大きくなるのも当然だろう。

「孝義君は、やっぱり野球を？」

「サッカーです」

「野球じゃなくていいんですか？」三上は思わず石岡に確認してしまった。

「無理強いできないさ。個人の自由だよ」石岡が苦笑する。

「アメリカだと、子どもの頃はサッカーをやっている子が多いですね」愛莉が落ち着いた耳触りのいい声で説明した。さすが元アナウンサーという感じである。

「そうなんですか？　最初から野球かアメフトだと思ってました」

「圧倒的にサッカーですね。送り迎えが結構大変なんです」

「日本の少年野球と同じですね」

愛莉と話しながら、三上はちらちらと石岡の顔を見た。平然と食事を続けている。自分がプロ野球選手——大リーガーにまでなったら、息子にも同じ道を歩んで欲しいと思うのが普通ではないだろうか。

「サッカーの方が金になるんだよな、孝義」石岡が話に加わった。

「そうだね」孝義が澄ました声で答える。「世界のスポーツ選手の年収ベストテンに、野球選手は一人も入ってないし」

「そうかもしれないけど、せっかくなら野球をやればいいのに」三上はつい言ってしまった。

「でも、サッカーの方が面白いから。お金の問題じゃないです」

孝義が大人めいた口調で言ったので、三上はつい吹き出してしまった。日本の十歳は、こんなにしっかり喋れないのではないだろうか。新太はどうなることか……。

「金の話はやめようよ」石岡が話をカットした。

「孝義君は日本語も上手いね」三上は話題を変えて孝義に訊ねた。

「家では日本語だけです」

「今、アメリカは夏休みなんだよね」

「はい」

「学校が夏休みで日本に来るの、初めてじゃない？」

「初めてです」

「どう、日本の夏は」

「暑いです」孝義が即座に言った。「サッカーの練習も大変です」

「こっちのチームに一時入れてもらってるんですよ」愛莉が補足した。

「そうですか……でも、ニューヨークも暑いですよね」三上は七月のニューヨークを訪れたことがあるのだが、あの時の暑さは強烈だった。体が乾涸《ひから》びるどころか蒸発してしまいそうで、一ブロック歩く度にビルに入り、冷房を浴びて休んだほどである。ただあれは、ニューヨークならではの暑さだろう。ビルが林立するマンハッタンでは、日本以上に冷房を使うはずで、エアコンの室外機が吐き出す熱風が街の温度を上昇させていく。いわば人工的な暑さだと思う。東京もそんな感じだ。横浜は浜風もあり、多少は暑さがしのげていると思う。

「うちはロングアイランドの方なので、それほど暑くないんですよ」愛莉が笑みを浮かべて言った。

「そうなんですね……確かに日本の方が暑いかもしれません」

石岡はあまり喋らず、穏やかな表情で食事に専念している。試合モードに入る直前の、貴重な家庭人の顔……家でも、基本的にはあまり喋らない人なのかもしれない。

ランチなので、品数はそれほど多くない。しかし味つけがしっかりしているせいか、締めのチャーハンを食べる頃には、三上はほぼ満腹になっていた。

「ちょっとトイレに」

石岡が個室を出たので、ここがチャンスと三上は愛莉に訊ねた。

「来年の話なんですけど……アメリカに戻るんですか？」

「そういうことは……基本的に主人に任せているので」愛莉が困ったような笑みを浮かべる。

「大リーグに戻ると、私にははっきりおっしゃいました」

「私たちはついていくだけなんです」

孝義が、三上たちの会話を素知らぬふりで聞いているのが分かった。子どもにとっても、どこに住むかは重大な問題だろう。家族の間で、話し合いは済んでいるのだろうか。

「大変ですね——いろいろと」

「野球のことしか考えてない人ですけど、慣れました」

「分かります。弁当も食べてもらえませんでした」

「弁当？」

石岡弁当の顚末《てんまつ》を話した。

「それは……ご迷惑をおかけしました」愛莉が困ったような表情を浮かべて頭を下げる。

「でも、そういう人だということなんですよね。面倒臭がりなのかもしれないし、ひたすら集中したいだけなのかもしれませんけど、本当に野球のことしか考えていない」

「それでご迷惑をおかけしたら、本当に申し訳ないです」

「とんでもない。選手に気持ちよくプレーしてもらうのが我々の仕事ですから……でもご家族としては、将来はどうするんですか？　やっぱり日本へ戻って来るか、ずっとアメリカにいるのか」

「難しいですよね」愛莉が首を傾げる。

「僕はアメリカ」孝義があっさり言った。「向こうに友だちもたくさんいるし、アメリカだったらサッカーの代表に入れるかもしれないし」

「日本じゃなくて？」

「だって今、アメリカですから」

理屈は合っているようないないような……孝義が結構本気でサッカーに取り組み、日本よりもアメリカを好んでいるのは分かった。子どもの意向は、両親にとっても大きな判断材料だろう。アメリカ代表となると、国籍の問題は――それは三上が心配することではないだろう。

「そうか、アメリカか……」

「そう簡単には言えないんですけどね。うちの父親が、最近体調がよくなくて。きょうだいもいないし、母親一人に任せておくのは心配なんですよ」

「それは分かります」石岡たちの両親というと、もう六十代だろう。体調不安も出てくる年齢だ。

「でも、主人にはまだ、やりたいことをやって欲しいです。引退する時に、後悔して欲しくないんですよ」

「そうですよね……」

石岡が戻って来たので、三上は口をつぐんだ。家族の話を聞いただけでは、石岡の今後は読めない。基本的に、彼の意思次第で決まる感じだろうか。

「会計は終わったから行こうか。俺はこのまま球場へ行く。君は？」石岡が三上に訊ねた。

「僕はもう少し中華街にいます。本当は、土産を買いに来たんですよ」

「土産？」

「両親が田舎から出てきてるので。帰りに何か持たせようと思ってるんです」

「そうか……じゃあ、先に行ってる。俺が記者連中に囲まれる前には来てくれよ」

八月、夏真っ盛りの試合はきつい。夜になっても、球場全体に熱気が残っている感じなのだ。三上はプレーするわけではないが、グラウンドを出たり入ったりしているうちに、たっぷり汗をかいてしまう。シャワーを浴びたいなと思いながら、試合前の一時《ひととき》、広報部に引き上げた。パソコンを立ち上げる――松崎から決定的な情報を得てから、自分でも情報収集を続けているのだ。

ウォルト・ジョンソン。ナ・リーグの数球団を渡り歩いて、通算二千五百安打、打率三割を達成。首位打者二回、盗塁王四回の実績が評価されて、引退から五年後、資格を得て最初の年にアメリカ野球殿堂入りしている。三上も、彼のプレーをテレビで何度も観たことがあった。印象的だったのは、引退する前年、メッツに所属していた年のことである。既に三十八歳になっていたのだが、プレーぶりは全盛期とまったく変わらないように見えた。左中間への二塁打を含む三安打を放ち、一塁のファウルグラウンドへ飛んだフライで、迷わずセカンドからタッチアップして三塁を陥れた。これはジョンソンが得意とするプレーで、アグレッシブな走塁こそ彼の最大の持ち味だった。まだ長距離砲を二番に置くのが普通になる前の大リーグを代表するような二番打者で、コンタクト能力に優れ、守備も走塁も安定していたから、どのチームでも欠かせない戦力になっていた。

メジャーデビューがメッツ。その後ナ・リーグの数球団を渡り歩き、引退を前にかつての所属チームへ戻ってきた時期だった。そしてこの年、メジャーに移籍したのが石岡である。ほんの数年前のことなので、当時のニュースは様々なアーカイブで残っている。二人が肩を組んで笑みを浮かべている写真さえ見つかった。

二人の因縁――関係はこの時期が始まりだったのだ。しかしその後はどうなのだろう。翌年、ジョンソンは故障がちになり、メジャーでは四十一試合しか出場していない。石岡とレフト、センターでコンビを組んだ回数も、前年に比べてぐっと減っていた。そしてそのシーズン終了と同時に引退表明。最後の試合で、メッツファンのスタンディングオベーションは五分間続いたという。大リーガーにとっては、最高のファンとの別れだろう。

殿堂入りの記事も、呆れるほど大量に見つかった。地味な選手ではあったが、投票権を持つアメリカのスポーツ記者は、彼の実力をきっちり評価していたということだろう。彼がプレーした十八シーズン中十三シーズンで、チームがプレーオフに進出しているという隠れた記録もある。「優勝請負人」というわけではないが、チームの力を底上げするようなパワーと影響力を持った選手だったのは間違いない。

しかしその後、ジョンソンに関する記事は極端に少なくなる。基本的に、表舞台から姿を消しているようだ。アメリカでも、名選手はコーチや運営側としてチームに残ったり、地元メディアで解説の仕事を引き受けたりすることがよくある。しかしジョンソンは現在野球に関わっていないようで、今何をしているかも不明だった。本人名義のＳＮＳも見当たらない。

松崎の調査では、その理由までは分からなかった。

いくら検索しても、何も分からない。これだけでは、石岡に話をする材料にもならない……悩んでいると、沢木部長に声をかけられた。

「三上君、人事シート、出した？」

「あ、いや、まだです」そう言えばそういう時期だ。三上は出向組なので、本社の人事に提出する必要があったが、忙しない日々が続いてすっかり忘れていたのだ。

「せっかくだから、パイレーツ移籍は書いておいたら？」

「それ、本当に希望は通るんですか？」

「人事シートに書いておかないと、そもそも人事の耳には入らないわよ」

「去年まで、ずっと書いてましたけどね」それが結局、「日本の」パイレーツ職員だ。そもそもJPミールとピッツバーグ・パイレーツが直接業務提携を結んでいるわけではないから、実現できるかどうかは分からない。

「毎年出してれば、希望が変わらないことを評価されるかもしれないわよ」

「じゃあ、書いておきます。締め切り、明日でしたよね」

「そう。その気があれば、来年パイレーツに行けるかもしれないわよ」

「本当ですか？」

「今行ってる西田《にしだ》さんが、予定より早く——来年の三月に戻って来るかもしれないから、入れ替わりで行ける可能性はあるかも」

「そうですか……」

「乗り気じゃなくなった？」

正直、今は難しいだろうと思っている。新太が加わった家族三人の新しい生活は、想像していたよりずっと大変なのだ。今は、義理の両親が近くに住んでいるから何とかなっている感じである。新太がもう少し大きくなったら、家族三人でアメリカに行けるかもしれないが、来年のシーズンが始まる前だと、まだ一歳にもなっていない。自分は仕事でフル回転するだろうし、今と同じように出張で全米を回ることになるかもしれない。その間、あの元気な息子と二人きりで、美咲は大丈夫だろうか。アメリカで暮らすことは、子どもにはいい影響を与えるかもしれないが、あまりにも幼いと、何も覚えていないのではないだろうか。一歳から三歳までアメリカにいても、その経験がどれだけ人生に活きるのか。もう少し年上――五歳の時に渡米したら、その経験は新太の人生のベースになるかもしれない。かといって、いざ異動の話が出た時に「四年後にして下さい」と言って許されるものだろうか。

「どうかした？」

「いえ……アメリカに行くのって、やっぱり大変ですよね」

「そうでしょうね。私は経験ないから分からないけど」

そこでふと、三上は次のヒントになるかもしれないことを思いついた。人事シートは後回しだ……。

「部長、西田さんのことはよく知ってます？」

「直接の面識はほとんどないけど、メールでは何度もやり取りしてるわよ。西田さん、向こうのパイレーツで、一時広報の仕事もしてたし」

「連絡を取ってもらうことはできますか？」

「内容は？」沢木部長が面倒臭そうに言った。

「俺がメールするので、それを見て欲しいと……西田さんにお願いがあるんです。調べて欲しいことがありまして」

「全然面識がない相手に対して、図々しくない？」

「ですから、部長のお力添えを」

「それ、うちのチームの役に立つこと？」

「そうなればいいな、と思ってます」

「じゃあ……日本とアメリカだから、すぐに連絡はつかないと思うけど」

「つながった時で十分です」

これで上手くいくだろうか。アメリカに強い伝手がないことが情けなかったが、普通の人はこんなものだろう。これでいい情報が取れたら、一面識もない西田にも一つ「借り」になるのだろうか。


九月に入っても、石岡は淡々と試合に出続けた。ホームランのペースこそ落ちて、八月二十日を最後に半月、十試合以上も一発は出ていないが、コンスタントにヒットを稼いで、打率は三割三分を超えていた。間もなく規定打席に達し、その時点で首位打者に躍り出る見込みだ。スポーツ新聞は「隠れ首位打者」というあまり語感のよくない見出しでこの状況を伝えていたが、九月に入って規定打席に達し、そのまま首位打者を獲得したら、後々プロ野球トリビアとして残るだろう。こういう話は三上の大好物だ。

福岡遠征の時に、石岡にこの話を振った。

「ああ、そう」石岡はそんなことなどまったく気にしていない——知らない様子だった。

「珍しいことですよ。球団としても、積極的に広報していきます。規定打席に達したら、一度ちゃんと取材を受けるべきだと思いますけど。会見とは言いませんけど」

「まだシーズンは終わってないよ」石岡が急に表情を硬くする。「そういうのは、全部終わってからにしてくれ」

「日米通算二千本安打も視野に入ってますよ」こちらは、二軍落ちの時期があったので達成は難しそうだが。

「記録なんか、別に気にしてない」

「少しぐらい協力してくれてもいいじゃないですか」三上は口を尖らせた。

「子どもみたいなこと、言うな」

やはり大規模な囲み取材は無理か……しかし三上は、簡単には諦めない。

「とにかく、規定打席に達した日のコメントは、いつもより詳しくお願いしますよ」

「ノーヒットだったらコメントしない」

最近の石岡のコメントはこういう形になっていた。ヒットが出ればそれなりに詳しくコメントはする。しかしノーヒットの場合はコメントなし。ただし、守備や走塁で勝利に貢献するようなプレーがあった場合はその限りではない——というわけで、結果的に毎試合、何らかのコメントは出していた。それだけチームに欠かせない戦力になっているわけだ。

最近は、マスコミ側から取材の注文が出ることも多い。守備の隠れたファインプレーや、積極的な走塁などを、記者はよく見ている。分かりやすい殊勲打などを取り上げるのではなく、いかにディテールで記事を作るかに拘《こだわ》っている記者は少なくない。そういう記者から見れば、石岡の玄人好みのプレーは記事にしやすいのかもしれない。

チームは、まだ優勝争いに残っている。九月に入ってから四連勝。これで三位に上がり、まだ首位に踏ん張るスターズとのゲーム差は二・五までに縮まった。ここにきてスターズは調子を落としており、勝って負けてを繰り返している。パイレーツにも間違いなくチャンスはあるはずだ。

しかし、ジャスティスの調子が一定しないのが痛い。二打席連続でホームランを放ったかと思うと、次から三試合はノーヒット……調子がいいのか悪いのか分からず、監督の北野も、起用法に頭を痛めていると聞いていた。

三上はできるだけジャスティスに声をかけるようにしていたのだが、向こうはいつも上の空である。カレーを食べようと誘っても乗ってこない。好物にも食指を動かされないぐらいだから、かなり深刻な状況だ。アメリカだったら、精神分析医の助けをもらう状態かもしれない。通訳の梅木にも相談してみたが、彼もお手上げ状態だった。

ジャスティスの面倒を見るのは自分の仕事ではない。あくまでプロジェクトIを成功させるのが目的——しかし石岡をパイレーツに引き止める任務は、既に失敗しつつある。他の人には何も言わないのだが、石岡は三上に対しては大リーグ復帰を明言している。ただし、具体的にどのチームへ行くかは決まっていない。この辺の交渉がどういう風に進むかは分からないのだが、まず代理人が大リーグの球団へ売り込み、あるいは球団からの要請を受ける。条件が揃ったところで当の選手に提示して納得してもらい、そこから本格的な交渉に入る——といったところだろう。複数のチームとの間で話があれば、条件闘争も始まる。

しかしパイレーツも、手をこまねいているだけではなかった。博多球場での三連戦が終わった後、東京で編成部長と石岡の会談がセットされている。石岡には用件は伝えられていないというが、当然内容は察しているだろう。来年の契約を持ち出されても、首を縦に振らない——そんな様子は簡単に想像できた。そもそも石岡は「代理人に話してくれ」の一言で会談を終わらせるかもしれない。

イーグルスとの三連戦初戦は、静かな投手戦になった。イーグルスの先発は谷《たに》。この四年、連続で二桁勝利を上げており、今や押しも押されもしないイーグルスのエースである。今は百六十キロ超のストレートを投げたり、百五十キロに迫るスプリットを武器にしたりするピッチャーも珍しくなくなったが、谷はストレートのマックスが百四十キロ台半ばと、最近にしては地味なタイプである。しかしコントロールが抜群で、しかも多彩な変化球を誇っているので、大崩れしない。ランナーを背負ってからが本領発揮というタイプで、今年パイレーツ戦では五試合に登板して三勝していた。谷にすれば、パイレーツは、完全に「お客さん」である。

パイレーツは初回からランナーを出すものの、なかなか得点に結びつかない。逆にパイレーツの先発・ゴメスは初回、イーグルスの一番・坂口《さかぐち》に先頭打者ホームランを浴びた。それでも何とか後続を断ち切り、試合は1対0でイーグルスがリードしたまま、終盤に入っていく。

七回表の先頭打者は、二番のジャスティス。この試合でも既に三打席凡退しており、打率は二割三分台にまで落ちていた。普通なら二軍に落として調整……という成績だが、今の二軍には、ジャスティスに代わるほどの活躍をしている選手もいない。

二球でツーストライクに追いこまれたジャスティスは、そこからファウルで粘り始めた。谷に八球投げさせ、フルカウント。しかし外角低めの変化球にバットが出ず、見送り三振——次の瞬間、ジャスティスが爆発した。

顔を真っ赤にして球審に詰め寄り、大声で怒鳴る。口の動きで、いわゆる英語のフォーレターワーズを吐き散らしたのだと分かった。球審は外国人選手とのやり取りも頻繁なのですぐに意味が分かってしまい、退場――ジャスティスはなおも球審に詰め寄ろうとする。イーグルスのキャッチャーが二人の間に割って入ると、ジャスティスの怒りはキャッチャーに向いた。素早く腕を引くと、右ストレート一閃《いっせん》――いや、手は拳には握っていなかったようだが、掌が顔面を直撃し、マスクが吹っ飛んだ。そこで両チームのベンチから選手が一斉に飛び出す。パイレーツ側からは、ネクストバッターズサークルに控えていた石岡が真っ先に到着してジャスティスをはがい締めにしたが、それでもジャスティスは前に出る。そこへ、イーグルスのダグアウトから二人めがけてダッシュしてきた外国人選手のディーンが、体当たりした。体重百十キロ、大学時代までアメフトもプレーしていたディーンのタックルを食らって、ジャスティスと石岡が一緒に吹っ飛ばされた。

――その動きを、三上はダグアウト裏のモニターで見ていた。何が起きているか把握するまでに、一瞬間が空く。

「まずい！」

長泉が叫んで飛び出して行く。三上も少し遅れて後に続いた。しかし、乱闘騒ぎに加わることもできず、ダグアウトから見守るだけ……大騒ぎは永遠に続きそうに見えたが、意外に早く選手の輪は崩れた。

「今時乱闘なんか流行らないぜ……」長泉がつぶやく。「しかし、まずいぞ」

ジャスティス、退場。ディーンにも退場が宣告された。それだけならまだしも、石岡がグラウンドに倒れこんでいる。他の選手に助け起こされて何とか立ち上がったが、バランスを崩してまた倒れそうになった。右足首は宙に浮かしている。やっちまったか――ここにきて石岡が戦線を離脱するようなことになれば、優勝争いなどとてもできない。

何でこんなことになったんだ？　ジャスティス、どうしてそこまで一人でストレスを抱えこむ？

翌日、コミッショナー事務局が選手の処分へ向けて動き出した。ジャスティス、ディーン、そして球審や他の選手への聞き込みを手早く行う。事実関係については、乱闘場面の映像が残っているので、簡単に確認できたはずだ。問題は「どうしてやったか」。とはいえ、これも難しい話にはならなかった。双方とも言い分は「ムカついたから」。

普通は、先に手を出したジャスティスの責任が重い。ストライク・ボールの判定は覆らないし、しかもアンパイアへの抗議ではなくいきなりの暴言である。そしてキャッチャーへの暴行。ただしディーンの責任も重大だった。吹っ飛ばされた石岡は、右足首の捻挫《ねんざ》で全治二週間の診断を受けている。重傷ではないものの、ペナントレースが終わるまでに復帰できるかどうか、微妙なところだった。

その辺の事情を鑑《かんが》み、ジャスティスもディーンも出場停止十日の処分を受けた。どちらも痛い——パイレーツは主軸二人をいきなり欠くことになったし、スターズに二ゲーム差で二位につけるイーグルスは、本塁打王争いを独走する四番打者を一時失う。

処分が決定したのは試合の直前で、すぐに公表された。その前に、ジャスティス、ディーンともに相手チームに謝罪する手筈《てはず》が整い、三上はイーグルスのキャッチャーに頭を下げに行くジャスティスにつき合った。事前に「こういう風に言うように」と教えこみ、ジャスティスはその通りに喋って日本風に頭を下げた。結局二人は握手して——イーグルスのキャッチャーの顔に笑みはなかった——一応謝罪は受け入れられたことになった。

ジャスティスは、謝罪をプログラミングされたロボットのようだった。一切感情が感じられない。その直後に処分が発表され、三上はかける言葉を失った。試合に出られないので、今日はこのままホテルに戻り、明日横浜へ帰ることになる。試合に復帰できるのは九月後半、本拠地にスターズを迎えた三連戦になる。練習は禁止されていないとはいえ、実戦の感覚が薄れてしまうのは痛いだろう。それでなくてもジャスティスは調子の波が激しく、苦しんでいるのに。

編成部からスタッフが急遽《きゅうきょ》やって来て、試合前に慌ただしく監督の北野たちと打ち合わせを行った。選手の入れ替えは既に決まっているが、この先、最終的にどう戦うか――どうしようもないだろうな、と三上はがっくりきた。今年はもう無理だろう。首位のスターズは調子を取り戻し、万全な体制でシーズン最終盤に臨んでいる。戦力差は明らかだった。

そして試合直前、三上は横浜へ戻るように命じられた。

「石岡の面倒を見てくれ」石岡は既にチームを離れていた。

「俺はマネージャーじゃないんですが……」長泉の指示に、つい反発してしまう。

「こうなったら総力戦だよ。石岡にはできるだけ早く復帰してもらわないと困るし」

命令なら仕方がない。三上は急いでチケットを手配し、午後七時過ぎの羽田行きに飛び乗った。直前、石岡にメッセージを入れておく。既読にならなかったが、自分が横浜へ着くまでには読んでくれるだろう。返信が来るとは思えなかったが……今までも、既読になっても一度も返信が来たことはない。そんなに面倒なのだろうか。

羽田に着いてスマートフォンの機内モードを解除した途端、メールが入っているのに気づく。大リーグ・パイレーツに出向中の西田。まさか、こんなに早く返事がくるとは……歩きながら読み始めたが、中身は詳細を極めており、途中でつい立ち止まって読みこんでしまうほどの内容だった。

石岡は当然、この事情は知っているだろう。というより、全ての根源がここにあるのではないかと思った。

石岡へ送ったメッセージは、既読になっていない。既に休んでいるかもしれないと思ったが、電話を入れてみた。予想に反して、石岡はすぐに電話に出た。

「大丈夫なんですか？」

「大したことはない。だけど、俺も年を取ったよ」石岡が珍しく弱音を吐いた。「倒れたぐらいで捻挫なんて、情けない」

「ディーンは、NFLでもドラフトされそうだったらしいですよ。そんな人間のタックルを受けたら、ひとたまりもないでしょう。本当に大したことないんですか？」

「医者は全治二週間って言ってるけど、そこまでかからないと思う。ちょっと休んでから何日か練習すれば、試合に復帰できる」

「石岡さん、勝ちたいですか？」

「それを考えてないプロ選手はいないよ」

「ジャスティスが不満を持ったのは、石岡さんに勝つ気が見えないと思ったからです」

電話の向こうで石岡が溜息をつき、「見解の相違だよ」と短く告げる。

「でも、ジャスティスの勝ちたいという気持ちは大事だと思います」

「プロは、いちいち騒がないんだ。それにあの時点では――ロッカールームでトラブった時点では、まだブーストをかけるほどの状態じゃなかった」

「ジャスティスは、気が早かったということですか？」

「あんな早くから限界まで気合いを入れていたら、精神的に疲れてしまって、肝心な時にベストのプレーができない。あいつは優勝争いをしたことがないから、ペース配分が分からないんだ。その辺の話をしようと思っていたんだけど、聞く耳を持たないからな」

「どうします？　ジャスティスは十日間の出場停止が決まりました」

「というと、実質的に出られないのは……」

「六試合ですね」シーズン終盤になって、試合日程は飛び飛びになってきている。

「俺と同じぐらいだな。その間に他の選手が踏ん張ってくれれば、まだ優勝の可能性はある」

「優勝を手土産に大リーグ復帰ですか」

「そうだな」石岡があっさり言った。「君、一緒にアメリカへ行かないか？」

「え？」突然の申し出に、三上は言葉を失って立ち止まった。後ろからぶつかられ、よろけて倒れそうになってしまう。「何言ってるんですか」

「前に俺の通訳をやってくれてた人が、日本に帰って来て別の仕事を始めたんだ。俺が復帰しても、今度はつき合ってもらえない。君は、英語は大丈夫なんだろう？　ジャスティスとも普通に話してる」

「野球に関しては大丈夫ですよ」

「パイレーツに出向できるかどうかは分からないだろう？　俺の専属通訳になってくれれば、大リーグの各球場に行けるぞ」

「だけど……」

「だけど、何だ？」

「石岡さん、俺を嫌ってるのかと思ってました」少なくとも信頼はされていないだろうと……今は何とか普通に話せるようになっているが、それでもまだ薄い壁の存在を感じている。

「全然知らない人間よりは、少しでも知っている人間の方がいい」

「別に、俺じゃないと駄目、というわけじゃないんですね」

「これはビジネスだから。その時点で最善の策を考えるだけだ……考えておいてくれ」

「簡単に返事はできませんよ」

「そりゃそうだ。それと、ジャスティスのこともよろしく頼む」

「それは広報部の仕事じゃないと思いますが」

「君のことはまだよく分からないけど、一つだけはっきりしてることがある」

「何ですか？」

「今の世の中には珍しいお節介だ。そしてジャスティスは、構ってもらいたがっている」

子どもか、と思ったが、石岡の言うことは理に適《かな》っている。ジャスティスが孤立しているのは、思い込みが強く激しい性格のせいもあるが、きちんと面倒をみてくれる人が周りにいないからだ。石岡はこれまで世話を焼いてきたつもりだが、今はジャスティスの方で拒否している。何億も稼ぐ世界の人にしては子どもっぽい——いや、子どもっぽいからこそ、野球に集中できるのかもしれないが。

「そのために、一つ確認させてもらえませんか？」

「何だ」電話の向こうで、石岡が緊張するのが分かった。

「俺も、いろいろ調べました。お節介ですから……その内容です」

近くにベンチを見つけて腰を下ろす。こんな話は、立ったままではできない。

長い電話になった。自分の中でもまだ整理ができていないので、話があちこちに飛んでしまう。

しかし石岡は電話の向こうで、しっかり耳を傾けているようだった。

「――合ってますか」

「合っている」

「もっと詳しく話してもらえませんか？」

「断る」石岡が、以前の無愛想さを取り戻したように拒否した。

「石岡さん……」

「何でもかんでも喋ると思われたら困る」

「この件、ジャスティスに話していいですか」

「話すのは君の自由だ。ただし、ジャスティスが聞くかどうかも分からない。心を開かせようとしているんだろうけど、逆効果になるかもしれないな」

「石岡さんみたいに、逆張りで考える人ばかりじゃないですよ」三上はつい皮肉を吐いてしまった。

「そうだな」珍しく石岡が素直に認めた。「本来は編成部の仕事なんだろうけど、ジャスティスはチームのお荷物になりかけてる。君とは会話が成立しているんだから、何とかしてやってくれ」

「コーチとして、ここで潰れるのは勿体無《もったいな》いと思ってるんですか」

「勿体無いというより、俺はまだ恩を返し終わってないんだ」

「石岡さん、そんなに人情を大事にする人でしたっけ？」

「君は俺のことを何も知らない。一緒にアメリカに来れば、分かるかもしれないけどな」

石岡は電話を切ってしまった。話が上手く転がったような、壁にぶつかってしまったような……。

謹慎中のジャスティスと勝手に話すわけにはいかないだろう。沢木部長、あるいは編成部に許可を取らないと。駄目だと言われたら――その時はその時だ。

翌日、三上は沢木部長と岩村編成部長に相談して、ジャスティスと話をする許可を得た。一人落ちこんでいるであろうジャスティスを慰めたい――二人とも両手《もろて》を上げて賛成した。

リーグから出場停止処分を受けた上に、球団も謹慎処分を科しているので、ジャスティスは練習もできない。シーズン終盤の大事な時期に、十日も野球から離れていると、実戦の感覚が失われてしまうのではないかと三上は心配になったが、球団としては、リーグに対して恭順の意を示しておかねばならないという判断だったのだろう。謹慎を取り引き材料に、出場停止期間を十日間で済ませたのかもしれない。この辺は腹芸という感じか。

というわけで、三上はジャスティスの家を訪ねた。予め通訳の梅木と話して、昨日のジャスティスの様子を聞いておく。ひどく落ちこんでいる――せめてもの慰めにと、カレーを用意していくことにした。三上が行きつけの店で、普段はテークアウトはやっていないのだが、今回は特別に用意してもらった。こういうことをしても、ジャスティスの気持ちが動くかどうかは分からなかったが。

ジャスティスの住むマンションは、石岡のマンションのすぐ近くである。高級なマンションだが、「超高級」レベルではない。ジャスティスは元大リーガーではなく、マイナーから引っ張られた選手だから、石岡のように好待遇が受けられるものではないのだ。

緊張しながらインタフォンを鳴らすと、返事があった。というより、受話器を外すような「ガチャリ」という音がした。

「マイク、ショウタだ」三上はインタフォンのカメラに向かって、カレーの入った袋を掲げてみせた。「カレーを買ってきたよ。一緒に食べよう」

しばし間が空いた後、オートロックが解除された。取り敢えず拒否されなかったのでほっとする。しかしエレベーターが上に上がるわずかな間に、また緊張感が高まってきた。一人暮らしのジャスティスが、この辛く嫌な時間をどう過ごしているのか、想像もできなかった。今日が謹慎初日なのだが、既に部屋は荒れているのでは……。

部屋は綺麗だった。というより、物がない。ジャスティスは、インテリアに凝るタイプではないようだった。あるいは、ここもあくまで仮住まいという感覚なのか。

「ここのカレー、知ってるか?」三上は丸いダイニングテーブルにビニール袋を置いた。「東白楽の『エンゼル』。喫茶店だけど、昔からカレーにも凝っててファンが多いんだ」

「知らない店だ」ジャスティスが力なく答える。部屋は綺麗だが、彼自身は……短パンにくたびれたTシャツという服装はともかく、無精髭《ぶしょうひげ》が疲れた印象を与える。急にやつれてしまったようにも見えた。

「エビのカレーが名物なんだ」三上はビニール袋の中身を出した。こちらから保温容器を持ちこんで入れてもらったので、ちゃんと収まっているかどうか。「食べてみて」

「……ああ」

落ちこんでいても食欲は変わらないのか、ジャスティスはいつもと同じように食べ始めた。

「どうかな?　ちょっと変わった感じじゃないか」

「そうだね。美味いよ」こういう時、普段のジャスティスはいい笑顔を見せる。しかし今日は無表情だった。

「昨夜、遅かったんだろう？」

「最終便だった」

「僕はその前に帰って来た」

「そうか」

「何であんなことをしたかは、聞かないよ。散々いろいろな人に聞かれて、うんざりしてるだろう」

「まあね」ジャスティスがスプーンを置いた。話を蒸し返されて、食べる気がなくなってしまったのかもしれない。

「違う話をしようか」

「違う話？」

「マイクの家族の話」

ジャスティスの肩がぴくりと動いた。デリケートな問題なのだと痛感したが、ジャスティスを生まれ変わらせるためには、この材料が必要だと思う。思い切って話を進めた。

「君の父親は、殿堂入りしたウォルト・ジョンソンだ」

長い話になった。ジャスティスにとっても話しにくい話題なのは間違いない。最初はまったく乗り気にならず、ただ三上の話を聞いているだけだったが、一度口を開くと、今度は止まらなくなる。ジャスティスは子どもの頃、自分の詳しい生い立ちを知らなかった。物心つく前の話だから仕方がないのだが、母親も敢えて話していなかったらしい。

「子どもの頃、大変だった？」

「いや、そんなことはない。母は野球をやるのを応援してくれたし。母の方は大変だったかもしれないけど」

「よく話すか？」

「なかなか時間が合わなくてね」ジャスティスが苦笑する。ようやく表情が緩んだ、という感じだった。

「家族のためにも頑張らないと」

「俺は頑張ってる。でも、皆が頑張らない」

「シーズン中、全部の試合でずっと気合いを入れてプレーできるかい？」

「え？」

「プロ野球は、毎日のように試合がある。全試合全力でやってたら、体も気持ちも持たないよ。他の選手が——特にミスタ・イシオカにやる気が見えないのが嫌だったんだろう？」

「というより、俺だけが浮いてるみたいだった」

「全力を出すのが早過ぎたんだよ。他の選手は、勝負のポイントはもっと後だと思っていただけだ。ミスタ・イシオカもそう思ってる。チャンスはまだあると思うけど」

「でも、俺は出られない——イシオカサンも」

「ミスタ・イシオカは、そんなに重傷じゃないよ。結構早く復帰できると思う」

「本当に？」

「本人はそう言ってた」

しかし、復帰しても手遅れではないか？　ジャスティスは六試合出場できない。復帰する試合は、スターズとの最後の三連戦だ。その時点で、ゲーム差はどうなっているか。場合によっては、既に優勝争いは終わり、ジャスティスは消化ゲームに参加するだけになるかもしれない。

「練習もできないけど、どうする？」

「部屋で素振りでもするさ」

「復帰した時に、本当の優勝争いになってるといいけど」

「それに参加できなくても、俺の責任だ」

「ミスタ・イシオカには、謝っておいた方がいいと思うけどな。彼は君のコーチなんだから」

「……謝りにくいな」ジャスティスが頭を掻《か》いた。「俺が勝手にやって勝手に失敗しただけだから」

「でも君は、ミスタ・イシオカに恩がある。ミスタ・イシオカが、君のお父さんに恩があるように」

「それは分かってるけど……」

「ミスタ・イシオカは、細かいことは気にしないと思う。今は自分のことだけで精一杯だし。君は、来年もパイレーツでプレーしたいんだろう？」

「そうしたい」

難しいかもしれない。成績が安定しないのはともかく、突然噴出した暴力的な一面を、チームがどう判断するか……ジャスティスにはスポーツ万能、明るく公明正大なオール・アメリカン・ボーイというイメージがある。しかし、心の中に闇《やみ》を抱えていたら、やはり扱いにくい。最近はどんなに素晴らしい選手でも、チームの和を乱す存在だと敬遠される傾向がある。

「ちゃんと体を動かして、どうやってミスタ・イシオカに謝るか、考えておいた方がいい」

「そもそも俺は、チームに復帰できるんだろうか」

「それを決めるのは俺じゃないけど……そのつもりで準備しておく方がいいんじゃないかな。お父さんのためにも」

「それを言われるときつい」ジャスティスの顔に苦悩の色が過《よ》ぎった。父親との複雑な関係が窺い知れる。

「いい成績を残して、来年もパイレーツでプレーさせてもらって……シーズンが終わったら、それをお父さんに報告すべきじゃないかな」

「手遅れになるかもしれないけど」

「手遅れ？」

「病気なんだ」

ジャスティスの告白に、三上の胸は痛んだ。

「……それでも君は、自分にできることをやるしかないと思う。俺も来年また、君のプレーを観たい。俺好みの選手なんだ」

「ショウタに好きと言われても」ジャスティスが笑みを浮かべたまま、首を横に振る。

「ファンは大事にしてくれよ」

ようやくジャスティスが声を上げて笑う。急に思い出したようにスプーンを取り上げ、残りのカレーを一気に攻略し始めた。

「これ、配達してもらえるかな」

「無理だな。今回、特別にテークアウトにしてもらったんだ」

「このカレーがあれば頑張れそうだけど」

「時間を作って、また持ってくるよ」

「ショウタがいてくれて、助かる」

マネージャーでも通訳でもないのだが、そう言われると胸を張れる。しかし……ジャスティスが来年以降の契約を勝ち取ったとして、俺はどうなんだ？　もしも石岡のオファーを受けたら、来年は自分がアメリカに渡ることになるかもしれない。

これから数ヶ月の間に、どんな変化が起きるのだろう。

ジャスティスは取り敢えず落ち着いた。その後三上は石岡の家にも顔を出したのだが、こちらは平然としている。もう痛みはないと言って、素振りをしようとしていたので、さすがに止めたが。

「ご家族、アメリカに帰られたんですね」

「新学期が始まるからね」

「結局、お子さん次第なんですね」

「子どもが生まれたら、好き勝手にはできないさ」

その通り──「子どもが生まれたら」という言葉を抱えたまま、三上は自宅へ戻った。チームは今日も福岡。明日、大阪へ移動してクリッパーズ戦になる。三上は明日、大阪へ行くことになっているが、逆に今日はこのまま休みになった。家へ帰り、ほっと一息つく。ちょうど時間もできたから、美咲に大事な話をしておこう……。

「通訳なんて、できる？」美咲がまず心配したのはそれだった。

「野球のことなら大丈夫だと思うよ」

「でも、仕事は相当厳しくなるんじゃない？　日本よりも移動がずっと大変よね」

「時差もあるし、飛行機に五時間ぐらい乗ることもあるし、基本、休みも取りにくいと思う。石岡さんが動いている限りは、一緒にいないとまずいだろうし」

「体が心配……それに石岡さんと半年も一緒で、ちゃんとやっていける？」

「今年は何とかなったよ」少なくともシーズン後半は。

「でも、アメリカだと逃げ場もないでしょう」

　どうも美咲は乗り気になってくれない。不安がるのも当然だろうが。

「一緒に行くのは難しいか……来年の春だと、新太もまだ一歳にもなってないし、十時間以上、飛行機に乗せるだけでも大変じゃないかな」

「そうよね。向こうでどうやって家を探すかとか、全然分からないし」

「それは球団の方でもある程度は面倒を見てくれるだろうし、松崎に聞いてもいい。もしもニューヨークなら、あいつにも不動産事情は分かるだろう」

「ニューヨークなんて、住めるの？　家賃、大変なんでしょう」

「らしいね」

「収入は？　石岡さんの通訳になるっていうことは、石岡さんと契約して、石岡さんから給料をもらうことになるわけよね」

「そう……だと思う」はっきりしたことは分からない。しかし、常にチームに帯同して中に入りこんでいるわけだから、実際は選手と契約するのではなく、チームとの契約になるのではないだろうか。そうなると、どんな額が提示されるのか——散々大リーグは観てきたが、内部事情については知らないことばかりだと思い知る。

「あなたが決めることだから、まず行くか行かないか決めないと駄目よね」

「そうだよな……」冷たい麦茶を一口飲んで、三上は腕組みをした。野球に関わる仕事は好きだし、合っているのも間違いない。石岡のせいで、記者連中との関係は少しぎくしゃくしたが、それでも毎日球場に通い、スタンドからとは違う角度で試合を観られたのは、ファンとしてはたまらない経験だった。これが大リーグだったら、毎日が本当に胸躍る経験になるだろう。

行くか、行かないか……乳飲み子を抱えて海外で仕事をする人も、家族を日本に残して単身赴任する人もいる。様々な働き方があるのだが——自分がどうやって仕事をするかよりも、家族をどうするかを考えている。もしかしたらこれが、大リーグで仕事をする最初で最後のチャンスかもしれないのだが。

石岡のオファーはありがたい。彼と上手くやっていけるかどうかは分からないが、アメリカでの生活を想像すると胸が躍るようだった。しかし……「しかし」とすぐに考えてしまうぐらい、壁は高い。

自分の人生も、大きな転機を迎える。戦っているのは、石岡やジャスティスだけではないのだ。

第九章　明日への戦い

　ジャスティスが異常に緊張しているのが分かった。「仲間に謝罪したい」と言い出したのはジャスティス本人なのだが、それでもまだ覚悟は固まっていないようだ。

「大丈夫だから」三上はジャスティスの背中を軽く叩いた。妙に熱い……緊張のせいで体温まで上がっているのだろうか。アメリカ人は、あまり緊張しないような気もするが、そもそもこういうシビアな状況に追いこまれた経験がないのだろう。

　ジャスティスが謝罪することは、選手会長の芳賀《はが》には先に伝えておいた。試合前のミーティングが行われる直前というタイミング——今なら、ベンチ入りしている全選手がロッカールームに揃っている。

　三上がジャスティスを連れてロッカールームに入ると、芳賀がすぐに気づいてうなずきかけた。芳賀は細かいことはあまり気にしないタイプだが、若い選手からの信頼は厚い。こういう場をまとめてくれるのに一番相応《ふさわ》しい人だ。

「ミーティングの前に、ちょっと」芳賀が立ち上がる。選手たちの目が彼に向く。何が起きるかは、既に全員が知っているはずだ。「今日からジャスティスが復帰する。残り数試合で、一番厳しいところだ。ジャスティスには、これから山場で活躍してもらうために、今日はきちんと謝罪してもらう」

三上はジャスティスの背中を軽く押した。ジャスティスはロッカールームの真ん中に立ち、日本流に深々とお辞儀した。一瞬天井を仰ぐと、すぐに日本語で話し出す。

「迷惑かけてすみませんでした」もう一度一礼。今度は、先ほどよりも長い。「自分のことだけ考えて、勝手でした。できたら、優勝目指した戦いに加えて下さい」

ジャスティスと二人で必死に練った、謝罪の文句だった。ジャスティス自身、こんな風に謝ったことがないというし、どうするかは難しい……あまりにも自分を貶めてはいけないが、反省している、チームのためになりたいという気持ちは、しっかり表明しなければいけない。

ジャスティスがもう一度頭を下げた。アメリカ人の彼にすれば、本当に屈辱的な謝罪だろうが、その分必死さはよく伝わるはずだ。その時、誰かが拍手した。見ると、石岡――表情を変えずに両手を叩き合わせている。彼も今日からベンチ入りしているが、実際に試合に出られるかどうかは分からない。本人は「ビーチ・フラッグスでもやらない限り大丈夫だ」と言っているが、それは強がりではないだろうか。捻挫したのは利き足の右足首だから、打席では踏ん張れないし、外野守備もまず無理だろう。

石岡の拍手に誘われるように、次々と拍手が湧き上がった。石岡と悶着《もんちゃく》を起こした鹿島でさえ……もっとも、鹿島には余裕があるのだろう。七月以降、サードのレギュラーとして完全に定着し、チームで石岡に次ぐ高打率を上げている。規定打席に達するかどうかぎりぎりだが、仮に規定打席数に達しなくても、新人王の有力候補だ。

芳賀が両の掌を下に向けたまま、ひらひらと動かした。それで拍手が収まると、ジャスティスに向かって拳を差し出す。ジャスティスが遠慮がちに拳を合わせ、チームへの謝罪は終了。

ジャスティスは、久しぶりにロッカールームの自分のスペースに腰を下ろした。隣は前と同じ、石岡。二人は短く会話を交わした。笑顔はないが、余所余所《よそよそ》しい雰囲気ではない。ほっとして、三上は壁に背中を預けた。試合前のミーティングに広報のスタッフが出席する義務はないが、大事な三連戦を前にチームの雰囲気を肌で感じておきたかった。

しかし、状況は厳しい。

スターズとの最終の三連戦を含め、シーズンの残りは五試合。パイレーツは二位につけているものの、スターズとのゲーム差は「五」。スターズも残り五試合、つまり、今日負ければスターズの優勝が決まってしまう。スターズ五連敗、パイレーツ五連勝なら同率首位でプレーオフが行われるが、よほどの奇跡が起きない限り、それはあり得ないだろう。それでも諦めない——一日一日が最後のチャンスだ。

監督の北野は、この山場を迎えても淡々としていた。スタートダッシュに失敗し、それでも何とか二位にまで這い上がってきて、来年以降の契約も噂されている。首がつながるかどうか、非常に微妙な状況だが、いつもの様子とまったく変わらない。

まず、スターティングラインナップが発表される。復帰したジャスティスが二番、石岡はスターティングラインナップから外れた。やはりフル出場は無理という判断だ。ここぞという時、代打で登場だろうか……。

スターズの先発はエースの有原で、それぞれの打者への指示が細かく行われた。有原は今シーズン打線の援護がなく、ここまで九勝止まりだったが、防御率は二・〇一と安定しており、大量得点は望めない。今年は、特にスライダーの精度が高いので、追いこまれてスライダーを決め球に使われる前に、積極的にストレートを狙う、という指示が出た。有原も三十歳になり、ストレートの平均球速は去年よりも落ちて百四十九キロである。今年はスライダー頼みで抑えてきたが、基本的にはストレートにこだわりのあるピッチャーだ。パワーが落ちてきているのは本人も自覚しているだろうが、依然として一番自信を持っているのはストレートだろう。それを狙い打ちして、早い段階で心を折る。

狙いは分かるが、そう上手くいくだろうか。

上手くいった。

一回表、パイレーツの先発矢沢《やざわ》が、スターズ打線を三者凡退に抑える。特に高山《たかやま》・橋本《はしもと》の一・二番コンビをあっさり退けたのが大きかった。スターズ・パーク開設の年にレギュラーの座を摑んだこの二人は、スピード感あふれるプレーが持ち味で、スターズの「ニュージェネレーション」と呼ばれている。今シーズン、二人とも打率は三割を超え、得点は二人合わせて百五十七。高山が三十一盗塁、橋本が二十盗塁を記録するなど、この二人が今のスターズを引っ張っているのは間違いない。守備でも高山がセンター、橋本がサードで内外野の要になっている。

一回裏、左打席に入った先頭の鹿島が、強引に引っ張って一塁線を抜く二塁打を放つ。ここで二番・ジャスティス。本拠地の観客は、大きな拍手で謹慎明けのジャスティスを迎えた。あの暴言とキャッチャーへの暴行には同情の余地がないのだが、それでも地元のファンは暖かい。敵地での復帰でなくてよかった、と三上は胸を撫で下ろした。ジャスティスは繊細なところがあるから、心無い野次に敏感に反応してしまうかもしれない。日本語もかなり分かるようになってきているし。

打席に入ったジャスティスは、落ち着いて静かな感じだった。気合いが入っている感じでもない。これは、石岡の打席での雰囲気に近かった。石岡も気合い十分に打席に入るタイプではなく、飄々《ひょうひょう》としたマイペースを崩さない。

「出るぞ」腕組みしてモニターを見守る長泉が、ぽつりと言った。

「分かるんですか？」このベテラン広報マンは、時々予言めいたことを言う。

「雰囲気でね」

初球——右打席に入ったジャスティスがいきなり狙った。ジャストミート、という感じではない。上がり過ぎたか？　しかし数秒後、スタンドから歓声が上がった。カメラの映像が切り替わり、レフトスタンドの様子を捉える。スターズファンのむっとした顔が並んでいた。

「すごいですね、長泉さん」

「確率五割で当たるんだ。打率よりはずっといいよ……それより、ジャスティスのホームランコメント」

「了解です」

三上はダグアウトに飛びこんだ。ジャスティスが選手たちとのハイタッチや握手を終え、タオルで顔の汗を拭いながらベンチに腰を下ろしたところだった。かつての定位置——バットケースの近くに座る石岡の隣。石岡は自分のバットを手に、ジャスティスに話しかけていた。石岡から見たら完璧な当たりではなかったようで、表情は厳しい。ジャスティスは何度も首を横に振った。

二人の会話が一段落したところで、三上はジャスティスの脇で屈みこんだ。

「ナイスバッティング」

「どうも」ジャスティスの顔からはまだ汗が引かない。

「打った球は何だった？」

「ストレート。最初からストレート狙いだった。内角低め」

「大きい先制点だね」

「今日は、これだけじゃ終わらない。もっと点を取りに行く。シーズンを終わらせるわけにはいかないんだ」

「そうだね」うなずき、三上は立ち上がった。今日のジャスティスは気合い十分だ。

コメントを取り終えたところで、また耳をつんざくような歓声が響き渡る。ダグアウトの中も「よし！」「やった！」と喜びの声で溢れた。三上はグラウンドに背中を向けていたので、何が起きたか分からない。

「フェルナンデスだ」石岡がぼそりと教えてくれた。「レフトスタンドへ叩きこんだ」

フェルナンデスは左打ちなのだが、流し打ちが得意だ。「レフトへ引っ張る」と言われるぐらいの強い打球が特徴で、日本で打ったホームランのうち半分強が、センターから左方向である。

このまま、フェルナンデスのコメントも取らないと。歓迎の儀式を終えて戻って来る間、三上はベンチに座ったままの石岡に訊ねた。

「行かなくていいんですか」

「実は、足首、あまりよくない」石岡が消え入りそうな声で答える。

「トレーナーには言ったんですか」三上も声をひそめた。

「言ってない。言えば止められると思う。今日は出るつもりだ。もう一試合も負けられないから」

「でも、無理したら……」

「俺は、無理しなくてもいいかもな」石岡が明るい表情を作ったが、無理な感じもする。「今日は、ジャスティスは爆発するぞ」

「分かります？」

「あいつの調子は、主に精神状態に左右されるんだ」

「そうですか？」

「あいつはまだ、日本語がよく分からない。球場で野次を浴びてもあまり理解できてないし、SNSを見てイライラすることもないだろう。アメリカよりも日本での方が、気楽にプレーして結果が出せるはずだ」

「石岡さんは？」

「俺は逆で、アメリカにいる方が気が楽だ——そんな話は後だ」

三上はダグアウトに戻って来たフェルナンデスから話を聞いた。日本での生活が長いのである程度日本語も分かるのだが、こういう大事な時は英語になる。しかしドミニカ生まれのフェルナンデスの英語はスペイン語訛《なま》りが強く、早口になると聞き取りにくくなる。何度も確認して、ようやくコメントを確保した。

初回に3点先制。パイレーツとしては最高のスタートになったが、監督の北野は渋い表情だった。嫌な予感を抱いているのか……それは二回の表にあっさり現実になった。

スターズ四番の原岡《はらおか》が、パイレーツ先発の矢沢の初球を捉えてセンター前に運ぶ。続く五番ベイリーは、左中間を破るツーベース。これでノーアウト二、三塁となり、マウンド上の矢沢は早くも苛々し始めた。矢沢は左のサイドスローという変則的なピッチャーで、バッターの手元で微妙に動くストレートが持ち味なのだが、むらっ気がある。打たれると途端にペースを崩し、連打を浴びることも珍しくなかった。

スターズの六番は、ここまで打点七十八、ホームラン十九本の成績で鹿島と新人王争いを続けている島田《しまだ》。歩かせて満塁にしてもいいところ——キャッチャーの本池《もといけ》は立ち上がらず、矢沢は臭いところを突いてフルカウントまで持っていったが、六球目を島田が叩いた。思い切り引っ張って、一塁線を抜く長打コース。原岡、続いてベイリーが楽々生還し、島田は二塁まで行く。これで島田の打点は八十に達した。

矢沢の苛立ちは頂点に達しつつあった。それでも七番スミス、八番須藤《すどう》を三振に切って取り、ツーアウトまで漕ぎ着ける。何とかリードを保ったまま、九番の有原で攻撃を切っておきたい。

しかし有原は、粘り始めた。初回の3失点を、自分のバットで取り返そうと必死になっているのが分かる。有原はピッチャーにしては打撃がいいのだが、それでも矢沢のストレートにタイミングが合わず、二球連続空振りであっという間に追いこまれた。

多少余裕ができたのか、矢沢の顔に生気が戻る。遊ばずに勝負——外角低めに、この日一番の速球がいった。しかし有原はこのボールに食らいつき、何とかバットに当てた。普通ならセカンドが追いつく当たり。しかし打席に立っているのがピッチャーなので、内野はやや前進守備を取っていた。緩い打球は一、二塁間に転がり、守備の要であるセカンドの森島《もりしま》が飛びついたものの、ぎりぎりでグラブの先を抜けていく。スタートを切っていた島田が一気に三塁を回り、ホームへ向かう。ライトの鹿島がダッシュしてボールを押さえたが、島田は既にホーム直前にまで迫っていた。同点。レフトスタンドに陣取るスターズファンは盛り上がっているが、他はお通夜の雰囲気だ。一挙に3点を先制して完全にパイレーツペースになったと思ったのに、試合はいきなり振り出しに戻ってしまったのだ。

しかし試合は、この後落ち着いた。二回裏から五回裏まで、両チームとも一人もランナーを出せず、ゼロ行進が続く。

六回表、再び試合が動く。

矢沢はランナーこそ出さなかったものの、球数が多くなり、五回終了時点で既に百球を超えていた。北野は二番手として、六回からベテランのサウスポー、岡谷をマウンドに送った。シビアな状況にも慣れているベテランの中継ぎは、今年も既に五十試合に登板している。大きく割れるクラシックなカーブを武器に、防御率は一点台と安定していた。

しかしこの岡谷が誤算だった。先頭の二番、橋本への初球をいきなり打たれる。得意のカーブから入ったのだが——左打者の橋本から見ると、背中の方からいきなりボールが現れる感じのはず——切れが悪い。体勢を崩しながらも、橋本は綺麗に引っ張った。ファーストの三浦《みうら》が飛びこんだものの、間に合わない。打球はベースをかすり、勢いが死んだまま、ファウルグラウンドを転々……橋本は悠々二塁に達した。

ここで、打席には篠田《しのだ》。二番、三番と左打者が続くせいもあって岡谷が投入されたのだが、今日は本当に調子が悪い。得意のカーブは見切られ、ストレートを狙い打ちされる——守備についていても打席のことばかり考えていると言われる篠田は、四球目のストレートに反応し、打球をレフト線に流し打ちした。フェンス直撃か——しかし打球はライナーになって意外に伸びていく。ぎりぎりでフェンスを越え、レフトスタンドに陣取るスターズ応援団が喜びを爆発させた。悠々とダイヤモンドを回る篠田に向かって、個人応援歌の大合唱。篠田はそれを楽しむように、三塁を回ってからさらにスピードを落として、最後は軽くジャンプするように両足でホームインした。

クソ、2点差か。

先発の矢沢と投手コーチのコメントを取った長泉が、ダグアウト裏に戻って来た。

「やられましたね」三上は顎を撫でた。九月の夜なのにまだ気温は下がらず、顔は汗で濡れている。

「まだ分からない。今日は荒れるんじゃないかな」

「でも、勝たないと、ですね」

「そんなことは分かってる」長泉が怖い表情を浮かべる。「だけど、広報に何かできるわけじゃないからな」

「……ですね」それがもどかしい。自分がプロ野球チームの一員だという誇りはあるが、直接試合には絡めない。「矢沢、何か言ってました？」

「二回をなかったことにしたい、とさ。調子は悪くなかったって本人は言ってるけど、コーチはそうは見てない。あいつ、五回までに百球投げることなんか、まずないからな」

「ですね」

「結局うちも、層が薄いんだよ」声をひそめて長泉が言った。「特に投手陣は……軸になる絶対的エースがいるか、二桁が計算できる先発が三人以上いるか——それぐらいじゃないと、今のプロ野球では勝ち抜けない」

「今日は、どうですかね」

「それは監督に聞いてくれ」

駄目ではないか、と三上は諦めかけた。しかしダグアウトの雰囲気は違ったようだ。

六回裏、先頭の鹿島が粘り続ける。最後は三振に倒れたものの、有原に十球も投げさせ、この日の投球数はこれで百を超えた。有原はタフなピッチャーだが、今季は球数が百を超えたイニングで降板するケースが多かった。故障しているわけではないが、三十歳になって体力が落ちているのは間違いない。技巧派ではなく、あくまでストレート中心に力で押していくタイプだから、スタミナ切れは確実にピッチングに悪影響を与えるだろう。

打席にはジャスティス。初回に先制のホームランを放った後、三回の第二打席は三振に倒れている。この時は、有原のスライダーを「振らされた」感じだった。

しかし三打席目、ジャスティスの心は折れていなかった。初回と同様気合い十分で、右打席に入る。マウンド上の有原も集中力を切らしていないのが分かる。ここが中盤の——いや、この試合の山場と見ているのかもしれない。スターズのリードは2点。ジャスティスを抑えることで、勝利を手元に引き寄せられると思っているのだろう。勝ち投手の権利を残したまま次のピッチャーにつなぎたいという気持ちも強いに違いない。九勝で終わるか、二桁勝利に乗せるかでは、来年の環境も変わってくる。

ジャスティスも、粘る作戦に出たようだった。一方有原は、ここぞとばかりに早めの勝負に出る。初球から得意のスライダー。ジャスティスはバットを出したが、辛うじて当てただけで、打球は一塁側のファウルグラウンドに力なく転がった。

二球目もスライダー。しかしジャスティスは見送った。内角低めの難しいコースを狙った一球だったが、ジャスティスはあっさり見極めた。曲がりきらない——精度が落ちているのかもしれない。

有原が一度プレートを外す。頰を膨らませて息を吐くと、三球目——またスライダー。今度は確実に仕留められる外角低めを狙ったが、ジャスティスは先ほどよりもしっかりとアジャストした。きちんと捉えて流し打ち。しかし打球は、ぎりぎりでファウルになった。とはいえ、打てない感じではない。ジャスティスの目には、もう有原のスライダーの軌道が見えているようだ。

四球目。勝負は外角として、一球内角に投げてくるのでは、という三上の読みは当たった。肩の高さのボールを、少しのけぞるようにしてジャスティスが見送る。恐怖を植えつけるほどのコース、スピードではなく、ジャスティスはまったく表情を変えなかった。

あと一球は捨て球に使える。内角のさらに厳しいコースに投げてから外角低めで勝負——と三上は予想した。

ストレート。内角高め。しかしボールではない。ジャスティスが迷わず振り出してバットを合わせた。コンパクトなスウィングで、思い切り引っ張る。

三上は打球の行方を見もせずにダグアウトに飛びこんだ。選手たちは手すりを摑んで身を乗り出している。石岡さえ、立ち上がっていた。

一塁へ向かって走り出したジャスティスが、途中でスピードを緩め、右腕を高く突き上げた。打球はレフトポールぎりぎりでスタンドインしている。

この試合二本目。第二打席の三振はともかく、今日のジャスティスは神がかっている。これで1点差。有原はマウンド上で腰に両手を当て、打球が突き刺さったレフトスタンドの方を見ている。

そこで、スターズの監督、樋口《ひぐち》がグラウンドに出て来た。両手で長方形を描きながら、ゆっくり審判に近づいて行く。フェアかファウルか、リクエスト——それを察したのか、スタンドからブーイングが起こる。

「あれはポーズですよね」三上は確認した。

「そうだろうな」後からダグアウトに入って来た長泉がうなずく。「樋口さん、タヌキだから。嫌がらせだよ」

樋口は、スターズの監督になって何年目だろう……新球場が完成してからはチーム成績も安定して、何度目かのスターズ全盛時代を作った功労者と評されるようになった。基本的にはクリーンな人なのだが、時々嫌がらせのようにリクエストを要求する。まさに嫌がらせ——相手ダグアウトを嫌な気分にさせ、試合の流れを相手に渡さないためのパフォーマンスだ。

リクエスト、失敗。ダグアウトの中には一瞬嫌な雰囲気が漂ったが、盛り上がりが消えたわけではない。しかしダグアウトの最前線で立ったままグラウンドの様子を見守っていたジャスティスは、両手を拳に握り、手すりを激しく殴りつけた。表情は険しい――ホームランの嬉しさよりも、それに因縁をつけられたのが悔しい、という感じだ。

三番の金沢《かなざわ》がレフト前ヒットで続く。流れはまだパイレーツにあると三上は確信したが、後が続かない。続く本池は四球を選んで、ワンアウト一、二塁とチャンスが広がったものの、明らかに一発狙いのフェルナンデスは三球三振。六番の三浦も四球を選んで満塁としたものの、七番の関《せき》が放った右中間の大飛球は、スターズのセンター、高山がフェンスに衝突しながらキャッチするファインプレーで、得点機は潰れた。

一気には追いつけなかった……それでも三上は、まだ冷静さを保っていた。ジャスティスの二本目のホームランのコメントを番記者たちに伝えると、トイレで用を足す。喉がカラカラだと気づき――試合が始まってから何も飲んでいなかった――食堂へ回って、急いでペットボトルの水を自販機で買ってきた。それを飲みながら、ダグアウト裏の定位置に戻る。

その途中、誰かが「素振り部屋」にいるのに気づいた。ここは選手が試合中に素振りをして次の打席に備える場で、壁一面が鏡になっている。足元には打席と同じ土が入っていて、実戦と同じ感覚でバットを振れるようになっていた。

バットが空を切る音。鈍いうめき声。誰だ……と思って覗くと、石岡だった。三上に気づいた石岡がバットを肩に担ぎ、嫌そうな表情を浮かべる。

「石岡さん、行けるんですか？」

「どうかな」

「怪我は……」

「靴下を二枚重ねて履いたぐらい、テーピングしてる」しかも足元は、珍しくハイカットのスパイクだ。石岡は外野守備も重視しているので、普段はダッシュしやすく軽い、ローカットのスパイクを愛用している。

「スパイク、大丈夫なんですか」

「馴染まないな」石岡がしゃがみこんでスパイクに触れた。しっかり紐《ひも》で結んだ上に、足首のところは面ファスナーで固定できるタイプである。まるでバスケットボールのシューズのようだ。バスケットの場合は激しいスタート・ストップの動きがあるから足首を保護するハイカットが普通なのだろうが、野球でこの手のスパイクは、どうなのだろう。打席では踏ん張れても、走るのに悪影響が出そうだ。

「野球だと、あまり使ってる人、いないですよね」

「流行り廃《すた》りもあるからな。息子はこういうやつを履いてるけど」

「サッカーでもハイカットのスパイクがあるんですか？」

「疎いねえ」石岡が面白そうに言った。「足首の保護を考えたら、ハイカットの方が絶対にいいんだ。バスケの方からサッカーに流れた流行みたいだな」

「野球は、ちょっと動きが違いますよね」

「そうだけど、一応足首が守られてる感じはするから」

石岡がまた素振りを始めた。足首は気になる様子だが、スウィングは力強い。打つ方は問題なさそうだが、走るのはどうだろう。それを聞くと、石岡が珍しくニヤリと笑った。

「ホームランを打てばいいんだろう？　そうしたら足を引きずりながらでもダイヤモンドを一周すればいい。何だったら特別代走だって構わない」

ホームランを打った選手が怪我などで走れなくなってしまい、代走を送られたケースは過去にもないことはない。

「洒落になりませんけどね。そうなったら、残りの試合も出られないじゃないですか」

「そうなるか……でも、今日を落としたら、もう明日はない。今は一試合一試合、勝ちに行くしかないんだ」

今シーズン初めて聞く、石岡の熱い言葉だった。しかし、考えてみれば当たり前か。プロ野球は、他のプロスポーツに比べて圧倒的に試合数が多い。ほぼ毎日試合があり、半年の長丁場の末にリーグ優勝が決まる。そんな中で、毎試合全力を尽くすのは不可能なのだ。大きな声では言えないが、捨て試合もあるだろう。ただし今は、石岡の言う通り、一試合も落とせない。高校野球のトーナメントのような毎日が続く。

「こういう時、だいたい一番いい場面で回ってくるんだよな……ちょっと集中させてくれ」

「失礼しました」

無理しないといいのだが。三上はこの半年、選手たちを間近で見ていた。故障で戦列を離れる選手も何人もいたが、実際にはかなり無理して出場を続けている選手も多い。トレーナーが「無理だ」と言っても、本人が「出ます」「出られます」と言えば、最終的に登録抹消はない。特にパイレーツは、石岡を除いてはスター選手がいないし、レギュラーの先発メンバーも固まっていないと言っていい。だからこそ、誰もが必死でポジションを狙いに行く。派手に見えて、実際は泥臭く死に物狂いの世界なのだ。

試合は4対5、パイレーツが1点ビハインドのまま九回まで進んだ。パイレーツは必死の継投で、何とかスターズに追加点を許さない。一方のパイレーツも追いきれない——八回には金沢のツーベースを足がかりにツーアウト二、三塁のチャンスを作ったが、三浦の三塁線へのライナーをスターズの橋本が横っ飛びにダイレクトキャッチし、同点の機会は潰れていた。

パイレーツの選手たちは、全員がダグアウトの最前線に出て、先頭の八番・森島に声援を送っている。森島はスターズの抑え・舟橋に対してよく粘り、八球を投げさせたが、九球目を打ち上げてしまった。センターの高山が背走し、最後はウォーニングトラック手前で打球をキャッチする。球場全体に溜息が走った。シーズン終了の瞬間は間近だ。

ここで北野が動いた。代打・石岡。コールされた瞬間、スタンドがどよめきで揺れる。復帰戦で、1点ビハインドの場面で切り札として出てきたのだ。

石岡はゆっくりと打席に向かう。途中、ネクストバッターズサークル付近で立ち止まり、二度、全力の素振りを見せた。取り敢えず足は引きずっていないし、スウィングにも力がある。

こうなると、三上もダグアウト裏でモニターで観ているだけでは気が済まない。本来はまずいのだが、長泉と一緒にダグアウトに入りこみ、戦況を見守った。選手たちの背中越しにグラウンドを見守る格好になるが、どの選手の背中からも殺気に近い緊張感が漂い出している。

打席に入った石岡は、ぴたりと構えを決めた。打席内で忙しなくルーティーンの動きを見せる選手もいるのだが、石岡は基本的に動かない。ただ足場を固め、構えたらボールを待つだけ。

マウンド上の舟橋は百九十センチを超える長身で、右のオーバーハンドから常時百五十五キロを超える速球を投げこむ。球種はこのストレートとカットボールだけとはいえ、このカットボールが曲者だ。普通のカットボールは手元でごく小さく滑るように変化して、打者にボールの上っ面を叩かせるのだが、舟橋のカットボールは曲がりが大きい。百五十キロのスライダーのようなものだ。さらに、横と縦、二種類の変化を投げ分け、カットボールでもストレートでも空振りが取れる。守護神に定着してから三年間の防御率は平均して一・一二で、稼いだセーブは百を超えた。現在、リーグで最も難攻不落と言っていいクローザーだ。

しかし石岡は、オールスター明けの後半戦最初の試合で、舟橋からサヨナラホームランを放っている。その嫌な記憶が、舟橋に残っているかどうか。

初球は内角で、石岡は少し身を引いた。ボール。三上の隣で、長泉が「カットボールだ」とつぶやいた。

「速球と見分けがつきませんね」

「とんでもないピッチャーだよ」

二球目、石岡が手を出した。外角高めの速球をカットしたが、タイミングは合っていないようだ。一塁側のパイレーツのダグアウトに打球が飛びこむ。

石岡が打席を外した。二度軽く素振りをして打席に戻ったが、表情は硬い。十日間実戦から離れて、練習もろくにできていなかったのだから、「目」が慣れていないに違いない。マウンド上の舟橋も、当然それには気づいているはずだ。

三球目もストレート。今度は内角高めで、石岡はバットを出したもののタイミングが合わない。途中でバットを止めようとしたようだが、手首がかえってしまい、空振りを宣告される。

「石岡さん、見ていこう!」「粘れ、粘れ!」ダグアウトから選手たちが声を上げる。今年パイレーツではあまり見られなかった光景だ。そして次の次の打者であるジャスティスは、バットケースの前に立って戦況を見守っている。彼の周囲だけ、気温が二、三度高くなっているような感じがした。

石岡がわずかにバットを短く持ち直した。舟橋はそれに気づいたか……四球目もストレート。

三球目とまったく同じコースだ。しかし石岡はこの配球を読んでいたように、迷わずバットを振り出す。ジャストミート——鋭い打球音が響き、選手たちが一斉に身を乗り出した。石岡が一塁へ走り出す——しかしすぐにスピードを緩め、立ち止まった。打球はレフト線を襲ったが、わずかに切れてファウルになる。ダグアウトの中で「おお」という声が漏れ、スタンドからは溜息がシャワーのようにグラウンドに降り注ぐ。

三上は息を止めていたのに気づき、大きく深呼吸した。いつの間にか握りしめていた左の掌には、汗をかいている。右手に持った水のペットボトルは潰れかけていた。残った水を急いで飲み干し、ボトルを乱暴に握り潰してジーンズの尻ポケットに捩《ね》じこむ。

舟橋がプレートを外した。表情は険しい。渾身《こんしん》のストレート——百五十八キロを記録した——を内角に投げこんだのに、上手くさばかれて、あわやレフト線の二塁打という当たりを打たれた。速球勝負は危ない、と懸念し始めているのだろう。

キャッチャーの須藤がタイムをとり、マウンドへ向かう。ランナーが一人もいないのに打ち合わせは神経質過ぎる感じもするが、それだけバッテリーが危機感を抱いている証拠だ。

打ち合わせは短く終わり、プレーが再開される。石岡は打席を外し、軽く素振りをしながらもバッテリーの様子を観察していたが……この辺は読み合いだ。

舟橋はまたもストレートを投げこんだ。百五十八キロを内角へ。さらに厳しいコース、懐を抉《えぐ》るようなボールだ。石岡はコンパクトなスウィングで打ち返した。ジャストミート。打球はライナーになって外野へ飛ぶ。フェンス直撃の飛距離と高さ。フェアかファウルか——ファウル。石岡は走り出しもしなかったが、舟橋は振り返って、打球が当たったポイントをずっと見ていた。何かを確認するように……あのコースにあのボールを投げれば確実にファウルになる、とでも確信したようだった。

　となると、決め球はやはりカットボールか、と三上は読んだ。内角に速いボールを意識させておいて、外角へ逃げるカットボールを活かす。二種類しか球種のないピッチャーにとって、駆け引きの方程式はそれほど複雑ではない。

　来た。予想通り、外角低めのカットボール。しかし石岡は瞬時に反応して、バットを振り出し、強引に引っ張った。快音を残して、打球がレフトへ上がる。ダグアウトの選手たちが雄叫びを上げ、今にもグラウンドに転がり出しそうなほど身を乗り出す。石岡は――走っている。足首まであるハイカットのスパイクのおかげか、足を引きずることもない。いつものスピードでないのは、スタンドインを確信したからか？　しかし一塁手前まで来て急にスピードを上げて二塁へ向かう。

　高々と上がった打球を追いかけたレフトのベイリーが、フェンスに張りつく。上空を見上げながらジャンプ――だが、打球は差し出したグラブのほんの少し上でフェンスに当たった。打球ははね返り、内野方向へ転がり出す。ベイリーが追いかける。バックアップに入ったセンターの高山も。しかしはね返った打球の勢いは強く、二人からひどく遠い位置に転がっていた。

　その間に、石岡は二塁を蹴る。一塁側ダグアウトから覗いているので背中しか見えないが、何だか苦しそうだ。ここに来て、足首の痛みが出てきたのかもしれない。明らかに本来のスピードではない。

　打球はセンターの高山が処理し、中継に入ったショートのスミスへ。スミスはノーステップで、サードに低いボールを投げた。ちょうど、滑りこむ石岡にタッチしやすい高さ――しかし送球は石岡の肩にぶつかった。足から滑りこんだ石岡は、すぐに立ち上がって周囲を見回したが、サードベースコーチは両手を前に突き出して「ストップ」させる。サードの橋本が、ベース後方に転がっているボールを急いで押さえた。

ワンアウト三塁。一気に同点のチャンスになり、スタンドには唸るような声援が広がり始める。球場全体の温度が二度、三度と上がったようでもあり、三上は手の甲で額の汗を拭った。

ここは代走だろう。スクイズを狙うにしろ、確実に走れる選手を送らないと。先ほどの走りを見た限り、石岡の走塁には不安が残る。しかしベース上に立った石岡は、三塁コーチに一言二言話しかけ、ダグアウトに向かって両手でバツを作った。「もう走れない」ではなく、代走お断りの合図。実際、北野は動かない。動かないが、いきなり声を張り上げた。

「石岡を楽にホームインさせろ！　いつまでもあいつにおんぶに抱っこじゃ勝てないぞ！」

選手たちが一斉に、びくりと身を震わせる。滅多に素の感情を見せない北野の激しい一言で、スウィッチが入ったようだ。

しかし、「楽にホームイン」させるための作戦はない。外野の間を抜く長打でも打たない限り、歩いて生還はできないのだ。それが分かっている一番の鹿島は、徹底的に粘り続けた。フルカウントに追いこまれてから、ヒット性の当たりを連発する。三塁線へ流し打ち、引っ張って一塁方向へ――いずれも鋭いゴロになったが、ぎりぎりでファウル。その度にスタートを切る石岡は、次第に苦しそうな表情になった。

フルカウントからの八球目、鹿島がいきなり低く構えた。スクイズ――石岡がまたスタートを切る。きちんと転がせば成功だ。しかしいち早く気づいた舟橋が、外角へ大きく外す。鹿島は体を投げ出すようにしてバットに当てたが、打球は小フライになって三塁側のファウルラインの外へ落ち、そのまま少しだけ転がって止まった。スリーバント失敗。既にサードとホームの中間地点まで来ていた石岡が、険しい表情で戻る。このゴー・ストップの連続だけでも、右足首には相当の負担がかかったはずだ。

前のめりに倒れてユニフォームを泥だらけにした鹿島が戻って来る。目が真っ赤になっていた。石岡と激しく衝突した過去はなかったかのように悔しがっている。ダグアウトを抜けて、バックヤードに行ってしまった。

ツーアウト。同点にするにはもはやヒットしかない。二番のジャスティスが打席に向かう。打席に立つと、三塁ベース上の石岡をちらりと見やる。合図をしたわけではないが、二人の間で何かが流れたような感じがした。

ジャスティスは慎重だった。とにかく舟橋に多く投げさせ、少しでもスタミナを奪おうという狙いだろう。

一度もバットを振らず、2－2の並行カウント。ジャスティスは慎重に球筋を見極めようとしているようだった。石岡は普通のリードを保ったまま、打席のジャスティスをよく見ている。サインは出ていない。フリー——ジャスティスは何を狙っているのだろう。

五球目、ジャスティスが初めてバットを振ったものの、バットの根っこに当たって自打球になってしまう。一瞬その場にしゃがみこんだジャスティスは、しかしすぐに立ち上がり、ダグアウトから飛び出して来たトレーナーに向かって手を上げて制した。二度、膝の屈伸をして足の状態を確かめ、再び打席に入った。打球が当たったのは左足で、何度かステップして足の具合を確かめる。何とかやれそうだ。

六球目、ジャスティスはまたバットを振った。今度は捉える。引っ張った打球は低いライナーになり、三塁線を襲った。石岡を直撃しそうな軌道で、石岡は慌てて頭を下げた後、すぐに走り始める。しかし打球は切れて、レフトのファウルグラウンドに転がっていった。

ジャスティスが素振りをして、左足の感触を確認した。舟橋は厳しい表情を浮かべている。おそらく今の一球で決めるつもりで、カットボールを投げこんだのだろう。横へ流れるボールか、それとも縦に落ちる変化か。どちらを投げたにしても、もう一種類の変化を残している。百五十キロのスピードで変化するボールに対処するのは、いかにジャスティスとはいえ大変だろう。

舟橋は、内角の厳しいコースへ投げこんできた。まだ一球遊べるから、最後は外角のカットボールで勝負する伏線として、内角にスピードの乗った速球を投げこんだのか。ジャスティスが反応する。しかし窮屈な打撃を強いられ、根っこに当たって鈍い音を立てた。ジャスティスがバットを投げ捨てて「しまった」という感じで下を向いたまま走り出す——ところが打球は、三塁後方へふらふらと上がった。ちょうどレフト、ショート、サードの中間地点。石岡がスタートを切る。三塁ベースコーチも思い切り右腕を回していた。

ジャスティスが何か叫びながら、一塁へ全力疾走する。石岡はかすかに足を引きずりながらホームへ向かった。

落ちる。同点だ。

しかし野球では、思いもよらないことが起きる。


「こんなもんだよ」ダグアウトに引き上げてきた石岡は淡々としていた。一方ジャスティスは、正気を失ったように大暴れしている。ドリンクの入った大バケツを蹴飛ばし、バットケースを殴りつけ、収まりそうにない。他の選手が慌てて押さえに入ったが、全員を振り払う勢いで暴れ続ける。しかし石岡が近づいて何かつぶやくと、大きく深呼吸しながら落ち着いた。そのまま、他の選手に抱えられるようにしてロッカールームに引き上げていく。

石岡は騒ぎが治まったダグアウトの中でベンチに腰かけ、スポーツドリンクをゆっくりと飲んでいる。足を組み、視線をグラウンドに向けた。まるで、先ほどのプレーがそこで再現されているとでも言うように。

三上ははっきり覚えている。

ジャスティスの打球は、内野と外野の間、誰もいないポイントに向かって飛んでいた。レフト、ショート、サード、追いかける三者の中間地点に落ちてポテンヒットになり、石岡は楽々生還――そうはならなかった。

去年、一昨年とゴールデン・グラブ賞を受賞している橋本が、定位置から必死で背走した。最後は外野フェンスの方を向いたまま思い切り飛びこみ、グラブの先にボールを引っかける。キャッチした時には、ボールは見えていなかったはずだ。今年一番の守備として、何度もテレビで放映されそうなファインプレーだった。

三上は溜息をつきながら、石岡の横に腰かけた。

「あそこであれはないですよね」

「橋本のところに飛んだのが失敗だったよ」

「ブルックス・ロビンソンですよね」

「君は話題が古過ぎる」石岡が声を上げて笑った。

「それはそうですけど」

「ブルックス・ロビンソンがオリオールズで活躍したのなんて、もう何十年も前じゃないか」

「一九七七年に引退してます。人間掃除機」

「そう言われてたみたいだな」

「ゴールド・グラブ賞十六回ですからね。ヒットも二千八百本以上打ってますけど、殿堂入りは守備を評価されたからですよ」

特に一九七〇年のワールドシリーズ、対レッズ戦では攻守にわたる活躍で、レッズの名監督、スパーキー・アンダーソンが「ロビンソン一人に負けた」と発言したことで伝説の選手になった。

「分かった、分かった。蘊蓄《うんちく》はもういいよ。だけど、何でそんな古い話、知ってるんだ？」

「大リーグ好きには、歴史にハマるタイプもいるんですよ。俺がまさにそうで……アメリカへ行った時、野球の本を買ってくるのも楽しみなんです。向こうって、日本に比べて野球の本、多いじゃないですか」

「だからといって、アメリカのライターの方が優秀なわけじゃないけど……飯でも行くか」

「はい？」こんな誘いは初めて――いや、中華街で偶然会った時以来二度目だ。

「うちのシーズンは、今日で終わりだよ。打ち上げだ」

「まだ二位争いがありますよ」と指摘したが、石岡は首を横に振るだけだった。

Aクラスは確定しているが、今日負けたことで三位のセネターズに二ゲーム差にまで迫られている。二位にとどまるか三位に落ちるかは重要だが、石岡の感覚ではどうでもいいことなのかもしれない。

試合後はすぐには球場から出られない。広報の業務を終えて――石岡のコメントも作って――仕事が終わったのは十時過ぎ。駐車場で待ち合わせ、石岡の車で中華街に向かうことにした。

「この時間だともう、中華街でやってる店はないですよね」中華街は昼間から夕飯時には異常なほど賑わうのだが、夜は早い。

「焼肉だよ」

「はあ」何だか今年は、焼肉ばかり食べているような気がする。

「不満か？」

「焼肉を食べるような気分じゃないんですけどね。石岡さん、何で平気なんですか？　今日はシーズンで一番大事な試合だったのに」

「そうだな」石岡が認めた。

「もっと落ちこむとか、自棄《やけ》になるとか……」

「プロはいちいち落ちこまないんだよ。それに、今シーズン二位で終わったら、それはそれでいいじゃないか」

「何でですか？」

「二位には、来年への期待があるんだよ。来年こそは……っていう気持ちは、二位だからこそ味わえる」

「昔のドジャースですか」

「ああ？」

「五〇年代から六〇年代にかけて、毎年ワールドシリーズでヤンキースに負けて、『来年があるさ』っていうのがファン同士の慰めの言葉だったそうです」

「君は、アメリカでもコアな大リーグファンと交流できそうだな」

これは、先日の誘いにつながってくる話だろうか。黙っていると、石岡がベンツのキーを寄越《よこ》した。

「家まで運転してくれ」

「足首、まずいんですか」試合が終わった後、長い時間トレーナーの治療を受けていた。

「あまりよくない」

「飯を食おうって、俺を運転手扱いってことですよね」

「タクシー代が勿体無いからな」

金持ちの笑えないジョークだ。ベンツなんか、運転できるかな……運転席に収まった三上は、まずスマートフォンを取り出して美咲にメッセージを送った。

「何かあったか？」

「いや、今日は夕飯はいらないって、嫁さんに……はい、大丈夫です」

こういうことはシーズン中何度もあったから、美咲も慣れている。ベンツのエンジンを始動し、シートの位置を直した。

「奥さんもいろいろ大変だな」

「広報の仕事はこんなものですから」

「結婚して長いのか？」

「二年です。今年子どもが生まれて、夜泣きがすごいんでずっと寝不足ですよ」

「子どもが生まれた？　初耳だな」

「子どもが生まれた頃、石岡さんとはプライベートな話なんかできる状態じゃなかったです」

「そうか」

午後十時半スタートの焼肉ディナーは淡々と進んで淡々と終わった。石岡は、試合後は軽く食べるだけにしているようで、ほとんど一般人の夕食という感じである。焼肉屋には珍しくコーヒーがあったので、食べ終えると二人ともそれをもらう。一口飲んだところで、石岡が唐突に切り出した。

「メッツと正式に決まると思う」

「そうですか……古巣に里帰りですね」結局三上たちの全ての目論《もくろ》みは失敗したわけだ。

「俺にすれば、一番ありがたい。これで、ニューヨークで家族と住めるしな。でも、まだ秘密にしておいてくれ。正式な交渉はこれからだから」

「石岡さん、パイレーツを練習台にしたのは本音からだったんですか」

「ああ」石岡があっさり認めた。

「俺の感覚では……ちょっとドライ過ぎませんか」

「そうかもしれない」

「石岡さん、本来ウェットな人でしょう」

「何言ってるんだ？」石岡が怒ったような表情を浮かべた。

「ウォルト・ジョンソン。石岡さんにとっては、大リーグの師匠みたいな人でしょう」

「……俺も大リーグの一年目は、アジャストできなくて大変だったんだ。ブーイングがきつかった」

「六月までは、散々でしたよね」期待されて入団したにもかかわらず、打率は二割四分台、ホームランも五本にとどまっていた。

「ウォルトがアドバイスしてくれて、それで何とかアジャストできたんだ。コーチでもないのに、練習にまでつき合ってくれて」

「石岡さんがジャスティスにしたように、ですよね」三上は指摘した。「もしかしたら、自分の後継者と思っていたのかもしれません。タイプがよく似てますよ。石岡さんの方が、長打力はありますけど」

石岡は何も言わず、コーヒーを啜っている。三上は一呼吸おいて話し始めた。

「改めて確認しますけど、そのジョンソンの息子さんが、ジャスティスですよね。マイナーリーグの時代に結婚した、高校の同級生の奥さんとの間に生まれた子。でもジョンソンは離婚して、息子は母親に引き取られて母親の姓を名乗った。ジョンソンはその後別の女性と結婚して、ジャスティスと会うことはなかった。奥さんが、息子には会わせないようにしていたそうです。ジョンソンの浮気が原因の離婚だったそうですから、奥さんも頑なになっていたんだと思います」

「よくそこまで分かったな」石岡が目を見開く。

「調べました。どうしても気になったので」三上はうなずいた。「ジャスティスは野球をやるようになって、ジョンソンが父親だということを知りました。しかし接触はないままで、ジャスティスは腕を上げ、ドラフトに引っかかった。でも大リーガーとしてはデビューできず、日本へ来たわけです。ジョンソンは息子のことをずっと気にかけていたけど、離婚時の取り決めで会うことは叶わず、アドバイスを送ることすらできなかった。そこで頼ったのが、石岡さんですよね？日本へ戻るなら、息子のコーチをやって欲しいと。だから石岡さんは、プレーしながらジャスティスにアドバイスを送り、一緒に練習もしてきた。そのおかげで、ジャスティスは何とか復活できたんですよね」

　三上が聞いた噂では、球団は来季のジャスティスとの再契約を目指しているという。石岡の他にジャスティスまで大リーグに取られたら戦力ダウンだと、必死になるだろう。パイレーツに恩義を感じているジャスティスにとっても、願ったり叶ったりのはずだ。もちろん、優勝という勲章を胸に、大リーグ入りしたいと思っているはずだが。

「ジャスティスの場合、技術的な問題というより、メンタルの問題が大きかった。打てないと、どうしても考えこんでしまうんだな。技術的にも、外角の変化球への対応に課題があった。でも、どちらも克服できないわけじゃない。まだムラがあるけど、来年はもう少しよくなるだろう。オフに今まで以上にトレーニングすれば、だけどな」

「でも、どうしてジョンソンの頼みを受けたんですか？　石岡さんにとっても、パイレーツにいるのはリハビリ、練習みたいなものだったでしょう？　それだったら、自分のことだけで手一杯だったはずです」

「恩人だからな」

「それだけじゃないでしょう。ジョンソンは前立腺癌《ぜんりつせんがん》で闘病しています」発覚したのは、殿堂入りが決まった後らしい。それで彼は、表に出ずに治療に専念しているようなのだ。「余命宣告もされていて……そんな人の願いは断れませんよね」

「何でそんなことまで知ってる？　君は探偵か？」

「俺にも情報源があります」

ジャスティスが告白した。それに、パイレーツに出向中の西田も調べ上げてくれたのだ。個人の体調に関わる情報は極めてプライベートなものだが、殿堂入りした名選手のことともなれば、様々な噂が飛び交うものらしい。

「こういう事情が分かったからといって、何かが変わるわけじゃありません。俺の本来の仕事は、石岡さんをパイレーツに引き止めて、将来の監督をやってもらうことでした。大リーグ好きだから石岡さんと話も合うだろうということで、抜擢《ばってき》されたんです」

「そんなことだろうと思った」石岡がうなずいた。「だけど、その役目は失敗だな。今の時点では、監督をやるかどうかなんて、約束できない」

「パイレーツに愛着はあるんでしょう？」

「もちろん、ある」石岡があっさり認めた。「このチームに育ててもらったし。今年拾ってもらったことにも恩義を感じている。でも俺は、まだ現役の選手なんだ。監督をやるとかやらないとか、言えるわけがない」

「それだけパイレーツは、石岡さんに期待してるんですよ」これが最後のチャンスかもしれないと思いながら三上は言った。

「チームの事情は分かる。でも俺は、今はまだ一人の選手なんだ」

「今の石岡さんの言葉を伝えたら、俺は来年はパイレーツで仕事できないかもしれません。プロジェクト、失敗です」

「そうなるな」

「淡々と言わないで下さいよ。俺のアメリカ行きもかかってたんですから」

「そうか。ピッツバーグへの出向は駄目か」

「まだ分かりませんけど、ちゃんと成果を挙げてないんだから、駄目でしょうね」

「だったら、俺の専属通訳でアメリカに来てくれ」石岡が、以前提案した話を蒸し返した。「ニューヨークで、キャリアを再スタートさせるのもいいんじゃないか」

言葉に詰まる。大リーグのパイレーツに出向するのは、あくまでパイレーツ——すなわちJPミールに籍を置いたままでの一時移籍である。しかし石岡の専属通訳となれば、会社を辞めざるを得ないだろう。今より収入がよくなっても、石岡があと何年現役を続けられるかは分からない。彼が引退した後はどうなるのか……その時の所属球団にスタッフとして雇ってもらう手はあると思うが、そうできるかどうか、保証はない。アメリカで職を失った後、古巣のJPミールに再雇用してもらえるかどうかも分からず……と考えると、やはり躊躇してしまう。

そして何より、家族の問題があった。日々大きくなる新太を見ているうちに、息子の成長を近くでずっと見守りたいという気持ちが大きくなってきている。それもできれば、安全な日本で。

「すみません、お断りします」

三上は思い切って言った。石岡が目を大きく見開く。

「アメリカで――大リーグの仕事をしたいんだとばかり思ってた。俺とビジネスをするのは嫌なのか？」

「家族の問題があります」

「家族？」

「来年春にアメリカに行くとしたら、一歳にもならない子どもを連れていくことになります。家族で話もしたんですが、それはちょっときつい……奥さんも、初めての子どもをアメリカで育てるのは、自信がないと言うんです。大リーグの仕事をしていたら、俺はシーズンの半分は家にいない。今も、実はかなりきついんです。子育てはしたいけど、家にいないことも多いから、簡単にはできない。今は奥さんの実家が近いから、助けてもらってなんとかなってるぐらいですから」

「それは、俺にも覚えがあるよ」石岡が遠い目をした。「アメリカへ行った時、息子は二歳だった。乳児ってわけじゃないけど、まだまだ手間がかかった。妻が英語を話せたから、多少は楽だったと思うけど」

「奥さん、元アナウンサーでしたよね」地方局のアナウンサーが、そんなに英語に堪能なものだろうか。

「大学時代にアメリカに留学してたんだ。それが、後で活きてきた」

「そうですか……」我が家の場合はそうはいかない。自分は日常会話には困らないが、家にいる時間は少ない。一方美咲は英語はからきしで、その件に関しても不安を漏らしていた。「単身赴任も考えましたけど、やっぱり家族全員で一緒にいたいんです。パイレーツ行きの実現ならもう少し後なので、子どもを連れて行くチャンスもあるんですけど」

「そうか。家族を選ぶか」

「石岡さんとは事情が違いますよ。選手とスタッフだと、立場も家族のあり方も違います。それに、ジャスティスのこともあります」

「あいつはパイレーツに残るだろうな」石岡がうなずいた。

「俺も、ジャスティスはメンタルに少し問題があると思います。困った時に、愚痴をこぼせる人間が近くにいた方がいいと思いませんか？」

「甘やかす人間がいたら、いつまでも成長できないぞ」

「石岡さんも、ある意味ジャスティスを甘やかしたんじゃないですか？　面倒見過ぎですよ」

「ジョンソンに対する恩義は、それだけ重かったんだ。だから面倒を見てくれと頼まれたら、徹底してやるしかなかった」

「……とにかく、そういうわけです」三上は頭を下げた。「もしかしたら何年か後、本当にパイレーツに出向するかもしれません。パイレーツのスタッフとして、石岡さんと向こうで会う可能性もあります。その時は、奢って下さい」

「敵チームだったら、拒否する」石岡がにやりと笑った。

「石岡さん、やっぱり本当は人情派なんですね」

「ああ？」

「最初は自分勝手でクール、合理的なだけの人かと思ってました。でも実際はそうじゃないですよね。それは表の顔だ」

もちろん、パイレーツを大リーグ復帰の練習台に使うような人間だから、自分勝手で冷酷な一面はある。しかし、闘病生活を送る「恩師」のジョンソンのために、ジャスティスのコーチを引き受けた。

「人間って、そういうもんじゃないかな」石岡がコーヒーを飲み干した。「善かと思えば悪、その逆もある……俺は別に、自分が悪だとは思っていないけど」

「そうですか……でも、やっぱり変ですよ」

「勝手なのは分かってる。でも俺ぐらいの年齢になると、一年一年が勝負だから、必死になる。自分のために全ての時間を使いたいし、そのためには野球以外のことはしたくない」

「それであんなに頑なに……チームにも溶けこもうともしなかったんですか？」

「一年しかいないつもりだったから、チームメートと仲良くなったら別れが辛い。淡々としていた方がいいんだ。そういうことは、アメリカで何度もチームを変わるうちに学んだよ。実際、仲がいい選手もできるんだけど、つき合いはシーズン終了と同時に終わることも珍しくない。プロだからしょうがないけど、そういう寂しさは結構きついんだ。だから人と仲良くするのは、引退してからでいいよ。それにマスコミに対しては、いい顔をしてもメリットはない」

「でも、ジャスティスの面倒は見てました」

「だから俺は、君が考えているよりずっと、複雑な人間なんだよ」

石岡の笑みが大きくなった。三上が見たこともない、屈託のない笑みだった。

十一月。石岡のメッツ復帰が正式に発表され、大きなニュースになった。一度日本のプロ野球に復帰してから再び大リーグというのは、ほとんど前例がなかったせいもある。しかも石岡は、打率、打点、本塁打とも自己ベストに近い成績を残していた。そういう選手が再度大リーグ挑戦——見出しが大きくなるのも当然だ。しかもＪＰミールの向井社長が「極めて残念」とコメントを出していた。親会社の社長が、一選手の動向に対してコメントするのは極めて異例である。どうしてもくちばしを挟みたい人なのか……。

その会見を仕切るのが、石岡絡みでの三上の最後の仕事だった。驚かされたのは、会見の冒頭で石岡が謝罪したことである。

「自分のプレーに集中するために、取材に対して協力的でなかったことを謝りたい」

この会見に関しては、事前に不穏な雰囲気があったのだが、この一言で場の空気が緩み、番記者たちの追及も厳しくなくなった。石岡は自分勝手な人間ではあるが、常識がしっかりしているところもある。

同じ日、ジャスティスとパイレーツの再契約も成立した。ただし、来年一年の単年契約。まだ安定して活躍できる感じではないから、あくまで様子見である。それでも三上は、来年もジャスティスを支えていこうと決めていた。

家に帰ると、ちょうど宅配便が届いたところだった。美咲が怪訝そうな表情を浮かべている。

「石岡さんからだけど……」

「石岡さん？　さっきまで一緒にいたよ」そして別れの挨拶を交わした。次に会う機会があるかどうかは分からない。彼は最後まで淡々とした態度——専属通訳を断ったので、距離を置くようにしたのだろうと三上は思っていた。

「開けてみる？」

「ああ」

美咲が丁寧に梱包《こんぽう》を解いた。中から出てきたのは——グラブ。しかも総合スポーツ用品メーカーのカジマが発売している、石岡モデルの外野手用グラブだった。

「何、これ」

「石岡モデルのグラブだけど……硬式用の、ちゃんとしたやつだよ」

試しに左手にはめてみたが、硬い。しっかり閉じることもできないぐらいで、実戦で使えるように馴らすには、かなり時間がかかるだろう。三上は本格的に野球をやったことがないので、グラブの育て方が分からない。

「手紙、入ってるわよ」

美咲が封筒を渡してくれた。開けると、一枚のメモが入っている。石岡の金釘流の文字を見て、三上は思わず笑ってしまった。


子どもにやらせるなら野球だ。サッカーに興味を持ち始めたらおしまいだ。息子をちゃんと育ててくれ。

石岡さん……あなたも結局は、家族を一番大事に考えていたんじゃないですか。それにしても、このプレゼントはどうかと思う。大人の硬式用グラブを使うようになるまでに、どれぐらい時間がかかるのだろう。そもそも新太が右利きになるかどうかも分からないではないか。新太がこのグラブをはめて外野を守る時、石岡はどうしているだろう。そして自分は、まだ野球の仕事にかかわっているのだろうか。

初出
「アップルブックス」配信　二〇二二年十二月に連載。
単行本化にあたり、加筆、修正を行いました。

この小説の執筆に際して、次の方々にお世話になりました（敬称略）。
横浜ＤｅＮＡベイスターズ　広報・コミュニケーション部
　河村康博　小泉匡　宮澤瞭
千葉ロッテマリーンズ　広報室
　梶原紀章
この場を借りて御礼申し上げます。

著者

［著者略歴］
堂場瞬一（どうば・しゅんいち）
1963年生まれ。青山学院大学国際政治経済学部卒業。2000年『８年』で第13回小説すばる新人賞を受賞し、デビュー。警察小説とスポーツ小説の両ジャンルを軸に、意欲的に多数の作品を発表している。小社刊行のスポーツ小説に『チーム』『チームⅡ』『チームⅢ』『キング』『ヒート』『大延長』『ラストダンス』『20』『独走』『1934年の地図』『ザ・ウォール』『大連合』などがある。

ザ・ミッション　THE MISSION

2023年3月31日　初版第1刷発行

著　者／堂場瞬一
発行者／岩野裕一
発行所／株式会社実業之日本社
〒107-0062
東京都港区南青山5-4-30　emergence aoyama complex 3F
電話（編集）03-6809-0473　（販売）03-6809-0495
https://www.j-n.co.jp/
小社のプライバシー・ポリシーは上記ホームページをご覧ください。

ＤＴＰ／ラッシュ
印刷所／大日本印刷株式会社
製本所／大日本印刷株式会社
© Shunichi Doba 2023　Printed in Japan
本書の一部あるいは全部を無断で複写・複製（コピー、スキャン、デジタル化等）・転載することは、法律で定められた場合を除き、禁じられています。また、購入者以外の第三者による本書のいかなる電子複製も一切認められておりません。
落丁・乱丁（ページ順序の間違いや抜け落ち）の場合は、ご面倒でも購入された書店名を明記して、小社販売部あてにお送りください。送料小社負担でお取り替えいたします。ただし、古書店等で購入したものについてはお取り替えできません。
定価はカバーに表示してあります。
ISBN978-4-408-53829-7（第二文芸）